クリスティー文庫
52

おしどり探偵

アガサ・クリスティー
坂口玲子訳

PARTNERS IN CRIME

by

Agatha Christie

Translated by
Reiko Sakaguchi
Published 2021 in Japan by
HAYAKAWA PUBLISHING, INC.
This book is published in Japan by
arrangement with
AGATHA CHRISTIE LIMITED
through TIMO ASSOCIATES, INC.

目次

おしどり探偵

アパートの妖精

A Fairy in the Flat

トマス・ベレズフォードの妻はソファの上で向きを変え、憂鬱そうに窓の外を眺めた。見晴らしはちっともよくなくて、道のむこうにひとかたまりのアパートが立ちならんでいるだけ。彼女はため息をつき、あくびをした。

「あーあ、なにかおもしろいことが起こらないかなあ」

夫は非難がましく顔をあげた。

「物騒なことをいうね、タペンス、低俗な刺激なんかほしがるもんじゃないよ」

タペンスはまたため息をつき、夢見るように目を閉じた。

「かくしてトミーとタペンスは結婚し、それからずーっと幸せに暮らしました」と彼女は節をつけて歌うようにいった。「それから六年たっても、二人はずーっと一緒に幸せでした。こんなのって異常だわ、予想と現実は大きく食い違うのがふつうでしょ」

「非常に深遠なご意見だよ、タペンス。昔から同じことをいっている有名な詩人神学者が大勢いる——しかも、いわせてもらえば、もっとすばらしい表現でね」

「六年前だったら」とタペンスはつづけた。「好きなものを買えるお金があり、あなたという夫がいれば、人生は甘美なすばらしい一つの歌曲に等しい、そう言い切れたわよ。あなたがよくご存知らしい詩人の一人がいっているように」

「きみをうんざりさせてるのは、ぼくか金か、どっちだろう？」トミーは冷ややかに尋ねた。

「うんざり、というのは適切じゃないわ」タペンスは優しくいった。「与えられた恩恵に慣れちゃった、ってだけのこと。鼻かぜをひくまで、鼻で息を吸えるのがどんなにありがたいことかわからないようなものね」

「しばらくきみを無視してみるか？」トミーが提案した。「たとえば、ナイトクラブへはべつの女性を連れて行くとか」

「無意味だわ。べつの男性と一緒に来ているわたしに会うだけだから。それにわたしだったら、あなたはべつの女性には興味がないってはっきりわかるんだけど、あなたは確信が持てないはずよ、わたしがべつの男性に興味がないかどうか。女はいざとなったらとことんまでやるわよ」

「男が最高点をとれるのは謙虚さだけだろうよ」夫はつぶやいた。「しかし、いったいどうしたんだ、タペンス。なぜそんなにじれてるんだ」

「わからない。ただなにか起こってほしい。わくわくするようなことが。あなた、またドイツのスパイを追いかけたいって思わない、トミー？　以前の危険に満ちた冒険の日々を思い出してよ。もちろん今だってあなたは秘密情報局に関わっているわけだけど、純然たるオフィスワークでしょ」

「するとなにかね、ぼくがボルシェヴィキの密売人に化けてロシアの奥地に潜入するとか、そういう任務を与えられればいいと思ってるのか？」

「そんなのダメよ。わたしの同行は許可してもらえないでしょうし、なにかやりたくてむずむずしてるのはわたしなんだもの。なにかやりたい。一日中それればっかり思ってるの」

「女性の本分があるじゃないか」トミーが室内にむけて手を振った。

「朝食後二十分もあれば、家の中は万事完璧に片づくわ。あなたもこれで不満はないんじゃなくて？」

「きみの家事は完璧だよ、ともすれば紋切り型におちいりかねないけど」

「わたし、感謝されるのって大好き」そういってからタペンスはつづけた。「もちろんあなたにはあなたの仕事がある。でもね、トミー、あなただってひそかに興奮を求めたくなることもあるんじゃない、なにか起きてほしい思うことが？」

「ないよ、いや、あるとは思わない。なにかが起こるのを望むのはいいさ――でも実際には愉快なことばかりとはかぎらないからね」

「男って慎重なのねえ」タペンスはため息をついた。「ひそかに狂おしいほど激しいロマンスに憧れたことはないの――冒険とか――人生とかには？」

「きみはいったいどういう本を読んでるんだ？」トミーは訊いた。

「どんなにぞくぞくするか考えてみてよ」タペンスはいいつのった。「激しくドアを叩く音が聞こえて、開けてみたら死人が倒れこんで来る。どう、そんなの？」

「死んだ人間は倒れこまない」トミーは揚げ足を取った。

「わかってるくせに。いつだって被害者は死ぬ寸前にドアにたどり着いて倒れ、かすれた声で謎めいた言葉をつぶやくのよ。〝斑《まだら》の豹〟とかなんとかね」

「きみにはショウペンハウエルかエマヌエル・カントの授業に出ることを勧めるよ」トミーはいった。

「あら、あなたこそ出るべきよ。ぬくぬくと太ってきたんだから」

「太ってなんかこないさ」トミーはむっとした。「それはともかく、きみだって痩身体操をやってるくせに」

「体操くらいだれだってやってるわ。太ってきた、といったのはね、比喩的な意味をこめたの。順調に昇進してるし、色艶もよくなってのんきそうにしてるから」

「きみがなににとりつかれてるのか、さっぱりだよ」夫はいった。

「冒険」タペンスはつぶやいた。「ロマンスを追い求めるよりはましでしょ。そういう時だってあるにはあるけど。男性に――すごくハンサムな男性にめぐり合うことを考えたり――」

「もうぼくとめぐり合ったじゃないか。それでは不充分？」

「髪も目も茶色で、すらりとしてるのにびっくりするほど強靭で、どんな乗り物ものりこなし、投げ縄で野生の馬を捕まえるような――」

「そいつに羊革のズボンをはかせ、カウボーイハットをかぶせりゃ完璧だね」トミーが皮肉に口をはさんだ。

「――野生児なのよ」タペンスはつづけた。「その彼がわたしに熱烈な恋をするわけ。もちろんわたしは結婚の誓いを守って道義上彼を拒絶するんだけれど、心はひそかに彼のもとに走るの」

「そうか」トミーがいった。「ぼくもよく、絶世の美女にめぐり合えればいいなと思うよ。彼女はトウモロコシ色の髪をしていて、なりふりかまわずぼくに夢中になるんだ。ただしぼくは彼女を拒絶しないかもしれない――いや、絶対にしないな」

「それはまた、ずいぶんむこう見ずだこと」

「むこう見ずって、それはきみなんじゃないのかい、タペンス？　いままでこんな話をしたことなかったじゃないか」

「ええ、でもずっと前から、体の血は煮えたぎってたの。欲しいものがなんでも手に入るというのは、とっても危険なことなのよ――なんでも買えるおカネがあるってこともね。もちろん、帽子だけはべつだけど」

「帽子ならもう四十個も持ってるだろう。それも似たようなやつばかり」

「帽子ってそういうものなの」タペンスはいった。「似たり寄ったりなんてことないわ。ニュアーンス、ニュアーンスってものが大事なんですからね。今朝も〈マダム・ヴァイオレットの店〉で、ちょっといいのを見つけたわ」

「帽子を買いに出かける以外にましな仕事がないんだったら、きみはなにも――」

「そうなのよ。まさにそれなの。なにかましな仕事があれば。わたし、いい職でも見つけるべきじゃないかしら。ねえ、トミー、ほんとに起きてほしいのよ、心躍るようなことが。そのほうがいい――わたしたちのためにも、絶対そのほうがいいと思うの。妖精でもいてくれたらねえ――」

「へえ！」とトミーがいった。「不思議な符合だね、きみがそんなことをいうなんて」

彼は立ちあがって部屋を横切った。書物机の引出しから取り出してタペンスに見せたのは、一枚のちいさなスナップ写真だった。

「あら！　この部屋の写真、現像できたのね。これはどっち、あなたが撮ったほう、それともわたし？」

「ぼくが撮ったほうさ。きみのはよく写ってなかった。露出不足だ。きみはいつもそうなんだ」

「よかったわねえ」タペンスはいった。「あなたのほうが上手なことがひとつ見つかって」

「愚かな発言だ」トミーはいった。「しかし、この際それは見逃そう。きみに見せたいのはこれなんだ」

彼は写真の中のちいさな白い点を指差した。

「フィルムの傷でしょ」とタペンス。

「ちがうよ。それはね、タペンス、妖精だ」

「トミーったら、バカみたい」

「自分でよく見たまえ」

彼は虫眼鏡を渡した。タペンスはレンズ越しに注意深く写真を眺めた。ほんの少し妄想をたくましくすれば、フィルムの傷は炉格子にとまったちっぽけな羽のある生き物に見えなくもない。

「これ、翼があるわ」タペンスは叫んだ。「ステキ、このアパートにほんものの生きた妖精がいるなんて。コナン・ドイルに手紙で報告する（コナン・ドイルは妖精写真を撮っていた）？ ああ、トミー。妖精は望みをかなえてくれるかしら？」

「すぐにわかるよ」トミーはいった。「きみは午後いっぱい、なにかが起きることを熱心に願いつづけてきたんだからね」

この瞬間にドアが開き、自分が執事なのかボーイなのか決めかねているらしい十五歳の背の高い少年が、いかにももののしい態度で尋ねた。

「奥様はご在宅ということにしますか？　たったいま、玄関のベルが鳴りましたが」

タペンスがうなずきアルバートが引っ込むと、彼女はため息をついた。「アルバートったら映画ばかり観に行くもんだから。ロングアイランドの執事の真似をしたがってしようがないのよ。お客様の名刺をお盆に載せてくるのだけは、なんとかやめさせたけれど」

ふたたびドアが開いて、アルバートが呼ばわった。まるで王族の名前でもあるかのように「カーター様でございます」と。

「長官だ」トミーはびっくりしてつぶやいた。

タペンスは喜びの声を発してぱっと立ちあがった。彼女の出迎えを受けたのは、射抜くような目に物憂げな微笑をたたえた、背の高い白髪の男だった。

「カーターさん、いらしてくださってすごくうれしいわ」

「そりゃよかった、トミーの奥さん。ところでどうだね？　毎日の生活は？」

「不足はありませんけど、退屈ですわ」タペンスの目がキラキラした。

「ますますけっこう」カーター氏はいった。「きみの気分はまさにうってつけのようだ」

「なんだか面白くなりそう」とタペンス。

まだロングアイランド風執事を気取っているアルバートが、お茶を運んできた。この作業がとどこおりなくすみ、彼の後ろでドアが閉まると、タペンスはもう一度声を上げた。

「なにか特別なお話があるんでしょ、カーターさん？　わたしたちをロシアの奥地にでも派遣なさるおつもり？」

「正確にはそうじゃない」カーター氏はいった。

「でもなにかあるのね」

「ああ――たしかに。きみたちは危険に怖気づくような人間ではないと思うが、どうかな、トミーの奥さん？」

タペンスの目に興奮の火花が散った。

「じつは秘密情報局のためにやらねばならん仕事があって――わたしの一存で――ちょっと思いついただけなんだが――きみたち二人にふさわしい仕事ではないかと」

「おつづけになって」タペンスはうながした。

「きみたちは《デイリー・リー》をとってるね」カーター氏はテーブルの新聞を取り上げながらつづけた。

彼はページを繰って、ある広告欄を指差しながらトミーのほうに押しやった。

「読んでくれたまえ」彼はいった。

トミーは読み上げた。


国際探偵事務所、所長シオドア・ブラント。秘密調査いたします。秘密厳守、腕利きの調査員多数。いかなる分野も可。相談は無料。ウェスト・セントラル、ヘイルハム・ストリート一一八番地。

不審げなトミーに、カーター氏はうなずいた。「この探偵事務所は少し前から壊滅状態でね」と小声でいった。「それをわたしの友人がただ同然で手に入れたんだ。われわれはこれを立てなおすことを考えている——そう、ためしに六カ月程度。この間、だれか所長が必要だ」

「そのシオドア・ブラントさんとやらはどうしたんです？」トミーが訊いた。

「ブラント氏はやや思慮を欠いていたらしい。じつはスコットランド・ヤードが介入せざるをえなくなってね。現在女王陛下の費用で拘禁されているが、こっちの知りたいことの半分も口を割ろうとしない」

「わかりました」トミーはいった。「少なくとも、わかったような気はします」

「きみに六カ月の休暇を与えようと思う。健康上の理由だ。もちろん、この間にきみがシオドア・ブラントの名で探偵事務所をやりたくなっても、わたしは関知しない」

トミーは長官をまじまじと見つめた。

「なにかご指示は？」

「ブラント氏は海外の仕事にも手を出しておったようだ。ロシアの切手が貼られた青い手紙に気をつけていたまえ。数年前に亡命者としてこの国にやってきた妻を捜しているという、ハムの販売業者からの手紙だ。切手を湿らせてはがすと、下に16という数字が書いてある。そういう手紙がきたらコピーを取って、オリジナルをわたしのところへ送ってくれ。それから、16という数字を口にして事務所を訪ねてくる者がいたら、すぐに報せること」

「わかりました」トミーはいった。「それ以外にはなにか？」

カーター氏はテーブルから手袋を取り上げ帰り支度をした。

「事務所は好きなように運営してよろしい。思うに」――彼の目がキラッと光った――「トミー夫人がちょっとした探偵仕事に手を染めるのも、おもしろいのではないかね」

お茶をどうぞ

A Pot of Tea

その数日後、ベレズフォード夫妻は国際探偵事務所の主となった。事務所はブルームスベリーにある荒れ果てたビルの二階だった。入り口に近い小部屋では、ロングアイランド風執事の役をあきらめたアルバートが、完璧に演じられるオフィスボーイ役に没頭していた。キャンディ入りの紙袋、インクに汚れた手、くしゃくしゃの髪、これが彼の役作りのすべてらしい。

この小部屋は二つのドアで奥のオフィスにつながっている。ひとつのドアにはペンキで書かれた〈秘書室〉の文字。もうひとつには〈私室〉の文字。こちらのドアの内側は狭いながらも心地のよい執務室になっていて、大きな事務用のデスクと、中身は空《から》っぽだが芸術的なラベルのついたファイルの棚と、どっしりした革張りの椅子が何脚かそなえつけてある。デスクのむこうにはニセのブラント氏が、生まれたときから探偵業をやってきました、といわんばかりの顔をして座っている。電話はもちろん彼の手元に置かれている。タペンスと二人で効果的な電話応対を練習しておいたし、アルバートにもいくつか指示を与えてある。

隣接した〈秘書室〉にはタペンスと、タイプライターとそれを置くためのテーブル、偉大な所長の部屋にあるのよりは数段品質の落ちる椅子がいくつか、それにお茶を沸かすためのガスレンジ。

欠けているものはなにもない、依頼人をべつにすれば。

事務所開きの興奮さめやらぬタペンスは、輝かしい希望を抱いていた。

「夢のような毎日になるわ」彼女は言い切った。「殺人犯を追いかけたり、紛失した家宝の宝石を探し当てたり、行方不明の人を見つけたり、横領をつきとめたりするのよ」

この時点でトミーは、多少水をさしておくのが自分の義務だろうと思った。

「少し冷静になれよ、タペンス。きみがご贔屓《ひいき》にしてる安っぽい小説のことは忘れるんだ。われらが依頼人は——依頼人がくるとしての話だが——妻を尾行してほしい夫と夫を尾行してほしい妻、そう相場がきまってるんだ。離婚のための証拠集めこそ、私立探偵事務所の唯一の収入源なのさ」

「そんな！」タペンスは気難しく鼻に皺《しわ》を寄せた。「離婚問題にタッチするのはよしましょうよ。ここは格調の高いオフィスにしなくちゃ」

「まあーね」トミーはどっちつかずにいった。

　こうして開設から一週間たった今、二人は格調を下げざるをえなかった。

「週末に亭主が帰らない、と訴えてきたまぬけな奥さんが三人来ただけか」トミーはため息をついた。「ぼくが食事に出てるあいだに、だれか来なかった？」

「浮気な妻を持つ太った年配男が一人だけ」タペンスも悲しげにため息をついた。「数年来、離婚が激増してるって新聞では読んでたけど、この週末で初めて実感がわいたわ。ほとほとうんざりよ、〝うちでは離婚は取り扱いません〟って断わるのは」

「それはもう広告文に入れておいた」トミーは彼女に思い出させた。「今後は多少改善されるんじゃないか」

「いかにも人の気をそそる広告を出したわけですものね」タペンスは憂鬱そうにいった。「いずれにしても、わたしは負けないわ。必要とあればわたしが犯罪を犯すから、あなたが調査してちょうだい」

「そんなことをして、なにになるんだい？　きみに切なく別れを告げるぼくの身にもなってほしいね、バウ・ストリート（軽犯罪などを扱う治安判事裁判所がある）で——それともヴァイン・ストリート（塔が近い《ロンドン》）かな？」

「自分の独身時代のことを考えてるのね」タペンスは不機嫌にいった。

「いや、中央刑事裁判所《オールドベイリー》というつもりだったんだ」

「とにかく」とタペンスはいった。「なにか手を打たなくちゃ。あふれるほどの才能がありながら、それを使うチャンスがないのだから」

「ぼくは昔から、きみのその能天気ぶりが大好きさ。才能があることについては、自信満々らしいねえ」

「あたりまえでしょ」タペンスは目をむいた。

「しかしながら、きみには専門知識がまったくない」

「はばかりながら、ここ十年間に出版された探偵小説は全部読んでるわ」

「ぼくだって読んださ」トミーはいった。「でもたいして役に立たない、という気がするけど」

「あなたは昔から悲観的なんだから。己を信じる——これが大切なのよ」

「たしかにきみは信じてるようだ」

「もちろん、探偵小説ではことはずっと簡単よ」タペンスは考えながらいった。「逆ですものね。つまり、解決法がわかっていて、手がかりを作るわけだから。でも実際の事件となると――」

タペンスは言葉を切って眉を寄せた。

「どうなる？」トミーは先をうながした。

「思いついたことがあるの。まだちょっと形にならないけど、じきになるはず」タペンスはさっと立ちあがった。「わたし、前に話した帽子を買いに行ってくるわ」

「なんてこった！　また帽子か！」

「あれはとてもステキな帽子なの」タペンスは重々しくいって、決然とした表情で出て行った。

思いついたこととはなんなのか、その後の数日にトミーは一、二度尋ねてみたが、タペンスはただ首を振って時間をちょうだいというだけだった。

やがて、ある輝かしい朝のこと、最初の依頼人が現われたために、すべては忘れ去られた。

受付のドアにノックが聞こえたのである。口にすっぱいドロップを放り込んだばかりのアルバートは、もごもごした声で「どうぞ」と叫んだ。それから、驚きと喜びのうちにドロップを丸々飲み下した。いかにもほんものの依頼人らしい人物が、ためらいがちに戸口に立っていたからだ。

上等な服をみごとに着こなした背の高い青年だった。

「これが上流階級ってやつだな」とアルバートは思った。こういうことにかけては、彼の判断はたしかだった。

青年は二十四、五歳。黒い髪をきれいになでつけ、まぶたの縁がうっすらピンクがかっていて、顎といえるほどのものはないにひとしい。

ぽうっとなりつつもアルバートがデスクの下のボタンを押すと、間髪を入れず一斉射撃のごときタイプの音が〈秘書室〉のほうから聞こえてきた。タペンスが慌てて任務についたのであろう。商売繁盛をものがたるこの効果音は、青年をさらに威圧するためのものだった。

「失礼」と青年は口を開いた。「ここはその――探偵事務所――ブラントの腕利き探偵たち？　そんなような名前だったが。ちがう？」

「ブラント氏本人にお会いになりたいのでしょうか」そんなことが可能とは思えないが、といいたげな口調でアルバートは訊いた。

「まあ――そう、できればと思ったんだよ。お会いできるかな？」

「ご予約はないんですね」

訪問者はますます申し訳なさそうな顔になった。

「あいにくと」

「まずお電話いただけるとよろしかったのですが。ブラント氏は超多忙なものですから。今も電話中なんですよ。スコットランド・ヤードから相談を受けておりまして」

青年はしかるべく感銘をうけた様子だった。

アルバートは声を落とし、ちょっとくだけた口調で打ち明けた。

「政府の重要書類が盗まれた件なんです。ブラント氏に捜査を引き受けてくれないかとの要請がありまして」

「へえ！　なるほど。すごい人物らしいね」

「所長は大物ですよ」

青年は固い椅子に腰をかけたが、巧妙に開けられた覗き穴から二人——つまりメッタ打ちのタイプの合間に覗いているタペンスと、適当なタイミングを計っているトミー——にじろじろ見られているのにはまったく気づかなかった。

すぐにアルバートのデスクのベルがけたたましく鳴った。

「所長の手が空きました。あなたにお会いできるかどうか、見てきます」アルバートはこういって〈私室〉のドアの中に消えたが、すぐにまた現われた。

「こちらへいらしていただけますか？」

　青年が中に通されると、赤毛でいかにも有能そうな物腰の、感じのいい顔をした若い男が立ちあがって彼を迎えた。

「おかけください。ご相談がおありとか。わたしが所長のブラントです」

「おや！　そうですか。いやあ、ずいぶんお若いんですね」

「ご老体の時代は終わりました」トミーは手を振り振りいった。「戦争を引き起こしたのはだれか？　ご老体だ。現在の失業率に責任があるのはだれか？　ご老体だ。引きもきらぬ堕落、腐敗の数々は、すべてだれに責任があるのか？　これもまた、ご老体であるといわねばなりますまい！」

「そのとおりだと思いますね」依頼人はいった。「ある詩人を知っているのですが――少なくとも自分では詩人だと称している男ですが――彼もいつも同じことをいっています」

「はばかりながら、うちの高度に訓練されたスタッフには、二十五歳を一日たりとも過ぎた者はおりません。ほんとうです」

　高度に訓練されたスタッフとは、タペンスとアルバートのことだから、この発言は真実そのものである。

「さてと――ご事情は」ブラント氏はいった。

「行方不明の人物を捜していただきたいのです」いきなり青年は切り出した。

「なるほど。詳しくお話しくださいませんか」

「それが、その、ちょっと難しいんですよ。つまり、おそろしくデリケートな問題がいろいろからんでまして。この件では彼女がひどく憤慨するかもしれず。つまるところ——もう、むちゃくちゃに説明しにくいわけでして」

彼は途方に暮れたようにトミーを眺めた。トミーはいらいらした。ちょうどランチに出かけようとしていた矢先だったのに、この客から事情を聞き出すにはそうとう手間がかかりそうだ。

「そのご婦人は自由意思で姿を消されたのか、誘拐が考えられるのか、どっちです？」

トミーはきびきびと尋ねた。

「わかりません」青年は答えた。「なにもわからないのです」

トミーはメモ帳と鉛筆に手をのばした。

「まず、お名前をどうぞ。うちのオフィスボーイはけっしてお名前を尋ねないように訓練されております。それによって、ご相談内容は完全に内密にできるわけですから」

「ああ！　なるほどね。とてもいい考えですね。ぼくの名前は——えーと——スミスです」

「それはいけません！」トミーはいった。「ご本名を、どうぞ」

訪問客は恐れ入って彼をみつめた。

「えー――セント・ヴィンセント。ローレンス・セント・ヴィンセントです」

「奇妙なことにね」とトミーはいった。「本名がスミスという人はとてもすくないんですよ。わたし自身も個人的にスミスという人を一人も知りませんしね。しかし、本名を隠したがる人の十人に九人は、スミスと名乗る。わたしはこのテーマで論文を書いているところです」

このとき、デスクの上のブザーが控えめな音を響かせた。これはタペンスが選手交替を要求している印。昼食をとりたいし、セント・ヴィンセント氏にはまるで共感が持てないし、この男の操縦を放棄するのはトミーにとって喜び以外のなにものでもなかった。

「ちょっと失礼」トミーはいって、受話器を取り上げた。

その顔を表情の変化がよぎった――驚き、狼狽《ろうばい》、かすかな高揚感。

「まさか。総理大臣ご本人が、ですか？　そういうことでしたら、もちろん、すぐ伺います」

トミーは受話器を置いて、依頼人に顔をむけた。

「もうしわけないが、失礼しなければなりません。緊急の呼び出しでして。事件の詳細を秘書に話していただければ、彼女がきちんと対応いたしますから」

彼は大股に隣の部屋へ近づいた。

「ミス・ロビンスン」

黒髪をきっちり撫でつけ、優美な襟とカフスをつけたとびきり上品できりりとしたタペンスが入ってきた。トミーは彼女を客に引き合わせて出て行った。

「あなたが興味をお持ちのご婦人が姿を消した、ということですのね、セント・ヴィンセントさん」タペンスはやわらかな声で語りかけながら腰をおろし、ブラント所長のメモ帳と鉛筆を手にとった。「若いご婦人でしょうか？」

「そりゃあ、もう！　若いし――それに――それに――ものすごく美しいというか、なんというか」

タペンスの顔が厳しくなった。

「まあ」彼女はつぶやいた。「なにごともなければいいけれど――」

「彼女の身になにか起こったとお思いなんじゃないでしょうね？」セント・ヴィンセント氏は不安にかられて訊いた。

「ええ、そんなことはけっして！　最良の結果を期待しなければいけませんわ」タペンスのややわざとらしい陽気さは、セント・ヴィンセント氏を奈落の底に突き落とした。

「お願いしますよ、ミス・ロビンスン。ねえ、なにか打つ手はあるでしょう。費用はいといません。全世界に替えても、彼女の身の安全は守ります。あなたはとてもものわかりがいい方らしいから、内密にお話ししますが、ぼくは彼女が歩いた地面にひれ伏したいくらいなんです。彼女は最高です、最高の最高です」

「お名前や、彼女に関することをなんでもお話しになって」

「名前はジャネット――苗字は知りません。帽子屋の――ブルック・ストリートの〈マダム・ヴァイオレットの店〉です――そこの売り子なんですが、じつに身持ちの堅いひとでしてね。なんども手厳しくはねつけられてはいるんですが――ぼくは昨日も店の前まで行きました――彼女が出てこないかと――ところが、ほかの者はみんな出てきたのに、彼女はこない。尋ねてみたら、彼女は朝から店に来ていないことがわかったんです――しかも無断で――マダムはもうカンカンでした。ぼくは彼女の部屋の住所を訊いて、そこへ行ってみました。すると前の晩から帰っていないし、今どこにいるのかだれも知らないんです。ぼくはもう動転しちゃって。警察へ行くことも考えたけれど、彼女が無事で自分の都合で町を離れたのだとしたら、彼女からどんなにどやされることか。そのとき思い出したんです、前に彼女がおたくの新聞広告を見せて話してくれたことを。なんでも店によく帽子を買いにくる女性が、こちらの事務所の有能さや行き届いた配慮のことを褒《ほ》めちぎっていたそうなんです。それでぼくは、とるものもとりあえずここへ伺ってみたわけでして」

「わかりましたわ。彼女の下宿の番地はおわかりですか」

青年は住所をタペンスに渡した。

「お話はそれで全部ですのね」タペンスは考えこむようにいった。「するとつまり――あなたはその若いご婦人と婚約していらっしゃる、そう理解してよろしいのでしょうか」

セント・ヴィンセント氏の顔が真っ赤になった。

「いや、それは――そうではありません。ぼくの口からはなにも約束しておりません。しかし、これだけはたしかです、彼女に会ったらすぐに結婚を申し込みます――もう一度彼女に会うことができさえしたら」

タペンスはメモ帳をわきに置き、きびきびと事務的な口調で尋ねた。

「特別二十四時間サービスをお望みですか？」

「どういうことです」

「これですと料金は倍になりますが、手の空いている所員全員をこの事件に当たらせます。そのご婦人が生存していらっしゃるとしたら、明日のこの時間までには、彼女の居場所をお教えできるはずですわ」

「なんですって？　いやあ、そいつはすばらしい」

「うちでは経験豊かなプロだけを雇っています——ですから成果が保証できるのです」

タペンスは言い切った。

「それにしても、すごいなあ。とびきりのスタッフぞろい、というわけですね」

「ええ、そりゃもう。ところで、その若いご婦人の特徴をまだ教えていただいていませんわね」

「髪はなんともいえないすてきな色をしていまして——金髪にはちがいないんですが、とても深い、いわば茜の夕空といいますか——そうです、茜の夕空の色なんです。最近まで夕焼けなんて気にもとめていなかったんですがね。詩もそうです、詩というものは思っていたよりずっと意味が深いんですねえ」

「赤毛ね」タペンスはそっけなくいって、そう書きとめた。「ご婦人の背丈はどのくらい？」

「高めです！　それに瞳がすばらしい、たしかダークブルーです。それから物言いがきびきびしていて——男顔負けといいますか」

タペンスは一言二言書き足すとメモ帳を閉じて立ちあがった。

「明日の二時にここへお電話くだされば、なにかご報告できると思います。では、ごきげんよう、セント・ヴィンセントさん」

トミーが昼食からもどると、タペンスは英国貴族名鑑《デブレット》のページを繰っているところだった。

「事情はすっかりわかったわ」彼女は言葉すくなにいった。「ローレンス・セント・ヴィンセントはチェリトン伯爵の甥で相続人。この事件を解決すれば、上流階級に名が売れるわよ」

トミーはメモ帳の記述に目を走らせた。

「この女性の身になにがあったんだときみは思う？」

「あの青年を愛するあまりにつらくなって、心の命ずるままに姿を消した、というところじゃないかしら」

トミーは疑問の目をむけた。

「小説にはよくあるけど、現実にそんなことをする女性にはお目にかかったことがないよ」

「ない？」タペンスはいった。「まあ、そうだわね。でも、ローレンス・セント・ヴィンセントならそういうたわごとも絶対に真に受ける。今彼は、ロマンティックな空想ではちきれそうになってるんだから。ともかく、二十四時間以内の解決を保証しておいたわ——うちの特別サービスだといって」

「タペンス——きみはどうしようもないバカだね。どうしてそんなことを？」

「ふと思いついたのよ。ちょっと聞こえがいいでしょ。心配いらないわ。ママにまかせておきなさい。ママは何でも知っている（ヤッフェの『ママは何でも知っている』より）んだから」

彼女は不満の塊《かたまり》のトミーを残して、さっさと出て行った。

ほどなく彼も立ちあがってため息をつき、タペンスの勝手過ぎる思いこみを呪いながら、できるだけのことをするために事務所を出た。

四時半に彼が疲れ果ててもどってみると、タペンスがファイルの中の隠し場所からビスケットの袋を取り出しているところだった。

「切羽詰ったような顔をしてるのねえ」と彼女はいった。「いままでなにをしてたのよ」

トミーはうめいた。

「くだんの女性の特徴を、各病院に訊いてまわってたんだ」

「わたしにまかせて、っていわなかった？」タペンスは語気を強めた。

「明日の二時までだなんて、きみ一人じゃとても見つけられないだろう」

「られるわよ——それどころか、もう見つけたの！」

「見つけたって？　どういう意味だ？」

「単純な問題だよ、ワトスン君、非常に単純な」

「今、どこにいる」

タペンスは肩越しに後ろを指差した。

「隣のわたしの部屋」

「そんなところでなにをしてるんだ」

タペンスは声をたてて笑い出した。

「身についた習慣は争えないものね、ヤカンとガスレンジと半ポンドの紅茶が目の前にあれば、結果はいわなくてもわかるでしょ」こういってタペンスは優しく後をつづけた。「〈マダム・ヴァイオレットの店〉はわたしがよく帽子を買いに行くところなの。そこで先日、わたしの病院時代の同僚が売り子をしてるのにばったり会ったの。彼女は戦争が終わったときに看護婦をやめて帽子屋を開いたんだけれど失敗して、マダム・ヴァイオレットのところで働き始めたわけ。今度のことは彼女とわたしで全部おぜん立てしたのよ。彼女はうちの宣伝をセント・ヴィンセント青年の頭に叩きこんでおいて、姿を消す。〝ブラントの腕利き探偵たち〟のすばらしい業績をね。わたしたちには宣伝が必要だし、彼女はセント・ヴィンセント青年を刺激してプロポーズさせるまで気持ちを高める必要があったからよ。ジャネットは結婚には絶望的になっていたんですもの」

「タペンス」とトミーはいった。「あきれたね、きみという人は！　こんなインチキ商法は聞いたこともない。あの青年をそそのかして結婚させようというのか、身分ちがいの——」

「くだらないわ」タペンスはいった。「ジャネットはすばらしい人なのよ——それが奇妙なことにあの弱腰の青年にすっかりまいっちゃってるの。あなただって一目みれば彼の家系になにが欠けてるかわかるでしょ。勇ましい血を混ぜなきゃダメ。ジャネットなら彼を育てられるわ。母親のように彼の世話をしてカクテルだのナイトクラブだのから彼を遠ざけ、立派で健康な田舎紳士の生活をさせられる。さあ、彼女に会ってあげて」

タペンスが隣室のドアを開け、トミーは後につづいた。

きれいな赤褐色の髪と感じのいい顔立ちの、長身の女性が湯気のたつヤカンを置いてふりむいた。にっこりすると歯並びのいい白い歯がこぼれた。

「勝手にお茶を入れてごめんなさい、カウリー看護婦——いえ、ベレズフォード夫人。あなたもきっとお茶を飲みたいころだと思ったものだから。病院では、いつもあなたにお茶を入れてもらったわ、朝の三時に」

「トミー」タペンスはいった。「昔馴染みの看護婦スミスを紹介するわ」

「スミス、ですか？　これはめずらしい！」握手しながらトミーはいった。「えっ？　いや、なんでもありません——書こうと思っている論文のことが頭にあって」

「しっかりしてよ、トミー」とタペンスがいった。

ジャネットが彼にお茶を注いだ。

「さあ、みんなでお茶をいただきましょう。国際探偵事務所の成功のために。〝ブラントの腕利き探偵たち〟のために！　失敗などけっしてありませんように！」

桃色真珠紛失事件

The Affair of the Pink Pearl

「いったいなにをしてるの？」タペンスは国際探偵事務所（キャッチフレーズは〝ブラントの腕利き探偵たち〟）の奥の私室に入るなり、問いただした。夫であり所長であるトミーが、本だらけの床に腹ばいになっていたからだ。

トミーは立ちあがろうともがいた。

「この本を本棚のいちばん上に並べようとしてたんだ」彼は不平がましくいった。「そうしたら椅子がこわれやがって」

「なんの本なの」タペンスは尋ねながら一冊を手に取った。『バスカヴィル家の犬』これならもう一度読んでみてもいいわね」

「ぼくがなにを考えてると思う？」トミーは体についた埃《ほこり》を丁寧にはらいながらいった。

「巨匠たちとの三十分――まあ、そんなことなんだけどね。ぼくらはこの商売ではアマチュアの域を出ないという感じは否めない――いや、ある意味では、ぼくらは立場上アマチュアでしかありえないんだが、でも高度なテクニックを身につけても邪魔にはなるまいと思うんだよ。ここにある本はみんな、一流の作家たちが書いた探偵小説だ。いろんなスタイルをためして、どんな結果がでるかを検討してみようと思ってさ」

「ふーん」タペンスはいった。「こういう探偵が現実にいたらうまくやっていけるのかしらって、わたしはよく思うけど」彼女はべつの本を取り上げた。「たとえばあなたがソーンダイク博士（フリーマン作の法医学者探偵）になるのは難しいんじゃない？　医学の経験はないし、法律はもっとダメだし、科学に強いという話も聞いたことがないしねえ」

「そうかもしれない。しかしいずれにしても、すごく上等なカメラを買ったから、足跡の写真を撮って大きく引き伸ばしたりなんかもできるよ。友よ《モナミ》、きみの灰色の脳細胞をつかいたまえ（クリスティー作の名探偵ポアロの決め台詞）――これを見てきみはなにを連想する？」

彼は戸棚の下の段を指差した。風変わりな感じのドレッシングガウンと、トルコ製のスリッパとヴァイオリンが置いてあった。

「火をみるよりあきらかなことさ、ワトスン君」タペンスはいった。

「まさしく、シャーロック・ホームズだよね」

そういいつつ彼がヴァイオリンを手に取っていい加減に弓をあてると、タペンスは苦痛の悲鳴をあげた。

その瞬間、デスクのブザーが鳴った。受付に客がきて、オフィスボーイのアルバートがうまくあしらっている最中である、という合図だ。

トミーは急いでヴァイオリンを戸棚にしまい、本をデスクの後ろに蹴りこんだ。

「そうあわてることはないんだった」気がついて彼はいった。「ブラント氏はスコットランド・ヤードと電話中、というたわごとをアルバートが吹きこんでくれてるんだから。きみは部屋へ行ってタイプを打ち始めろよ、タペンス。その音でオフィスが忙しそうに聞こえるし活気づくから。いや、それよりもぼくの口述筆記をしてもらったほうがいいな。アルバートがこっちに送りこんでくる前に、ちょっとカモを見ておこうか」

ひそかに受付の様子が見られるように開けた覗き穴に、二人は近づいた。

依頼人はタペンスと同じくらいの年格好、背が高く黒髪で、ややややつれた顔に挑むような目つきをした娘だった。

「安っぽくてけばけばしい服ね」タペンスがいった。「通してもらって、トミー」

すぐに娘は高名なブラント氏と握手することとなり、タペンスはつつましく目を伏せて座りメモ帳と鉛筆を手に持った。

「秘書のミス・ロビンスンです」ブラント氏はタペンスのほうに手を振った。「彼女の前ではなにをおっしゃっても大丈夫です」それからしばし椅子にもたれて半ば目を閉じ、物憂げな調子でこういった。「この時間にバスに乗られたのでは、混んで大変だったでしょうね」

「タクシーで来たわ」娘はいった。

「おや！」傷ついたのは隠せない。彼の目は無念そうに、娘の手袋からはみ出している青いバスの切符をいつまでも見ている。彼女は彼の視線を追うと、にっこりしてそれを引っ張り出した。

「これのこと？　歩道で拾ったの。近所の子供が集めてるものだから」

タペンスは笑いをこらえて咳き込み、トミーはタペンスに怒りの視線をむけた。

「用件にはいりましょう」彼はそっけなくいった。「われわれの手が必要なのですね、ミス――？」

「キングストン・ブルースです。ウィンブルドンに住んでいます。ゆうべ、わたしたちの家にお泊まりの女性が高価な桃色真珠をなくしたんです。食事に同席してらしたセント・ヴィンセントさんが、たまたまお宅の事務所のことをおっしゃったもので、母がわたしを寄越したのです。この件を調査していただけないか訊いてくるようにと」

娘の口調はぶっきらぼうで、感じが悪いといってもよかった。彼女が母親の意見に不賛成であることがはっきりわかる。来たくないのにここへ来たのだ。

「なるほど」トミーはちょっと当惑した。「警察は呼ばなかったんですか」

「もちろん呼んでいません」ブルース嬢はいった。「警察を呼んでから、そのくだらない宝石とやらが暖炉の下に転げこんでいたりしたら、間抜けもいいとこじゃありませんか」

「ほう！　するとその真珠はどこかに紛れこんだだけかもしれないわけですね」

キングストン嬢は肩をすくめた。

「みんな大騒ぎしすぎるのよ」彼女がつぶやくのを聞いて、トミーは咳払いした。

「もちろんわたしは」トミーはどっちつかずにいった。「目下、きわめて多忙でして――」

「よくわかったわ」娘はさっと立ちあがった。彼女の目が満足そうにキラッと光ったのを、タペンスだけは見逃さなかった。

「しかしながら」とトミーはつづけた。「なんとかウィンブルドンまで出かけられないこともない。住所は？」

「エッジワース・ロードの〈月桂樹荘《ローレル》〉」

「書きとめて、ミス・ロビンスン」

キングストン・ブルース嬢はためらったのち、ややふてくされたようにいった。「ではお待ちしています。さようなら」

「おかしな女だね」彼女が去るとトミーはいった。「どういうつもりか、さっぱりわからん」

「彼女が自分で盗んだんじゃないかしら」タペンスは考えこみながらいった。「ねえ、トミー、そんな本はさっさと片づけて、車でウィンブルドンへひとっ走りしてみましょうよ。あなたは誰流でいくの？　シャーロック・ホームズ風をつづける？」

「それにはもうちょっと練習が必要だろうな。バスの切符の件では大失敗だったからね」

「ほんと。わたしだったらあの人に推理をひけらかすようなことはしないわ――すごく頭が切れそうだもの。それに、気の毒に、なんだか幸せじゃないみたい」

「彼女のことはなんでもわかってるらしいね」トミーは皮肉った。「鼻の形を見ただけなのに！」

「〈ローレル荘〉に行ったらどういう人たちに会えるか教えてあげるわね」とタペンスは動じる気配もない。「ものすごく上流階級の仲間入りしたがっている俗物一家。父親がいるとしたら、その父親は絶対に肩書きのある軍人よ。娘は両親の生き方に同調しながらも、自己嫌悪におちいってるんだわ」

トミーはようやく棚の上にきれいに並べられた本を眺めわたした。

「そうだなあ、今日はソーンダイク博士でいくことにしようか」

「この事件に法医学的要素はまったくなさそうだけど」とタペンス。

「たぶんないね。でも、新しく買ったカメラを使いたくてたまらないんだ！　レンズがじつにすばらしい。こんなレンズはかつてなかったし、今後もまずありえないと思うよ」

「その手のレンズのことならよく知ってるわ。シャッタースピードを調節したり、露出度を計算したり、水平器に目をあてたりしているうちに頭が疲れちゃって、安直なブローニー（コダック社の安カメラ）のほうがよかった、って思うのがオチよ」

「安直なブローニーに満足するのは志の低いやつだけさ」

「そう、わたしならブローニーであなたよりずっといい結果が出せるけど、どう、賭ける？」

トミーは挑戦を無視した。

「〈スモーカーズ・コンパニオン〉（パイプにタバコをつめたり、火をつけたり、掃除をしたりする奇妙な形の骨董品）も用意しておくべきだったなあ」彼は悔やんだ。「どこで売ってるだろう？」

「去年のクリスマスにアラミタ叔母様がくださった新案のコルク抜きならあるわ」タペンスが助け舟を出した。

「たしかにそうだ。当時は妙な格好の破壊用具だと思ったが、絶対禁酒主義の叔母様からのプレゼントにしてはユーモアがあるよね」

「わたしは」とタペンスはいった。「さしずめ助手のポルトンってとこね」

トミーはバカにしたような目でタペンスを見つめた。

「ポルトンねえ。彼の仕事のどれ一つだって、きみにはとうてい真似もできないだろうよ」

「ちゃんと、できますって。うれしいときに両手をこすり合わせればいいんでしょ。それだけできれば充分よ。あなた、足跡の型は石膏《せっこう》でとるつもりなんでしょうね」

トミーはあきれて口をつぐまざるをえなかった。二人はコルク抜きを用意してガレージへ行き、車を出してウィンブルドンへむかった。

〈ローレル荘〉は大きな屋敷だった。破風と小塔は昔のまま残っているものの、ごく最近ペンキを塗り直したらしくピカピカで、真っ赤なゼラニウムに埋めつくされた花壇が周囲をとりまいている。

トミーがベルを鳴らすより早く、短く刈りこまれた白い口髭の長身の男がさっとドアを開けた。これ見よがしな軍人風の物腰だった。

「あなたがたが見えるのをここで待ちうけていた」男はせかせかと説明した。「ブラントさん、そうですね？　わたしはキングストン・ブルース大佐。わたしの書斎へきていただこう」

二人は家の裏手の小部屋に案内された。

「セント・ヴィンセント青年からお宅の事務所はすばらしいと聞いている。広告も見たことがあります。二十四時間で解決を保証――これはじつに驚くべきことです。これこそまさに、わたしが必要としていることでね」

こんな華々しい条件を広告に入れたタペンスの無責任さを呪いながら、トミーは答えた。「そうなんです、大佐」

「なんとも、まさに、悲惨な状況なんですよ、じつに悲惨な」

「あったことをお話しねがえないでしょうか」トミーはかすかないらだちを声ににじませた。

「もちろん、話します――今すぐに。現在我が家には、大昔からの親しい友人であるレディ・ローラ・バートンが滞在しておられる。亡くなったキャロウェイ伯爵のご息女です。爵位をつがれた彼女の兄上は、先日上院ですばらしい演説をなさったが、今申したように、彼女はわれわれの古くからの友人なのです。そこへ、たまたまイギリスを訪れていたアメリカの友人ハミルトン・ベッツ夫妻が、ぜひとも彼女に会いたいというものだから、わたしはいったわけです。〝簡単なことだよ。彼女は今、我が家に滞在しておられる。週末にでも訪ねてきたまえ〟と。ご存知でしょう、ブラントさん、アメリカ人がいかに称号に弱いか」

「アメリカ人でなくても、称号に弱いのはけっこういますけれどね、キングストン・ブルース大佐」

「いや、まったく、そのとおり！　わたしも俗物《スノッブ》ほど嫌いなものはない。ところでさっきいったように、ベッツ夫妻は週末にやってきた。そしてゆうべ——ちょうどみんなでブリッジをやっていたときですが——ベッツ夫人がつけていたペンダントの留め金が壊れたので、彼女は外してそばの小テーブルに置いた。寝るときに持って上がるつもりだったんでしょう。ところがそれを忘れてしまった。説明しておきますが、このペンダントは翼形のちいさなダイヤモンドが二粒並んでいて、そこから大きな桃色真珠がぶら下がっている、というデザインです。ペンダントそのものは、ベッツ夫人が置いたところに今朝もあったのだが、莫大な値打ちのある大粒の真珠だけがもぎ取られていた」

「ペンダントを見つけたのは？」

「客間のメイドです——グラディス・ヒル」

「彼女を疑う理由があるでしょうか？」

「何年もうちで働いてもらっているし、ずっと正直者でとおっています。しかし、絶対とは言い切れ——」

「たしかに。お宅の使用人のことを話していただけませんか、それからゆうべディナーの席にいた顔ぶれを」

「まず料理人——彼女はうちにきてまだ二カ月だが、客間に近づくチャンスはなかったと思う。これは台所のメイドにもいえますな。それから家事専門のアリス・カミングス。彼女もうちにきて何年にもなる。無論それからレディ・ローラが連れているメイド。彼女はフランス人なんですよ」

こういったとき、キングストン・ブルースの顔にいかにも感に堪えたような表情が浮かんだ。メイドの国籍にはさして興味のないトミーはいった。「なるほど。で、ディナーのメンバーは？」

「ベッツ夫妻、われわれ——つまり家内と娘とわたし——それからレディ・ローラ。セント・ヴィンセント青年も一緒に食事をしました。ディナーのあとでレニーがちょっと顔を出して」

「レニーというのは？」

「じつに厄介なやつです——とんでもない社会主義者でね。男前は男前だし、議論させるとまあ迫力があるんだが。しかしはっきりいって、まったく信頼できないやつです。危険なタイプの男だな」

「となると」とトミーはそっけなくいった。「あなたが疑っているのはレニーさんですか」

「そうです、ブラントさん。ああいうものの考え方をするやつですから、節操なんかまるでない。われわれ全員がゲームに熱中しているあいだに、そっと真珠をひねり取る、あいつにとってこれ以上簡単なことがあるでしょうか？　たしかにわれわれは何度か我を忘れるような瞬間がありましたからな——切り札もないのに賭けを二倍にしたときとか。それに、家内が場札と同じ札があるのにべつのを出して、ひどい口喧嘩になったこともあったし」

「なるほどね。ひとつ、訊きたいんですが——その間のベッツ夫人の態度はどうでした？」

「彼女はわたしに警察を呼んでほしいといいましたよ」キングストン大佐はしぶしぶい

った。「真珠がどこかに落ちているのではと、みんなでさんざん捜した後のことだが」

「でもあなたが押しとどめた？」

「わたしは表沙汰にすることに大反対だったし、家内も娘もそれに同調してくれた。そのとき家内が、前の晩のディナーでセント・ヴィンセント君があなたの事務所のことをほめていたのを、思い出したんです——たしか二十四時間の特別サービスがあるとか」

「ええ」トミーは気が重くなった。

「いずれにしても害はないわけだからね。明日警察を呼ぶにしても、われわれは真珠がどこかに紛れこんだのだと思って捜していた、といえばいい。ちなみに、今朝はだれもこの家から出ないようにいってあります」

「あなたのお嬢さん以外はね」タペンスが初めて口を開いた。

「娘以外は」と大佐も同意した。「彼女はすぐに、あなたのところへいって話をする役を買って出たわけです」

トミーは立ちあがった。

「ご満足のいくよう、最善をつくしますよ、大佐。客間と、ペンダントが置かれていたテーブルを見せていただけませんか。それからベッツ夫人に二、三質問をしたいのですが。そのあとで使用人から話を聞きます——いや、それは助手のミス・ロビンスンにまかせたほうがいいな」

　使用人の尋問などという厄介なことは、考えただけで気持ちが萎《な》える。

　キングストン・ブルース大佐はさっとドアを押し開け、二人の先にたって廊下を歩きだした。その間に、彼らが向かっている部屋の開いたドアから、なにか言いつのる声が聞こえた。今朝二人に会いに来た娘の声だ。

「お母様だって百も承知のはずよ。あの人がマフに隠してティースプーンを持って帰ったのは」

　すぐに二人は陰気な表情の物憂げな女性に引き合わされたが、これがキングストン・ブルース夫人だった。娘のほうは二人が来たのを見てちらと首を傾けた。ますます仏頂面になっている。

　キングストン・ブルース夫人は能弁だった。

「――でも、わたしにはだれが盗ったかわかってるの」と断をくだした。「あのおそろしい社会主義者の若者にきまってる。彼はロシア人とドイツ人が大好きで、イギリス人は大嫌いなの――だからやったんでしょうよ」

「彼は手を触れてもいないわよ」キングストン嬢はかっとなった。「わたしは彼を見てたんだもの――ずっと見てたわ。彼が盗ったのならすぐわかったはずよ」

彼女は挑むように顎をつんと上げて二人をにらんだ。

「だれなのかな、ティースプーンをマフに隠して持ち出した、というのは？」トミーがそっと訊いた。

「わたしもそう思ってたとこ」タペンスは答えた。

と、夫を従えたベッツ夫人が部屋に飛びこんできた。大柄な女性で確信に満ちた物言いをする。夫のハミルトン・ベッツはむっつりと不機嫌な顔をしている。

「あなたは私立探偵なんですってね、ブラントさん。どんな事件もスピーディに解決なさるそうじゃないの」

「スピーディ・ブラントといわれているくらいですからね。少し質問させてください」

それ以後、ことは迅速に運んだ。トミーは壊れたペンダントとそれが置かれていたテーブルを見せてもらったし、いままで口をつむいでいたベッツ氏も盗まれた真珠の価格をドルであきらかにしてくれた。

にもかかわらず、トミーは自分がなにもつかんでいないという焦燥感にかられた。

「おかげで、いろいろ参考になりました」最後に彼はいった。「ミス・ロビンスン、ホールからあの特殊写真装置を持ってきてくれないか」

ミス・ロビンスンは取りに行った。

「わたしの考案品でして」トミーはいった。「一見、なんの変哲もないふつうのカメラなんですがね」

感心しているベッツ夫妻の様子に、ほんの少しだけ満足が味わえた。

ペンダントとそれが置いてあったテーブル、それに部屋のあちこちの写真を撮った。

〝ミス・ロビンスン〟が使用人たちの話を聞きに出て行ったあと、キングストン・ブルース大佐とベッツ夫妻の期待に燃える顔つきを見たトミーは、なにかもっともらしいことをいわねば、という気にさせられた。

「事情を総合して考えるとですね、真珠はまだお屋敷内にあるか、すでにないか、のどちらかということになります」

「まったくそのとおりですな」大佐は、トミーの発言の内容が価する以上の敬意をはらっていった。

「お屋敷内にないとすれば、いたるところに可能性がひろがります――しかしながら、屋敷内にあるとすれば必然的にどこかに隠されているわけで――」

「捜査が必要となりますな」キングストン・ブルース大佐が口をはさんだ。「まったくそのとおり。白紙委任状をさしあげますよ、ブラントさん。屋根裏から地下室まで、徹底的に捜してください」

「まあ、チャールス！」キングストン・ブルース夫人が涙声でいった。「それが賢明なことかしら？　使用人に嫌がられるわ。きっとみんな辞めてしまうわ」

「彼らの部屋の捜査は最後にしましょう」トミーが如才なくいった。「泥棒は真珠をいちばんありそうもないところに隠すはずです」

「それに近いことをどこかで読んだような気がしますな」大佐が賛成の意を表した。

「いかにも。おそらくレックス・V・ベイリー事件のことをいっておられるのでしょう、前例となった事件です」

「えー——そう——そうだった」大佐は当惑顔でいった。

「もっともありえない場所といえば、ベッツ夫人の部屋ですね」トミーはつづけた。

「わたしの部屋！　それってすごく刺激的じゃない？」ベッツ夫人は感心したようにいった。

さっそく彼女は部屋に案内し、トミーはそこでも特殊写真装置を使った。

そのうちにタペンスももどってきた。

「さしつかえありませんか、あなたのワードローブを助手に調べさせても？」

「ええ、全然。わたしはもうここにいなくていいかしら？」

トミーが引き止める理由がないことを明言すると、彼女は出て行った。

「最後まではったりでとおせるといいけどね」トミーはいった。「個人的には、真珠を見つける自信はこれっぽっちもないんだ。きみを呪いたいよ、タペンス、二十四時間解決だなんて手品みたいなことをいって」

「聞いて。使用人たちはまったく問題ないわ。ただフランス人のメイドから聞き出したことがあるの。一年前にレディ・ローラがここに滞在していたときにね、キングストン・ブルースのお友達たちと一緒にお茶を飲みに出かけたことがあったんですって。みんなで家に帰ってきたら、彼女のマフから銀のティースプーンが転げ落ちた、というの。偶然マフの中に落ちたんだろう、とみんなは思ったそうよ。ところが似たような盗難事件のことをいろいろ話していたら、もっとわかったことがあるの。レディ・ローラは始終人の家を泊まり歩いているらしいのよ。じつはお金に困っていて、居心地のいいねぐらを求めて貴族の称号をありがたがる人たちのところを泊まり歩いてるんじゃないかしら。偶然の一致か——もっと意味があるのか——わからないけど、彼女がいろんなところに滞在していたあいだに五件も盗難事件が起きている。なくなったのは些細なもののことも、高価な宝石のこともあるわ」

「ヒュー！」トミーは長々と口笛を吹いた。「その古ギツネの部屋はどこか、知ってる？」

「じゃあさ、ちょっとだけ入って、調べてみようじゃないか」

「廊下のむかい」

むかいのドアは少し開いていた。広々したスペースには艶出しの家具とローズピンクのカーテン。奥にバスルームに通じる扉がある。この扉からとてもこざっぱりした身なりの、すらりとした黒髪の娘が現われた。

タペンスは彼女の唇に驚きの叫びを読み取った。

「エリーズですわ、ブラントさん」タペンスは他人行儀にエリーズを紹介した。「レディ・ローラのメイドです」

トミーはバスルームの敷居をまたぎ、豪華で現代的な設備に内心感心した。だが、目を見開いて見ているフランス人メイドの疑惑を消し去る仕事にとりかかることにする。

「仕事が忙しいんだろうね、エリーズさん？」

「はい、ムッシュ、奥様のバスルームをお掃除しなければなりませんから」

「ちょっとわたしが写真を撮るのを手伝ってもらえないかな。特殊なカメラを持ってきていて、このお屋敷のすべての部屋の調度品を撮影してるんだ」

ここで邪魔が入った。彼の背後でバスルームにつながる扉が突然ばたんと音をたてて閉まったのである。その音にエリーズは飛び上がった。

「どうしたんだ？」

「きっと風だわ」タペンスがいった。

「部屋にもどろう」トミーがいった。

エリーズが二人のためにその扉を開けにいったが、ノブがかちゃかちゃ音をたてるだけ。

「どうした？」トミーが語気するどく訊いた。

「あの、ムッシュ、むこうからだれかが鍵をかけたみたいで」エリーズはタオルをつかんでもう一度ノブをまわそうとした。今度はいとも簡単にまわり、ドアはぱっと開いた。

「まあ、妙だこと《ヴォアラ・ス・キ・クリュ》。きっとなにかが引っかかってたんだわ」エリーズはいった。

部屋にはだれもいなかった。

トミーは特殊写真装置を手に取り、タペンスとエリーズにいろいろ注文をつけたが、彼の視線は何度も何度もさっきのドアにひきつけられた。

「おかしいなあ」つぶやいた。「なぜあのドアは引っかかったんだろう？」

彼はドアを何度も開けたり閉めたりして、詳しく調べた。どこにも引っかかるようなところはなかった。

「もう一枚だけ撮っておこう」トミーはため息をついた。「そのバラ色のカーテンを引いてくれないか、エリーズさん。ありがとう。ちょっとそうやって押さえてて」

耳慣れたカチッというシャッターの落ちる音。ガラス板をエリーズに渡し、三脚をタペンスに押さえていてもらってから、トミーは丁寧にカメラを外して蓋を閉じた。

適当な口実でエリーズを追い払うとすぐに、彼はタペンスをつかまえて早口にまくしたてた。

「ねえ、いいことを思いついたんだ。きみはここでぶらぶらしててくれないか？　すべての部屋を調べる――それにはけっこう時間がかかるだろう。あの古ギツネ――レディ・ローラ――からも話を聞いてほしいが、警戒させないように。客間係のグラディス・ヒルを疑ってるといえばいい。しかしなにがあっても、彼女を屋敷の外に出さぬように。ぼくは車で出かけてくる。できるだけ早く帰るよ」

「いいわよ」タペンスはいった。「でも、自信過剰はよくないわ。あなた、忘れてることがひとつあるでしょ。あの娘のこと。あの人はどこか妙よ。ねえ、わたしね、今朝彼女がこの家を出た時間を聞き出したの。ここからわたしたちのオフィスまでは二時間。だったらおかしいでしょ。うちに来る前に、彼女はどこに行ってたのかしら？」

「うん、一理あるな」夫は認めた。「きみはきみで好きに手がかりを追うといいよ。ただレディ・ローラは絶対に屋敷から出さないでくれ。あれはなんだ？」

耳ざとい彼は、外の踊り場にかすかなきぬずれの音を聞きつけたのだった。大股にドアまで行って見たが、人影はなかった。

「じゃあ、行ってくる。できるだけすぐ帰るよ」


タペンスはかすかな疑念が晴れぬまま、彼が車で走り去るのを見送った。トミーは確信を持っている――でも彼女自身にそこまでの確信はない。どうにも合点のいかぬことが二、三あるのだ。

彼女が窓辺にたたずんだまま外を眺めていると、道の反対側の門の陰から一人の男が出てきて道をわたり、ベルを鳴らすのが目にはいった。

とたんにタペンスは部屋を飛び出して階段を駆け下りた。客間のメイドのグラディス・ヒルが屋敷の奥から玄関にむかってきたが、タペンスは有無をいわせぬ態度で彼女をさがらせた。そして自ら玄関に出てドアを開けた。

仕立ての悪い服を着て、キラキラした黒い目が印象的な、ひょろりとした青年が階段に立っていた。

青年は一瞬ためらってからいった。

「キングストン・ブルース嬢はおいでででしょうか？」

「おはいりになって」タペンスはいい、わきへどいて彼を通すとドアを閉めた。「レニーさん、でしょう？」彼女はにこやかにいった。

彼はすばやい一瞥を投げた。

「え──そうです」

「こっちへいらして」

タペンスは書斎の扉を開けた。部屋は空っぽで、彼につづいて入ってきたタペンスは後ろ手に扉を閉めた。彼はふりむいて眉をひそめた。

「ぼくはキングストン・ブルース嬢に会いたいんです」

「さあ、どうでしょう、お会いになれるかどうか」タペンスは落ち着きはらっている。

「ちょっと、あなたは何者なんだ？」レニーの口調が乱暴になった。

「国際探偵事務所の者よ」ずばりと答えると──レニー氏は驚愕を隠せなかった。

「おかけなさいな、レニーさん」彼女はつづけた。「初めに、キングストン・ブルース嬢が今朝あなたを訪ねたことは、わかってますからね」

当てずっぽうだったが、的中した。彼の狼狽に気づいて、タペンスはすばやく次の攻撃に移った。

「いちばんだいじなのは真珠を取り戻すことよ、レニーさん。この屋敷にいる人たちはだれ一人望んでないわ——表沙汰になるのを。どこかで手を打てるんじゃない？」

青年はキッと彼女を見つめた。

「あなたがどこまで知っているのやら」彼は思慮深くそういった。「少し考えさせてください」

彼は両手に顔をうずめた——そして予想もしなかった質問をした。

「あの、セント・ヴィンセント青年が婚約したというのは、ほんとうですか？」

「ほんとうよ。お相手のお嬢さんも知ってるわ」

レニー氏は急にうちとけてきた。

「じつは大変だったんですよ。あの人たちが朝から晩までガミガミと——彼に食らいつけとばかりベアトリスを責めたてて。それもみんな、彼がいずれ爵位を継承するからです。もしぼくがそんな——」

「生臭い話はよしましょうよ」タペンスは急いでいった。「なぜあなたはキングストン・ブルース嬢が真珠を取ったと思うのか、よかったら聞かせてくださらない、レニーさん？」

「そんな——そんなこと思ってません」

「思ってるわ」タペンスは静かにいった。「あなたは探偵が車で走り去ってだれもいなくなるのを待ってから、彼女に会いにきたでしょ。明白なことよ。あなた自身が真珠を取ったのなら、今の半分も取り乱さないはずだわ」

「彼女の態度があまりにも妙だったんです」青年はいった。「今朝ぼくのところに来て盗難のことを話し、これから私立探偵のところへ行くところだといいました。なにかいいたそうだったが、結局いわずじまいだった」

「要は真珠がもどりさえすればいいのよ。彼女のところへ行って説得なさいよ」

だがそのとき、キングストン・ブルース大佐がさっとドアを開けた。

「お昼の用意ができましたよ、ミス・ロビンスン。ご一緒にどうぞ。あの――」

いいかけて口をつぐみ、青年をにらみつけた。

「わかってます」レニー氏はいった。「ぼくを昼食に誘う気はない。結構です、失礼します」

「後でまたいらしてね」彼がそばを通ったとき、タペンスはささやいた。

最近は無作法が蔓延《まんえん》して困ると口髭をふるわせながら文句をいいつづける大佐にしたがって大きなダイニングルームに入ると、家族はもう集まっていた。その中に一人だけ、タペンスの知らない人物がいた。

「こちらがミス・ロビンスン、ご親切に協力してくださってるんですよ、レディ・ローラ」

レディ・ローラはうなずき、鼻メガネ越しにじっとタペンスを見つめた。背の高い痩せた女で、笑顔は悲しげで声も優しいが、目だけは厳しく抜け目がなさそうだ。タペンスが見つめ返すと、目を伏せた。

食事がすむと彼女は、やや好奇心をそそられるといった風情で話しかけてきた。調査はどのていど進んでますの？　タペンスは客間係のメイドへの疑惑を適当に強調しておいたが、レディ・ローラが怪しいとは思わなかった。彼女はティースプーンやなにかを服に隠したりするかもしれないが、桃色真珠を盗むとはどうしても思えなかった。

まもなくタペンスは屋敷の調べを続行した。時間がたってゆく。トミーの姿はまだ見えない。それよりもっと気になるのはいっこうにレニーが現われないことだ。ひとつの寝室から急いで出ようとしたとたん、タペンスは階段を下りようとしていたベアトリス・キングストン・ブルースと鉢合わせした。ベアトリスは外出着に着替えている。

「今は外出は禁止されてますけれど」タペンスはいった。

相手の女性は高飛車《たかびしゃ》に彼女を見くだした。

「外出しようとしまいと、あなたに関係ないでしょう」と冷ややかに言い放つ。

「でも、警察に連絡するかどうかは、わたしにかかっているのよ」

たちまち、ベアトリスは青ざめた。

「だめよ——だめよ——わたしは行かなきゃならないの——でもそれはやめて」彼女は必死にタペンスにしがみついた。

「ねえ、お嬢さん」タペンスは微笑んだ。「この事件は最初から明々白々だったのよ——わたしには——」

しかしこのとき邪魔が入った。ベアトリスと出くわしたことに気をとられて、ドアのベルが鳴ったのが聞こえなかったのだ。なんと驚いたことに、トミーが階段を駆け上がってくる。そして下のホールに、山高帽を脱ごうとしている大きな太鼓腹の男の姿が見えた。

「スコットランド・ヤードのマリオット警部だよ」トミーはにやりとしながらいった。

一声叫んだベアトリスがタペンスの手をふりきってだっと階段を駆け下りた、ちょうどそのとき、玄関が開いて入ってきたのは青年レニーだった。

「あなたのおかげで台無しだわ」タペンスは苦々しくいった。

「え？」いうなり、トミーはレディ・ローラの部屋へ急いだ。まっすぐバスルームに入ると、大きな石鹸《せっけん》を両手にかかえるようにして出てきた。警部は階段を上がってくるところだった。

「彼女はおとなしく連行されましたよ」と警部は告げた。「年季のはいったやつだから、引き時はわかってるんです。真珠はどこです？」

「ぼくの想像ではこの中にあるはずです」とトミーは石鹸を差し出した。

警部の目が感謝に輝いた。

「古いが、巧妙な手口だ。大型の石鹸を半分に割って中をえぐり宝石を入れる。それを合わせて熱い湯をかけ、しっかりつなぎ合わせる。いや、あなたのお手柄です」

トミーはこの賛辞をありがたく受け止めた。タペンスと二人で階段を下りると、キングストン・ブルース大佐が走りよって温かく手をにぎった。

「お礼の申し上げようもありません。レディ・ローラも感謝の気持ちをお伝えしてほしいと——」

「ご満足いただけて、わたしも喜んでおります。でも残念ですが帰らねば。非常に差し迫った約束があるものですからね。相手は閣僚のメンバーでして」

彼は急いで外に出て車に飛び乗った。タペンスもその横に飛び込んだ。

「でもトミー」と大声をあげた。「警察はレディ・ローラを逮捕したんじゃなかったの？」

「ああ、それね！　いわなかったっけ？　彼らが逮捕したのはレディ・ローラじゃない。

エリーズさ」

　あきれてものもいえないタペンスを尻目に、トミーはつづけた。「ほら、ぼくもよく石鹸だらけの手でバスルームのドアを開けようとすることがあるだろう。開かないのも無理はない——手がすべるんだから。だからぼくは考えた、そんなに手を石鹸だらけにしてエリーズはなにをやってたんだろう、ってね。彼女はあのときタオルを持ってきたよね、取っ手についていた石鹸を拭きとるためさ。あのときひらめいたんだ、プロの泥棒だったら、いろんな屋敷を泊まり歩く盗癖のある女主人のメイドになるのは悪くない、と思うんじゃないかってね。そこでぼくはあの部屋の写真を口実に彼女の写真を撮り、彼女にガラス板を持たせて指紋をつけさせ、いとしのスコットランド・ヤードまでトコトコ出かけたわけだ。電光石火のネガの現像、指紋の照合——そして顔写真。エリーズは長年のお尋ね者だった。じつに役に立つんだよ、スコットランド・ヤードってところは」

「考えてみたら」ようやく声が出るようになったタペンスはいった。「あの若い二人のおバカさんは、小説にあるような薄弱な根拠で互いに相手がやったと思いこんだわけなのね。それにしても、出かけるときにあなたはどうして教えてくれなかったの？」

「第一にエリーズが踊り場で盗み聞きしてるらしいと思ったから、第二に——」

「なに？」

「博識なるわが友は忘れてるね。最後の最後までなにもいわないのがソーンダイク博士じゃないか。それにだ、タペンス、きみはこの前友達のジャネット・スミスとグルになってぼくをだましたろう。これでおあいこさ」

怪しい来訪者

The Adventure of the Sinister Stranger

「おっそろしく退屈な日だなあ」トミーは大あくびをした。

「もうお茶の時間ね」タペンスもあくびをした。

国際探偵事務所は繁盛しているとはいえなかった。じりじりしながら待っているハム販売人からの手紙はまだこないし、ほんものの事件がやってくる見込みもまったくない。

オフィスボーイのアルバートが封をした包みを持って入ってきて、テーブルに置いた。

「封印された小包の謎か」トミーがつぶやいた。「中身はロシアの公爵夫人のすばらしい真珠か？　それとも〝ブラントの腕利き探偵たち〟をこなごなに吹っ飛ばす悪魔の考案品か？」

「じつはね」タペンスは包み紙を破りながらいった。「フランシス・ハヴィランドにあげる結婚祝いなの。ちょっといいでしょ?」

差し出されたタペンスの手から、トミーは細身の銀のシガレットケースを取り上げた。見ると彼女の筆跡で〝フランシスへ　タペンスより〟と彫り込まれている。彼はケースを開けたり閉めたりしてみて、これは上等だといいたげにうなずいた。

「よくもこうカネをまき散らせるもんだね、タペンス」彼は感想をのべた。「来月の誕生日にはぼくもこういうやつをもらおうかな、ただし金製のを。昔も今もこれ以上の間抜けは神も創造したことがない、というほどのフランシス・ハヴィランドに、こんな無駄遣いをするくらいなら!」

「忘れたの、わたしは戦時中、彼の車の運転をしてたのよ。彼が将軍だったとき。ああ! あのころは楽しかったなあ!」

「そうとも」トミーは相槌をうった。「ぼくだって入院してるときは、入れ替わり立ち替わり美女たちがやってきて手をにぎってくれたものだ。でもぼくは、彼女たち全員に結婚祝いを送ったりしないよ。きみの贈り物は花嫁からは喜ばれないと思うんだけどね」

「それ、ポケットにするりと収まっていい感じでしょ?」タペンスは彼の言葉におかまいなくいった。

トミーは自分のポケットにすべりこませた。

「たしかにいいや」と評価する。「おや、アルバートが午後の郵便物を持ってきた。高価なペキニーズがいなくなったから捜してくれなんて、パースシャー公爵夫人あたりが依頼してきていたりして」

二人は一緒に郵便物に目をとおした。と、急にトミーがヒューッと長い口笛を吹いて、一通の手紙を取り上げた。

「ロシアの切手を貼った青い封筒だ。長官にいわれたことを憶えてるかい？　こういう手紙に気をつけろって」

「わくわくするわね」タペンスがいった。「ついに事件だわ。中身が予想通りかどうか、開けてみましょうよ。ハム販売人、だったわよね？　あ、ちょっと待って。お茶にミルクがいるわね。今朝は配達人が置いて行くのを忘れたの。アルバートに取りに行ってもらうわ」

タペンスがアルバートを使いに出してもどってみると、トミーが一枚の青い紙片を手にしていた。

「思ったとおりだ、タペンス。長官がいわれたのと一語一句ちがわない」

タペンスは彼の手から手紙をとって読んだ。

用心深く堅苦しい英語で書かれたグレゴール・フォードルスキーとかいう男の手紙で、妻の消息を知りたがっていた。費用は惜しまないから彼女の足跡をつかむべく最大の努力をしてほしい、と国際探偵事務所に頼んできている。フォードルスキー自身は豚肉の取引が危機的状況であるため、ロシアを離れるわけにいかないというのである。

「ほんとうはどういう意味なんでしょうねえ」タペンスはテーブルにその手紙を広げながら、考えこんだ。

「なんらかの暗号だろうな」とトミー。「でもそれはわれわれの仕事じゃない。ぼくらはできるだけ早くこれを長官に渡さなきゃ。とにかく切手を濡らしてはがし、下に16という数字があるかどうか、確認しよう」

「いいわ。でも、わたしが思うに――」

タペンスがはっと口をつぐみ、彼女の突然の沈黙にトミーが驚いて顔をあげると、でっぷりした男が戸口をふさいでいるのが目に入った。

いつのまにか入ってきていたのは堂々たる押し出しの男で、がっしりした骨格とまん丸な頭と意志の強そうな顎の持ち主だった。年の頃は四十四、五だろうか。

「無礼をお詫びします」そういいながら、見知らぬ男は帽子を片手にして近づいてきた。「受付にだれもいないし、ここのドアが開いていたので入ってきてしまいました。ここはブラントの国際探偵事務所ですな？」

「たしかに、そのとおりです」

「で、あなたがブラントさん？　シオドア・ブラントさんですな？」

「わたしがブラントです。なにかご相談でも？　こちらはわたしの秘書のミス・ロビンスンです」

タペンスは上品に会釈したが、伏し目がちのまつげのあいだからしげしげとこの見知らぬ男の観察をつづけた。気になるのは、彼がいつからドアの外に立っていたのか、なにをどの程度見聞きしたのか、である。トミーと話すあいだも、タペンスの手にしている青い紙片にちらちらと彼の視線が注がれるのを、彼女は見逃さなかった。

警戒をうながすトミーの鋭い声が、タペンスに今するべき任務を思い出させた。

「ミス・ロビンスン、メモをとってくれませんか。さてと、あなたがわたしの助言がほしいとおっしゃる件について、ご説明いただきたいものです」

タペンスはメモ帳と鉛筆に手をのばした。

体格のいい男はややしゃがれた声で話し始めた。

「わたしはバウアーといいます。医師のチャールス・バウアー。ハムステッドに住み、そこで開業しております。ここへ参ったのはですね、ブラントさん、最近身の回りにおかしなことがたびたび起きているからでして」

「といいますと？」

「先週たてつづけに二度も、急患だから来てくれという電話がかかりました——が、どちらもニセの呼び出しとわかりました。最初はだれかの悪ふざけだと思ったのだが、二度目のとき帰宅して、わたしの書類が置きかえられたり乱されたりしているのを発見しました。そこで、最初のときも同じことが起きたにちがいないと思ったのです。徹底的に調べた結果、何者かがわたしのデスクを隅々まで荒らしたあげくに、あわてて中の書類をもとにもどしていったのだ、という結論に達したわけです」

バウアー医師は言葉を切って、トミーを見つめた。

「いかがでしょう、ブラントさん？」

「いかがなものでしょうね、バウアー博士」トミーは笑顔で答えた。

「これをどう思われますかな」

「ええ、まず事実を知りたいですね。デスクにはなにを入れてらしたんですか」

「個人的な書類です」

「なるほど。で、その個人的な書類とはどういうものでしょう？　ふつうの泥棒にとってどんな価値があるか——特定の人間にとってはどうか」

「ふつうの泥棒にとっては、価値があるとは思えません。しかし世間に知られていないある種のアルカロイドに関するわたしの研究ノートですから、この物質に科学的な知識を持つ者ならだれでも興味をそそられるはずです。この数年、わたしはそのほうの研究をつづけてきました。これらのアルカロイドは激烈な猛毒なうえに、ほとんど検出されません。使われても、はっきりした反応が出ないのです」

「じゃあ、その秘密は金になるわけですね？」

「悪辣《あくらつ》な人間にとっては、そうでしょう」

「で、あなたは疑惑を持っておられる——だれにです？」

　医師は大きな肩をすくめた。

「わたしの見たかぎりでは、外から家に押し入った形跡はなかった。となると家の中の者が疑われるが、どうしてもそうは思えないんです——」彼は突如、口をとざし、それからまた話し始めた。重苦しい声だった。

「ブラントさん。包み隠さず、すべてをあなたの手にゆだねなければなりますまい。この件で警察に行くのは何としても避けたいのです。三人の使用人については、まったく疑う余地がありません。長年誠実に働いてくれた者ばかりですからな。しかしそれでも絶対とはいえない。それからわたしには一緒に暮らしている甥が二人おります。バートラムとヘンリーといいますが。ヘンリーはいい子ですよ――非常にできのいい子で、いままでわたしに面倒をかけたことは一度もない。バートラムのほうは、残念だが、まったく性格がちがってね――野性的で、浪費家で、根っからの怠け者です」

「なるほど」トミーは感慨深くいった。「あなたはこの件にはバートラムがからんでいるとお疑いなのですね。でも、わたしは賛成できません。疑うならいい子のほう――ヘンリーでしょう」

「でも、なぜ？」

「伝統です。先例です」トミーは手をひらひらと振った。「わたしの経験ではですね、疑わしい人間はきまってシロなんです――その逆もまた真なり、ですよ。ええ、絶対にわたしはヘンリーが怪しいと思いますね」

「ちょっとすみません、ブラントさん」タペンスがかしこまった調子でさえぎった。「バウアー先生はその書類――ええと――世に知られていないアルカロイドについての覚え書きが、ほかの書類と一緒にデスクに入れてあるとおっしゃった、それでよろしいでしょうか？」

「いかにもデスクにしまってありますよ、お嬢さん、ただし秘密の引出しにね。引出しの場所はわたししか知らない。したがって今のところはまだ見つからずにすんでおります」

「で、わたしになにをしろとおっしゃるんです、バウアー先生」トミーが訊いた。「また家捜しされると思っておいでなのですか？」

「思っています。わたしにはそう信じる理由があるのです。今日の午後、二週間ほど保養地のボーマンスで体を休めなさいと命じておいた患者から、電報が届いたのです。危険な状態だからすぐに来てくれ、という電報です。さっきお話ししたようなことがつづいたので、こちらからも電報を打って確かめたところ、患者は元気で、わたしを呼び出す電報など打っていないとわかった。そこで思いついたのです、わたしが騙されたふりをしてボーマンスに出かければ、悪党が家捜ししている現場を発見できるのではないかと。やつらは――あるいは、やつは、家人が寝静まるのを待って行動を起こすにちがいありません。ですから今夜十一時にわたしの家の前で落ち合って、一緒に調査していただくわけにはいかないでしょうか」

「現行犯で取り押さえる、ってわけですね」トミーは考えながら、ペーパーナイフでこつこつとテーブルを叩いた。「あなたの計画はじつにすばらしい。まずい点はなさそうですね。それではと、ご住所はどちらで――？」

「首吊り役人通り《ハングマンズ・レイン》の〈カラマツ荘〉です――ちょっと寂しいところですが。そのかわりヒースの眺めがすばらしいんですよ」

「そうでしょうとも」トミーはいった。

来訪者は立ちあがった。

「では今夜お待ちしております、ブラントさん。〈カラマツ荘〉の外で——そうだな、十一時五分前にしましょう——念のために」

「結構です。十一時五分前ね。それでは、バウアー先生」

トミーが立ってデスクのベルを押すと、アルバートが現われて客を送り出した。医師はまぎれもなく片足をひきずっていたが、それでも肉体の強靭さははっきり見てとれた。

「取っ組み合うにはイヤな相手だな」トミーは小声でつぶやいた。「ねえ、タペンス、きみはどう思う？」

「一言でいってあげる。ワニ足！」

「なに？」

「ワニ足っていったの！　わたしの古典の勉強も無駄じゃなかった。トミー、これは罠よ。人に知られていないアルカロイド、だなんて——こんないい加減な話、聞いたこともないわ」

「ぼくだってなにもかも信じたわけじゃないさ」夫は認めた。

「彼が手紙をちらちら見てたのに気がついた？　トミー、あいつは悪党の一味よ。あなたがほんもののブラントじゃないと知って、わたしたちを血祭りにあげる気よ」

「その場合は、だね」トミーは戸棚を開けて並んだ本をいとしげに見まわした。「役を選ぶのは簡単だ。ぼくらはオークウッド兄弟（ヴァレンタイン・ウィリアムズが創造したデズモンドとフランシスの兄弟探偵）になろう！　デズモンドはぼくだからな」彼は断固としてつけ足した。

タペンスは肩をすくめた。

「いいわよ、どうぞお好きに。わたしはフランシスでけっこう。フランシスのほうがずっと頭がいいのよ。デズモンドはいつだって失敗ばかり。さあ大変というときにはいつもフランシスが庭師やなんかになって現われ、その場を救うんだから」

「あっ、そうか！　でもぼくは、超人的デズモンドになるんだ。カラマツ荘に着いたら――」

タペンスはいきなり彼をさえぎった。「まさか今夜ハムステッドに行くなんていわないわよね？」

「どうして？」

「目をつぶって罠にはまるなんて！」

「ちがうよ、きみ、目を開けて罠に足を踏み入れるんだ。大変なちがいさ。かの友人バウアー先生をちょっとびっくりさせてやる」

「気に入らないわ。デズモンドが長官の命令をきかずに勝手な行動をしたら、どうなるかわかってるでしょ。わたしたちははっきり命令されたじゃないの。青い手紙がきたらすぐに長官に届け、なにがあったかを報告しろ、と」

「きみはわかってないんだなあ」トミーはいった。「だれかが入ってきて16という数字を口にしたらすぐに報告すべし、ということだったじゃないか。そんなやつは来なかったよ」

「屁理屈だわ」

「それはひどいな。ぼくはずっと単独行動にあこがれてたんだ。心配するなよ、タペンス、大丈夫だから。完全武装して行くからさ。重要なのは、ぼくが警戒してるのに、むこうはそれを知らないってことだ。今夜はよくやった、といって長官はぼくの背中を叩いてくれると思うよ」

「でも、やっぱりわたしは気に入らないなあ。あいつはゴリラみたいに頑丈よ」

「うん！　しかしぼくにはオートマティックがあるからね、銃身が青光りしてるやつが」

受付との境のドアが開いてアルバートが現われた。後ろ手に戸を閉めた彼は、近寄ってきて彼の手に封筒を渡した。

「会いたいという紳士がみえています。あなたはスコットランド・ヤードとお話し中というと、いつものこけおどしをやろうとしたら、そんなことは先刻承知だ、って。おれはスコットランド・ヤードから来たんだからな、っていうんですよ！　そして名刺になにか書きつけて、この封筒に突っこんだんです」

トミーは封筒を開けた。名刺を読むと、彼の顔を笑みがよぎった。

「その紳士はおまえをからかって楽しんでるんだよ、アルバート、彼の話はほんとうだ。通してくれ」

彼はタペンスにぽいと名刺を投げた。ディムチャーチ警部と印刷してあり、その横に鉛筆の走り書きがある――〝マリオットの友人〟と。

つぎの瞬間にはもう、警部が私室に入ってきていた。ディムチャーチ警部の外見はマリオット警部と似たり寄ったり、ずんぐりむっくりで、抜けめのない目をしている。

「こんにちは」警部は気さくに声をかけた。「マリオットはサウス・ウェールズに出張なんですが、お二人からもこの事務所からも目を離すなとやつにいわれましてね。いやいや」トミーが口をはさみそうなのを見て、彼はつづけた。「われわれにはすべてわかっておるんです。うちの管轄ではないので、邪魔だてするつもりはありませんよ。しかし最近利口なやつも増えてきて、それらしく見えることと事実はちがう場合があるということに気づいたんですな。さきほどここへ、紳士が一人やってきた。なんと名乗ったか知らないし、本名も知らないが、あいつについてはわれわれがいささか知ってることもある。もっと知りたくなるようなことをね。やつは今夜ある特定の場所であなたと会う約束をした、と考えてよろしいですな？」

「たしかに」

「そうだと思った。フィンスベリー・パークのウェスタハム・ロード16――そうでしょう？」

「それはちがいます」トミーは笑顔でいった。「まったく見当はずれ。ハムステッドの〈カラマツ荘〉ですよ」

ディムチャーチは心底びっくりしたらしい。予想もしていなかったのはあきらかだ。

「わからんなあ」彼はつぶやいた。「新しい家にちがいない。ハムステッドの〈カラマツ荘〉、ですな？」

「ええ。そこで今夜十一時に彼と会う約束です」

「それはいけません」

「ほら！」タペンスが叫んだ。

トミーは顔を赤らめた。

「警部さん、もしなにか——」彼は興奮していいかけた。

だが警部はなだめるように手をあげた。

「わたしの考えをいいましょう、ブラントさん。今夜あなたにいていただきたい場所は、このオフィスです」

「なんですって？」タペンスはびっくりして大声をあげた。

「ここ、このオフィス。なぜ知っているかは訊かないでほしいが——ときに管轄が重なりあうこともあるんで——あなたは今日例の〝青い〟手紙を受け取りましたよね。なんとかいう男がやってきたのは、その後のこと。やつはあなたをハムステッドへおびき出し、ここにだれもいないことを確認したうえで侵入して、ゆっくりと隅から隅まで捜すつもりです」

「でも、なぜやつは手紙がここにあると思うんです？　ぼくが持ち歩いているかもしれないし、だれかに渡してしまったかもしれない、そのくらいわかりそうなものなのに」

「失礼ながら、それは彼にはわかりますまい。あなたがほんもののブラント氏ではないことには気づいているかもしれないが、ここの仕事を買い取ったまっとうな《ボナ・ファイデ》紳士だろうと思っているでしょう。そうだとすれば、通常のビジネスの手順どおり手紙はしかるべきファイルに入れられるはずです」

「そうね」タペンスがいった。

「そしてわれわれも彼にそう思わせたいところです。そうすれば今夜ここで彼を、現行犯でとっ捕まえてみせる」

「それが計画ですか」

「そう。千載一遇《せんざいいちぐう》のチャンスですよ。さてと、何時です？　六時ね。いつもは何時に退所するんです？」

「六時ごろですか」

「いつものようにここを出て行ったようにみせなければ。実際には、またすぐこっそりもどってくるわけですがね。やつらは十一時ごろまではやって来ないはずだが、そうでない可能性もある。ちょっと失礼して、この場所を見張っている者がいないかどうか、外を見まわってきます」

ディムチャーチが立ち去るやいなや、トミーとタペンスの言い合いがはじまった。辛辣ではげしい口論がしばらくつづいた。しかし結局、タペンスの降参で突然けりがついた。

「わかったわよ。負けた。あなたが悪漢と取っ組み合ったり、警部さんと仲良くしたりしてるあいだ、わたしはうちに帰っておとなしくいい子にしてるわ――でも待ってらっしゃい。面白い場面からわたしを締め出した仇は、きっと討ってあげるから」

そのとき、ディムチャーチがもどってきた。

「怪しい者はいないようです。しかし、油断は禁物。いつものように帰宅なさるのが無難でしょう。あなたがたが一度立ち去れば、やつらも見張りをつづけることはないでしょうから」

トミーはアルバートを呼んで、戸締りするようにいいつけた。

それから四人は、いつも車を置いているガレージへ行った。運転するのはタペンス、アルバートは助手席に、トミーと警部は後ろに座った。

まもなく、車は交通渋滞にまきこまれて停まった。タペンスが肩越しにふりむいてうなずいた。トミーと警部は右手のドアを開けて、オクスフォード・ストリートのど真ん中へと足を踏み出した。すぐにタペンスは車を発進させた。

「今すぐは中に入らないほうがいい」ディムチャーチは、トミーと一緒に急いでヘイルハム・ストリートへもどりながらいった。「鍵はちゃんとお持ちでしょうね」

トミーはうなずいた。

「じゃあ、どうだろう、さっと夕食など？　まだ早いけれども、ちょうどこの向かいにちょっとした店があるんですよ。窓際のテーブルに座れば、ずっと事務所を見張っていられますし」

警部の提案どおり、二人にとって軽い食事は願ってもないものだった。ディムチャーチは一緒にいてなかなか楽しい相手だった。彼の仕事はほとんど国際的なスパイに関わるものばかりで、単純な聞き手の度肝を抜くような話をたくさんしてくれた。

そのちいさなレストランで八時までねばってから、ディムチャーチが行動開始を提案した。

「すっかり暗くなりましたからね」彼は説明した。「だれにも気づかれずに事務所の中に入れます」

たしかにもう真っ暗だった。二人は道を横切り、人気《ひとけ》のない通りの左右にすばやく目を配ってから、建物の中に入った。階段を上がり、トミーが受付の部屋の鍵穴に鍵を挿し込んだ。

まさにそのとき、かたわらのディムチャーチが口笛を吹いたのが聞こえた。少なくともトミーはそう思った。

「どうして口笛なんか吹くんだ？」彼は鋭くつめよった。

「わたしは吹いてませんよ」ディムチャーチはひどく驚いたようにいった。「あなたが吹いたんだと思った」

「ふーん、するとだれかが――」トミーがいいかけた。

それ以上はいえなかった。強靭な腕によって後ろから羽交《はが》い締めにされ、叫び声を上げる暇もなく、気分の悪くなるような甘ったるい脱脂綿が口と鼻に押し当てられた。

勇猛に闘おうとはしたが無駄だった。クロロホルムが効いてきたのだ。頭がくらくらし目の前の床が上下に大きく揺れた。呼吸が苦しくなり、次第に意識が薄れてゆく……

彼は痛みに我に返ったが、体の機能はどこも失われていないようだ。クロロホルムはほんの少量だったらしい。猿轡《さるぐつわ》をかませて大声を出せないようにするあいだだけ、気を失わせたのだ。

気がつくと彼は自分のオフィスの隅の壁に背中をくっつけ、床に足を投げ出した格好でころがされていた。二人の男がせわしなくデスクの中をひっくり返し、戸棚をかきまわし、いいたい放題の悪態をついている。

「どうしてくれるんだよ、親分」しわがれ声でこういったのは、二人のうちの背の高いほう。「どこもかしこもひっくり返したのに、ねえじゃねえか」

「絶対あるはずだ」もう一人ががみがみいった。「やつは持ってない。だとすれば、ここのどこか以外には考えられない」

しゃべりながらふりむいたこの男の顔を見たとき、トミーは愕然とした。なんとディムチャーチ警部ではないか。トミーの仰天した顔を見て、彼はニヤリとした。

「われらが若い友人のお目覚めか。それにちょっと驚いたようだな――そう、ちょっと驚いたようだ。だが、単純な理屈だよ。こっちはハナっから、国際探偵事務所なんてまやかしだろうと疑っていた。ほんとかどうか確かめる役を、わたしが買って出たんだよ。新しいブラントさんとやらがほんもののスパイなら、なんでも疑ってかかるにちがいない。だからまず、相棒のカール・バウアーを送りこんだ。わざと怪しげに振舞って、ありそうもないような話をでっちあげろ、そういいふくめてね。あいつがそのとおり演じたところへ、わたしが登場したというわけだ。マリオット警部の名前を拝借したのは信じてもらうため。あとは簡単そのものだ」

彼は高笑いした。

トミーはいい返してやりたくてたまらなかったが、口に猿轡をかまされていてはどうにもならない。それにしてやりたくてたまらぬこともあった――おもに足と手を使って――が、無念なことに、これも制限されている。しっかりと縛られているのだ。

トミーをいちばん驚かせたのは、前に立ちはだかっている男の驚嘆すべき変わりようだった。ディムチャーチと称した男は典型的なイギリス人だった。ところが今、彼がわずかな外国訛も聞き取れない完璧な英語を話す、教育のある外国人であることは、だれが見ても間違いようのない事実だった。

「コギンズ」さっきまでの警部が、悪党面の仲間に声をかけた。「きみは棍棒を持って捕虜のそばに立ってくれないか。猿轡をはずしてやるから。さあ、ブラントさん、おわかりだろうね、大声を出せばどんな悲惨なことになるか。もちろん、きみはわかってくれるはずだ。きみは年の割になかなか聡明な青年だから」

彼は手際よく猿轡をはずして、一歩さがった。

トミーはこわばった顎をほぐし、口の中で舌をまわして二度つばをのんだ——が、黙っていた。

「きみの自制心は賞賛に価するよ」相手はいった。「立場は理解してくれたようだね。いうことはないのか？」

「いいたいことはあるが、後にしよう」トミーはいった。「少々待っても腐ることはない」

「ほう！　だが、わたしのいいたいことは、後にはできないんだ。ぶしつけな英語で訊くが、あの手紙はどこにある？」

「さあ、知りませんよ」トミーは愉快そうにいった。「ぼくは持っていない。でもそれはきみたちも知ってるよね。ぼくがきみだったら、もっと捜すけどなあ。きみとお友達のコギンズ君が二人で捜しっこするのを見るのは、なかなか楽しいよ」

相手の顔がどす黒くなった。

「きみは軽口をたたくのが好きらしいが、ブラントさん。あそこに四角い箱が見えるだろう。あれはコギンズの道具箱でね。中には硫酸が入っている……そう、硫酸……それから火で熱すると真っ赤に焼ける鉄棒……」

トミーは悲しげに首を振ってつぶやいた。

「診断ミスだ。タペンスとぼくがこの事件につけたタイトルは誤りだった。これはワニ足ものじゃない。ブルドッグ・ドラモンドもの、そしてきみは比類なきカール・ピーターソンだ」（サッパー作『ブルドッグ・ドラモンド』は快男児ドラモンドを主人公とする冒険探偵小説。カール・ピータースンは悪役であろう）

「なにをわけのわからんことをいってるんだ」相手はがなりたてた。

「おやおや、きみは古典文学をまったくご存知ないらしい。気の毒に」

「おまえこそ物を知らん大バカ者だ！　わたしの言うとおりやるのか、やらんのか？　コギンズに道具箱を持ってこさせて、始めてもらおうか？」

「そうせっかちなことをいうなよ」トミーは言った。「もちろん言うとおりにするさ、どうすればいいのか言ってくれればね。ぼくがヒラメみたいに三枚におろされて焼けた鉄板でフライにされたがってる、なんてきみも思ってないだろう？　痛いことは大嫌いなんだ」

ディムチャーチは軽蔑したように彼を眺めた。

「へっ！　イギリス人てやつは腰抜けばかりだ」

「常識的といってくれたまえ、きみ、常識的なだけさ。硫酸なんかおいといて、核心に入ろうじゃないか」

「手紙を出せ」

「さっきもいったが、ぼくは持ってない」

「それはわかった――それにだれが持っているかもわかってる。あの女だ」

「たしかにきみが正しいかもしれないな。きみの相棒のカールがいきなり入ってきたとき、彼女がハンドバッグにすべりこませたのかもしれない」

「ほう、否定しないんだな。それは賢明だ。非常によろしい。きみのいうそのタペンスとやらに手紙を書き、すぐに手紙をここへ持ってこさせろ」

「それはできない」トミーがいいかけた。

相手は彼に言い終わる暇も与えず、さえぎった。

「そうか、できないか！　よし、今にみてろ。コギンズ！」

「そうあわてるなって」トミーはいった。「最後まで聞けよ。腕をほどいてくれなきゃ書けない、といおうとしてたんだ。いっとくが、ぼくは鼻や肘で字を書くような妙な趣味はないいんだから」

「じゃあ書くんだな？」

「もちろんさ。さっきからそういってるじゃないか。ずっと愛想よく協力してるだろう。ただしタペンスにひどいことはしないだろうね。しないと信じてるよ。あんないい娘なんだから」

「わたしたちは手紙がほしいだけだ」ディムチャーチは答えたが、疑いもなく嫌味な薄笑いが浮かんでいた。

彼がうなずくと、獰猛《どうもう》なコギンズがそばに膝をついてトミーの腕の縄をほどいた。トミーは前後に腕をゆすった。

「だいぶ楽になった」彼は快活にいった。「親切なコギンズ君、ぼくの万年筆をとってくれないか？　ほかのものと一緒くたになってテーブルの上にあると思うんだが」

不快な声をもらしながらコギンズは万年筆を渡し、紙を一枚とってくれた。

「言葉には気をつけろよ」ディムチャーチがしかめっ面でいった。「文面はまかせるが、ヘマをやったら――死ぬ――それもたっぷり時間をかけて死ぬことになるんだからな」

「そういうことなら、せいぜいがんばろう」

トミーはしばらく考えてから、さらさらと万年筆を走らせた。

「これでどうだろう？」と全文を渡して訊いた。

親愛なるタペンス
あの青い手紙を持って、すぐに来てもらえないだろうか？　今、ここで、あれを解読したいんだ。
とり急ぎ　　　　　　　　　　フランシス

「フランシス？」ニセの警部は眉を上げた。「彼女はおまえをそう呼ぶのか？」

「きみはぼくの洗礼式に出ていないわけだから、それがぼくの名前かどうかわからないよね。しかし、さっきぼくのポケットから取ったシガレットケースを見れば、ぼくが本当のことをいっていると信じてもらえるだろう」

ディムチャーチはテーブルへ行ってケースを取り上げ、かすかに薄笑いを浮かべながら〝フランシスへ　タペンスより〟と読み上げた。

「よかったよ、おまえが物分かりがよくて。コギンズ、この手紙を外で見張っているヴァシーリイに渡せ。急いで届けろ、といってな」

　それからの二十分はのろのろとすぎていき、その後の十分はさらに待ち遠しかった。大股に部屋を行きつ戻りつするディムチャーチの顔が、しだいにどす黒さをましていった。一度など、脅すようにトミーをふりむいた。

「もしわれわれを裏切るようなマネをしやがったら」と彼はすごんだ。

「ここにトランプでもあれば、時間つぶしにピケット（二人でやるゲーム）でもやるのになあ」トミーはぼやいた。「女ってやつはいつだって人を待たせるんだよ。きみはタペンスが来ても乱暴はしないでくれるよね？」

「しないさ」ディムチャーチはいった。「同じ場所においでいただく手はずになってる――二人おそろいでね」

「そうか、卑怯者め」トミーはつぶやいた。

　突然、外のオフィスがざわついた。トミーが会ったことのない男が顔をつき出し、ロシア語でなにかいった。

「よろしい」とディムチャーチ。「彼女がやってくる――一人でな」

一瞬、かすかな不安がトミーの心をよぎった。

つぎの瞬間にはタペンスの声が聞こえていた。

「まあ！　ここにいらしたの、ディムチャーチ警部。手紙は持ってきましたわ。フランシスはどこ？」

最後の言葉と同時にドアから入ってきた彼女の後ろから、ヴァシーリイがとびかかって口をふさいだ。ディムチャーチが彼女のハンドバッグを引ったくると、中身をひっくり返してかきまわした。

と、彼は歓声をあげて青い封筒を取り上げた。封筒にはロシアの切手が貼られている。コギンズもしゃがれた叫びをあげた。

ちょうどこの勝利の真最中だった、タペンスの部屋に通じるもうひとつのドアが音もなく開いたのは。マリオット警部とリボルバーを携えた二人の部下が踏みこんでくると鋭い声が飛んだ。「両手をあげろ」

乱闘にはならなかった。相手方は救いようのない不利な条件にあったからだ。ディムチャーチのオートマティックはテーブルに載せてあったし、あとの二人は武器を持っていなかった。

「非常に結構な収穫ですな」マリオット警部は最後の手錠をかけながら、満足そうにいった。「捜査が進めば逮捕者はもっと増えるでしょう」

怒りに蒼ざめて、ディムチャーチはタペンスをにらみつけた。

「この悪魔めが」彼は毒づいた。「おまえがやつらを連れてきたのか」

タペンスはコロコロと笑った。

「なにもかもわたしの手柄ってわけじゃないわ。今日の午後あなたが十六という数字を持ちだしたときに、わたしなりに推理はしたけれど。でも事件の全貌をあきらかにしたのは、トミーからの手紙よ。わたしはマリオット警部に電話をかけ、アルバートに彼を迎えに行かせてオフィスの合鍵を作ってもらい、わたしはバッグに空の青い封筒を入れて一人でここへ来たの。中の手紙は午後あなたがたと別れてすぐに、指示されていたとおり長官に提出したわ」

だが相手は、彼女の言葉の中のたったひとつに引っかかっていた。

「トミーだって？」ディムチャーチは訊いた。

いましめを解いてもらったばかりのトミーが近づいてきた。

「よくやった、わが兄弟、フランシス」タペンスの両手を手にとってこう声をかけ、それからディムチャーチにむかってこういった。「さっきもいったけど、きみはやっぱり古典文学を読むべきだよ」

キングを出し抜く

Finessing the King

さえない水曜日の国際探偵事務所。タペンスは読んでいた《デイリー・リーダー》紙を放り出した。

「ねえトミー、わたしがなにを考えてるかわかる？」

「一口でいうのは難しいね」夫は答えた。「きみはいろんなことを、それもいっぺんに思いつく人だからねえ」

「わたしたち、またダンスに行ってもいいころじゃないかと思って」

トミーは急いで《デイリー・リーダー》を拾い上げた。

「うちの広告文はなかなかいいよ」彼は首をかしげながらいった。「〝ブラントの腕利き探偵たち〟、か。きみは気がついてる、タペンス？　この優秀な探偵たちというのはきみのこと、きみ一人のことだってことに？　栄光はきみのものだ、とまあ、ハンプティ・ダンプティ（〝鏡の国のアリス〟に登場する卵の紳士で単語に勝手な意味をもたせる）ならいうだろう」

「わたしはダンスのことを話してるのよ」

「新聞を読んでいて奇妙なことに気がついたんだがね。きみの目にはとまっただろうか。《デイリー・リーダー》が三部あるけど、見てごらん。きみにこのちがいがわかるかな？」

タペンスはちょっと興味をひかれて新聞を手に取った。

「なんだ、簡単じゃないの」身も蓋もない口調でいった。「一部は今日の新聞、もう一部は昨日の、あとの一部はおとといの」

「さすがに鋭いね、ワトスン君。でもそういう意味じゃないんだ。いちばん上の《デイリー・リーダー》という名前の所をよく見て。三部を比べて見たまえ——ちがいがあるのがわかる？」

「わからない」タペンスはいった。「というより、ちがいなんかないわよ」

トミーはため息をつき、これぞまさにシャーロック・ホームズといった仕草で両手の指先をつき合わせた。

「そうだろう。きみはじっくり新聞を読んでいる——ぼくよりもね。それでもぼくはちがいがわかるのに、きみにはわからない。今日の《デイリー・リーダー》をよく見れば、DAILYのDの縦棒の真ん中に白いちいさな点があり、そのあとのLにもひとつ点があるのがわかる。ところが昨日の新聞のDAILYという文字には全然白点がない。そのかわりLEADERのLの字にふたつある。おとといの新聞には、またDAILYのDに白点がふたつ。こんなふうに一個または複数個の点が毎日ちがう場所に現われているんだ」

「なぜ？」タペンスは訊いた。

「それは新聞業界の秘密だろう」

「つまりあなたはわけを知らないし、推理もできないってことね」

「ただいえるのは――こういうことは、どんな新聞にも共通しているということだね」

「あなたってずるくない？　とくに人の気をそらすことにかけては天才的よ。さて、さっきの話にもどりましょうね」

「なんの話だっけ」

「スリー・アーツ舞踏会のことよ」

トミーはうめいた。

「だめ、だめ、タペンス。スリー・アーツ舞踏会なんてだめだよ。ぼくはもう若くない。保証するよ、それほど若くないことは」

「男というものは――とくに若い夫というものは――浮気で、飲んだり踊ったりして夜更かしするのが好きなものだ。わたしはそう教え込まれて娘時代をすごしたものよ。男を家庭につなぎとめるには、飛び切り美しくて賢い妻が必要だって。でもそんな幻想は消えたわ！　わたしの知り合いの妻たちはみんな、ダンスに行きたくてたまらないのに夫がさっさと寝室用のスリッパに履き替えて九時半には寝てしまうって泣いてるのよ。ところがトミー、あなたのダンスは天下一品ですものねえ」

「あんまりおだてないでくれよ、タペンス」

「じつをいうとね、わたしが行きたいのはただ楽しみたいからじゃないの。この広告がどこかうさんくさいからなのよ」

彼女はもう一度《デイリー・リーダー》を手に取って読み上げた。

「わたしはハート三枚で。十二回。スペードのエース。キングを出し抜く必要あり」

「ブリッジを習うには金のかかる方法だな」トミーが意見をのべた。

「バカおっしゃい。ブリッジには全然関係ないわ。いいこと、わたしはある女性と昨日〈スペードのエース〉でお昼を食べたのよ。チェルシーにある風変わりな地下の穴蔵みたいなお店なの。彼女の話だと、近くで夕方から大きな催しがあったりすると、あそこでベーコンエッグとかウェールズ風トースト（ビール入りピザトーストのようなもの）とか――そういうボヘミアン的なものを食べるのが流行《はや》りなんですって。衝立《ついたて》で囲ったボックス席もあるの。とても刺激的な場所、といえるわね」

「で、きみの考えは――？」

「ハート三枚というのは明日の晩のスリー・アーツ舞踏会のこと。十二回というのは十二時。スペードのエースは〈スペードのエース〉」

「じゃあこの広告は逢引の合図ってわけか。で、キングを出し抜く必要あり、というのは？」

「そう、それを探り出したいと思って」

「きみが正しくないとはいわないけどさ、タペンス」トミーは鷹揚《おうよう》にいった。「しかし、どうしてきみが他人の色恋沙汰に首を突っこみたがるのか、それがどうも理解できないね」

「首を突っこんだりしないわ。探偵としておもしろい経験を積み重ねよう、と提案してるんじゃないの。わたしたちに必要なのは実地訓練でしょ」

「たしかに商売はさっぱりだしなあ」トミーは同意した。「結局、きみの望みはスリー・アーツ舞踏会へ踊りに行くことなんだろう。そっちこそ人を煙《けむ》に巻いて」

タペンスは悪びれもせずに笑った。

「遊び人になってよ、トミー。年齢が三十二で、左の眉に白髪が一本くらい生えたって
それがなに？　忘れるのよ」
「昔から女性に関わる場所には弱いんだよ」夫はつぶやいた。「奇抜な格好をしてバカ
を演じなきゃいけないのかい？」
「もちろん、でもそれはわたしにまかせてね。すばらしい考えがあるの」
トミーは彼女にやや不安げな目をむけた。タペンスのすばらしい考えには、昔から根
深い不信感を抱いているのである。
次の晩、彼がアパートメントの部屋に帰ると、タペンスが寝室から飛びだしてきて彼
を迎えた。
「来たわ」と知らせた。
「なにが」
「衣装よ。見にきて」
トミーは彼女にしたがった。ベッドの上に広げられているのは、ぴかぴかのヘルメッ
トまでついた消防隊員の制服一式だ。
「なんてこった！」トミーはうめいた。「ぼくはウェンブリー消防隊に入隊したのか
？」

「もう一度、当ててみて。あなたにはまだ、このアイデアがわかっていないみたい。灰色の脳細胞を使いたまえ、モナミ。閃きだよ、ワトスン君。闘技場で十分以上持ちこたえる闘牛の闘志だよ」

「待てよ。わかりかけてきたぞ。この扮装には悪だくみが潜んでるな。きみはなにを着るんだ、タペンス」

「あなたの古いスーツにアメリカ製の帽子、それに角縁メガネ」

「能がないね」とトミーはいった。「でも、わかったよ。おしのびのマッカーティという線だろう。するとぼくはさしずめ、リオーダンだね」（『おしのびのマッカーティ』はイザベル・オストランダーの代表作。警部マッカーティが変装して活躍する）

「あたり。イギリスのばかりではなく、アメリカの探偵術も実践してみるべきだと思ってね。一度でいいからわたしがスターになって、あなたにはうやうやしい助手になってもらいたいの」

「忘れるなよ」トミーは念を押した。「マッカーティを正しい推理へと導くのは、いつだってお人好しデニーの無邪気な一言なんだからな」

しかしタペンスは笑ってすませた。上機嫌だった。

じつにすばらしい晩だった。人々も音楽も趣向を凝らした扮装も——なにもかもが若い二人を喜ばせるようにおぜん立てされていた。トミーでさえ、しぶしぶ連れ出された退屈している夫、という役回りを忘れるほどだった。

二人が有名な――それとも悪名高いというべきか――〈スペードのエース〉の前で車を降りたのは、十二時十分前だった。タペンスがいったとおりそこは地下の穴蔵で、一見安っぽくけばけばしい店だったにもかかわらず、装いを凝らした二人連れで大賑《にぎ》わいだった。壁際には仕切りで区切られた小部屋がずらりと並んでいて、トミーとタペンスはそのひとつを確保していた。そして外の様子が見えるように、わざとドアを細めに開けておいた。

「どの二人かしらねえ――わたしたちのお目当てのカップルは」タペンスがいった。「真っ赤なメフィストフェレスとあのコロンビーナ（イタリア即興喜劇に出てくる抜け目のない召使女）風の二人かしら」

「ぼくは腹黒そうな中国の大立者と、自分で〝戦艦〟と名乗っている女性じゃないかと思うな。戦艦というより足の速い巡洋艦みたいだけど」

「彼って愉快じゃない？　たった一滴のお酒であんなにできあがっちゃって！　ハートのクイーンに扮してきたのは何者かしら――なかなか気の利いた衣装だわ」

その女性は二人のいる小部屋の隣に入っていき、連れの『不思議の国のアリス』の

〝新聞を着た紳士〟が後につづいた。二人とも顔には仮面をつけている――〈スペードのエース〉ではむしろそれが普通であるらしい。

「わたしたち、不道徳者の巣にいるわけね」タペンスはうれしそうに顔を輝かしている。

「まわりじゅう、スキャンダルだらけ。大変な騒ぎね」

隣の席から抗議の叫びが上がった、と思うとすぐに男の哄笑がそれをかき消した。だれもかれも、笑い、歌っている。女たちの甲高い叫び声は、連れの男たちの鳴り響く低音に勝るとも劣らない。

「あの羊飼いの娘はどうだろう？」トミーが訊いた。「漫画みたいなフランス人と一緒のやつ。あれがぼくらの狙い目かもしれない」

「みんなそれらしく見えるわねえ」タペンスは白状した。「だれだっていいわ。ステキなのは、わたしたちが楽しんでるってことよ」

「こんな扮装をしてなきゃ、ぼくももっと楽しめたのになあ」トミーがぼやいた。「これを着ると暑いってことに、きみは気がまわらなかったらしいね」

「元気を出して」とタペンス。「すごく似合うわよ」

「そりゃあうれしい」とトミー。「きみはあまり似合っていないよ。こんなおかしなチビは見たことがない」

「あなたのお行儀のいい舌を畳んでしまっておいてちょうだいな。あら、新聞を着た紳士が、連れの女性を残して出て行くわよ。どこへ行くと思う?」

「急いで酒をとりに行くんだろう。ぼくもそうしたいところだが」

「それにしては手間どってるわ」四、五分たったとき、タペンスがいった。「トミー、わたし、とんでもないヘマをやってしまったんじゃあ――」

突如として彼女は飛び上がった。

「わたしをマヌケと呼んでいいわ。隣へ行ってみる」

「おい、タペンス――いきなり――」

「まずいことが起こってる気がするの。絶対にそうよ。お願い、止めないで」

タペンスが大急ぎで自分たちの小部屋を出ると、トミーもつづいた。隣のドアは閉まっていた。タペンスがそれを押し開けて中に入り、トミーもくっつくようにして後につづいた。

ハートのクイーンの扮装をした女が妙に丸まった格好で、隅の壁によりかかるようにして座っている。目は仮面越しにじっと二人を見ているようだが、身じろぎひとつしない。大胆な赤と白のまだら模様のドレスを着ているが、左半身の模様がごちゃごちゃになっている。どうもほかの場所より赤が多いようだ……

一声あっと叫んでタペンスは駆け寄った。同時にトミーも彼女と同じものを見た。心臓部の真下から突き出ている宝石をちりばめた短剣の柄だ。タペンスは女のかたわらに膝をついた。

「急いで、トミー、まだ生きてるわ。支配人をつかまえて、すぐに医者を呼んでもらって」

「わかった。その短剣の柄に手を触れるなよ、タペンス」

「気をつけるわ。早く行って」

トミーは急いで小部屋の外に出ると、後ろ手にドアを閉めた。タペンスは女の肩に腕をまわした。女がかすかに身動きする。仮面をはずしてほしがっているのだと気づき、そっと紐をほどいてやる。女はみずみずしい花のような顔立ちで、間隔のあいた二つのつぶらな瞳は恐怖と苦痛と、茫然自失とも当惑ともつかぬ表情に満ちている。

「ねえ、あなた」タペンスはできるだけ優しく声をかけた。「お話しできる？　できたら、だれがこんなことをしたのか、教えてちょうだい」

目の焦点がタペンスの顔に合うのが感じられた。女の息が荒くてとぎれとぎれなのは、心臓に受けたダメージのせいであろう。それでも彼女はしっかりとタペンスを見つめた。そして唇を開いた。

「ビンゴが刺したの――」押し殺したような低い声だった。

彼女の両手から力が抜け、タペンスの肩にぐったりよりかかった。

そのときトミーが二人の男をしたがえて入ってきた。二人のうちの大柄なほうが、権威を漂わせて進み出た。体中に医者と書いてあるかのごとし。

タペンスは重荷から手を放した。

「亡くなったみたい」喉をつまらせた。

医者は手早く診察した。

「そうですな。手のほどこしようがありません。警察が到着するまで、このままにしておくほうがいいでしょう。どうしてこんなことになったんです？」

タペンスの説明はややしどろもどろで、小部屋に入った理由も適当にはしょってあった。

「妙ですな」と医者はいった。「なにか聞こえませんでしたか？」

「彼女がなにか叫んだような気もしたけれど、すぐに男の笑い声がして。だから当然、なんでもないことかと――」

「当然そうでしょうな」医者は相槌をうった。「で、その男は仮面をつけていたんですな。会えばわかりますか？」

「わかりませんわ。あなたは、トミー？」

「いや。しかし、衣装は奇抜でしたよ」

「まずは、この気の毒なご婦人の身元を確認しなければ」医者はいった。「それができれば、警察がかなりすばやく解決してくれるでしょう。難事件にはならないはずだ。ほら、着きましたよ、警察が」

くたくたになり、すっかり気が滅入って二人が帰宅したのは、午前三時すぎだった。それからタペンスが寝つくまでに何時間もかかった。あの花のような顔立ちと恐怖にひきつった瞳が目の前にちらついて、何度も何度も寝返りをうった。

夜明けの光がブラインドの隙間からさしこんでくるころになって、タペンスはやっと眠りに誘われた。興奮が静まり、彼女は夢も見ずにぐっすり眠った。トミーにそっと腕をゆすられて目が覚めると、もう日は高かった。彼は着替えをすませてベッドのそばに立っていた。

「起きたまえ。きみに会いたいといって、マリオット警部ともう一人客がきている」

「何時なの？」

「ちょうど十一時をまわったところだよ。アリスにすぐにお茶を持ってこさせるからね」

「ええ、お願い。マリオット警部には十分でまいります、と伝えてちょうだい」

タペンスが急ぎ足で玄関の次の間に現われたのは、十五分後だった。非常にきびしく重々しい表情で座っていたマリオット警部が、立ちあがって彼女を迎えた。

「おはようございます、ベレズフォード夫人。こちらはアーサー・メリヴェール卿です」

タペンスが握手を交わした長身で痩せた男は、やつれた目をしており、髪に白いものも交じっていた。

「ゆうべの悲しい事件のことなんですが」マリオット警部が口をきった。「あなたが昨日わたしに話したことを、あなたの口からアーサー卿に話していただきたくてね——あの気の毒なご婦人が亡くなる直前にいわれた言葉を、です。アーサー卿は、とても信じられないとおっしゃるのです」

「信じられません」もう一人がいった。「それに信じたくない、ビンゴ・ヘイルがヴィアの髪の毛一本でも傷つけるなどとは」

マリオット警部はつづけた。

「ゆうべから、多少捜査に進展がありましてね。なによりもまず、われわれは被害者がメリヴェール夫人であると断定するにいたったこと。そこでこちらにおいでのアーサー・メリヴェール卿に連絡をとりました。卿はすぐにご遺体を確認され、当然のことながら言葉にいいつくせぬほど衝撃を受けられました。わたしは、ビンゴという人物をご存知かどうか、お尋ねしました」

「わかっていただかねばなりません、ベレズフォード夫人」アーサー卿はいった。「友達仲間ではビンゴでとおっているヘイル大尉は、わたしのいちばん親しい友人なのです。事実上、一緒に暮らしているといっていいでしょう。今朝彼は、わたしの家に泊まっているところを逮捕されました。わたしにはあなたの間違いとしか思えません――妻が口にしたのが彼の名前だったなんて」

「間違いようがありませんわ」タペンスは優しくいった。「奥様はいわれたのです、〝ビンゴが刺したの――〟と」

「ほらね、アーサー卿」マリオットがいった。

不幸な男は椅子に沈みこみ、両手で顔をおおった。

「信じられない。いったいどんな動機が？　ああ、きみの考えはわかるよ、マリオット警部。ヘイルは妻の愛人だったと思ってるんだろう。わたしは一瞬たりともそんなことは認めないが、しかしたとえそれが事実であっても、彼女を殺す理由がどこにある？」

マリオット警部は咳払いした。

「あまり愉快な話ではありませんが、ヘイル大尉は最近ある若いアメリカ女性にかなり興味を持っておいでで――相当な金持ちの女性です。もし奥様が嫌味な行動に出ようと思えば、彼と彼女との結婚を阻止することもできたはずです」

「無礼なことをいうな」

アーサー卿は激怒して立ちあがった。ほかの三人はなだめるような仕草で彼を静めた。

「申し訳ない、お許しください、アーサー卿。あなたは、ご自身もヘイル大尉もこの舞踏会に出るつもりだった、とおっしゃっていますね。奥様はその時間よそへお出かけになっていて、あそこへ来られるとは夢にも思っていなかった、と？」

「まったく思ってもいなかった」

「あなたが話していたあの新聞広告を、アーサー卿にお見せしてください、ベレズフォード夫人」

タペンスは見せた。

「これであきらかではないでしょうか。これはヘイル大尉が奥様の目にとまるように出した広告です。二人は前もってあそこで会う手はずを整えていた。ところが前日になってあなたが行くことになさったので、奥様に警告する必要に迫られた。〝キングを出し抜く必要あり〃という文句は、これで説明がつきます。あなたはぎりぎりになって劇場から衣装を取り寄せられたが、ヘイル大尉は手製の扮装でした。〃新聞を着た紳士〃になってやってきたのです。亡くなったご婦人の手に握られていたのが何か、ご存知ですか、アーサー卿？　新聞の切れっ端です。部下たちに、あなたのお宅からヘイル大尉の衣装を押収するようにと、命じてあります。ヤードにもどったら、届いていることでしょう。千切れてなくなっている個所が、その切れっ端と合致すれば――これで事件は解決ということになりましょう」

「きみにはわかるまい」アーサー卿はいった。「わたしはビンゴ・ヘイルという男をよく知っている」

騒がせたことをタペンスに詫びて、二人は帰っていった。

その日の夜遅く玄関のベルが鳴った。若夫婦をややびっくりさせたのは、マリオット警部の再びの来訪だった。

「〃ブラントの腕利き探偵たち〃は最新の情報を聞きたいのではないかと思いましてね」かすかに笑みを浮かべて警部はいった。

「聞きたがるはずですよ」トミーはいった。「一杯、やりますか？」

彼はマリオット警部を歓迎して手元にグラスとボトルを置いた。

「この事件ははっきりしています」警部は一分か二分たったころ、こう口をきった。「短剣は夫人自身のものでした——あきらかな自殺に見せかけたかったんでしょうが、現場にいたあなたがたのおかげで、それは成功しなかった。手紙がたくさん見つかりましてね——あの二人はかなりのあいだ愛人関係にあった、それは明白です——アーサー卿には知られずにいたようですが。それに、われわれはつきとめましたよ、最後の輪を——」

「最後の輪？」タペンスが鋭く聞きとがめた。

「鎖を繋ぐ最後の輪です——つまり《デイリー・リーダー》の切れっ端です。あれはビンゴが着ていた服から千切りとられたものでした——切り口がぴったり合ったのです。ええ、まちがいようのないあきらかな事件です。ついでに両方の写真をお持ちしてみましたがね——ひょっとしたら興味がおありかと思って。いやあ、これほど完全にすっきりした事件にめぐり合うのは稀なことですなあ」

夫がスコットランド・ヤードの男を送り出してもどってくると、待ち構えていたタペンスがいった。「ねえトミー、マリオット警部はどうしてあんなに繰り返したのだと思う、完璧にあきらかな事件だって？」

「さあね。独《ひと》り善《よ》がりの自己満足じゃないの」

「まるでちがうわ。彼はわたしたちをいらいらさせる気なのよ。わかるでしょ、トミー、たとえば肉屋は肉のことをよく知っている、そうじゃない？」

「まあそうだろうけど、それがいったい――」

「同じように八百屋は野菜のことならなんでも知ってるし、漁師は魚のことを知ってる。警部は、つまりプロの探偵はね、犯罪のことはなんでも知っていなければならない。犯罪を見ればその真実がわかる――真実でないときには嘘だとわかる。マリオット警部の長年の知恵が、犯人はヘイル大尉ではないと語りかけている――にもかかわらず、すべての事実は彼がクロであることを示している。マリオット警部は最後の頼みの綱と思って、わたしたちをけしかけてるんだわ。もしかしたらわたしたちがちょっとした手がかりを思い出すかもしれない、ゆうべ起こったことで忘れていることがあるかもしれない、それが事件にべつな光を投げかけるかもしれない、そこに一縷《いちる》の望みをかけてるんだわ。ねえトミー、そもそもあれが自殺じゃないという根拠がある？」

「彼女がきみにいった言葉を忘れたのかい？」

「わかってる――でもべつの意味にもとれない？　ビンゴの仕業――彼女が自殺するように仕向けたのは彼の仕業。そういう解釈もなりたつわ」

「たしかに。しかし、新聞の切れっ端の説明はつかないよ」

「マリオットが持ってきた写真を見てみましょうよ。このことをヘイルはどう説明したのか、彼に訊くのを忘れちゃったけど」

「それならさっき、ホールでぼくが訊いた。ヘイルは仮装パーティでは一度もメリヴェール夫人に声をかけなかった、と断言したそうだ。だれかが手にメモを押し込んだので、見ると〝今夜はわたしに声をかけないで。アーサーが疑っています〟と書いてあったという。しかし彼はその紙切れを提出することはできなかったし、あまり説得力がある話とは思えない。とにかくきみとぼくは、彼が〈スペードのエース〉で彼女と一緒だったことを知ってるんだからね、彼を見たんだから」

タペンスはうなずいて二枚の写真にじっと目を注いだ。

一枚目はちいさな切れっ端の写真。新聞名のDAILY LEまで読めるがあとは切れている。もう一枚は《デイリー・リーダー》の一面で上の新聞名のところがちいさく千切り取られたもの。疑いの余地はない。二つの破れ目はぴったり合致する。

「この横の印はなんだろう」トミーが訊いた。

「縫い目でしょ」タペンスはいった。「ほかのに縫い付けられていた跡よ」

「ぼくはまた、新しいタイプの点かと思った」そういってから、トミーはかすかに身震いした。「まったくぞっとするよなあ、タペンス。つい昨日、きみとぼくがまったく軽い気持ちでしゃべっていたことを思うと――新聞の点のことだの、あの広告の謎のことだの」

タペンスは答えなかった。彼女に目をむけたトミーはびっくりした。かすかに口を開いてじっと虚空を見つめている彼女の顔に、困惑の表情が浮かんでいたのである。

「タペンス」トミーは優しく声をかけ、彼女の腕をゆすった。「どうしたんだ？　発作でも起こすんじゃないだろうね？」

しかしタペンスは硬まったたまま。ややあって、別世界にいるような声でいった。

「デニス・リオーダン」

「えっ？」トミーはあっけにとられた。

「まさにあなたのいったとおりよ。単純で無邪気なたった一言！　今週の《デイリー・リーダー》を全部持ってきて」

「なにをする気なんだ？」

「わたしはマッカーティをやってるところ。さんざん頭を悩ませたけれど、あなたのおかげでやっとわかった。写真の二枚目は火曜日の第一面よね。たしか火曜日の新聞ではLEADERのLにふたつ点があったはず。一枚目にはDAIRYのDに点がひとつ――Lにも点がひとつあるわ。新聞を持ってきて確かめてみましょうよ」

二人は新聞を丹念に比べてみた。タペンスの記憶はまちがっていなかった。

「ね？　この切れっ端は火曜日の新聞から引き千切られたものじゃないのよ」

「しかし断言はできないよ、タペンス。版がちがうだけかもしれない」

「かもね――いずれにしても、わかったことがあるわ。これは偶然ではありえない――それはたしかよ。わたしの考えが正しいとしたら、可能性はたったひとつ。トミー、アーサー卿に電話して。すぐにここへ来ていただけないかといってちょうだい。わたしから重大なお知らせがある、って。それからマリオットをつかまえて。もしもう帰宅していたら、スコットランド・ヤードに自宅の電話を訊いてね」

アーサー・メリヴェール卿は呼び出しにいたく気持ちをそそられたらしく、三十分ほどでやってきた。タペンスが進み出て彼を迎えた。

「こんなに強引におよびだてして、お詫びをいわなければなりません。でも夫とわたしが発見したことは、いますぐあなたにお知らせすべきだと思いまして。どうぞおかけになって」

アーサー卿が腰をおろすと、タペンスはつづけた。

「あなたはお友達の嫌疑を晴らしたいと思っておいでですわね」

アーサー卿は悲しげに首を振った。

「そう思いましたが、さすがのわたしも圧倒的な証拠の前にはあきらめざるをえません」

「いかがでしょう、彼の事件との関わりを完全に打ち消すような証拠が、偶然わたしの手に入った、と申し上げたら？」

「そうとわかれば、こんなうれしいことはありますまい」

「たとえば」とタペンスはつづけた。「わたしがゆうべ十二時に——つまりヘイル大尉が〈スペードのエース〉にいたと思われている時間に——舞踏会場で彼が女性と踊っているのを見かけていたとしたら、いかが？」

「すばらしい！」アーサー卿は大声をあげた。「わたしにはなにかの間違いだとわかっていたんだ。結局、かわいそうにヴィアは自殺したんだろう」

「そんなことはありませんわ。あなたはべつの男のことをお忘れですね」

「べつの男とは？」

「仕切り席から立ち去るところを、夫とわたしが目撃した男です。おわかりでしょう、アーサー卿、舞踏会には新聞を着た第二の男がいたにちがいないのです。ところで、あなたの衣装はなんでしたの？」

「わたしの？　十七世紀の首切り役人の扮装をしていた」

「まあ、なんてふさわしい」タペンスは小声でいった。

「ふさわしい。どういう意味です、ふさわしいとは？」

「あなたの演じられた役にですわ。わたしの結論を申し上げましょうか、アーサー卿？新聞紙の衣装は、首切り役人の衣装の上から簡単に着られます。舞踏会場で、ある女性に話しかけぬようにと書いたちいさなメモをヘイル大尉の手にすべりこませた人物がいた。でも、その女性自身はそんなメモのことはなにも知りません。彼女は約束の時間に〈スペードのエース〉へ行き、予期していた人物に会います。二人は小部屋に入ります。彼は彼女を腕に抱きますわね、きっと。そしてキスします――裏切り者のユダのキスを。そして唇を重ねながら短剣で一突きします。彼女はかすかな悲鳴をあげるのがやっと。男は高笑いで悲鳴をごまかします。そして立ち去り――最後まで彼女は思いこむことになるのですわ、恐怖と困惑のさなかで自分を殺したのは愛する男なのだと。

ところが彼女は衣装のちいさな切れっ端を引き千切っていました。殺人者はそれに気がつきます――彼は細かいことにも最大の注意をはらう人間です。この犠牲者に関して自分を完全なシロにするためには、切れっ端はヘイル大尉の衣装から千切られたようにみせなければならない。これは、二人の男が同じ家に住んでいなければ、非常に難しいことだったでしょうけれどね。ここまでくれば、あとは簡単。ヘイル大尉の衣装をまったく同じように千切ります——それから自分のは焼き捨てて、忠実な友の役を演じる準備をします」

タペンスは間をとった。

「いかが、アーサー卿？」

アーサー卿は立ちあがって、彼女に一礼した。

「魅力的なご婦人のなかなか鮮やかな想像力だが、小説の読みすぎのようだな」

「そうお思いですか」トミーがいった。

「それに亭主は女房のいいなりだ」アーサー卿はいってのけた。「そんなことを真に受ける者は一人もいない、わたしはそう思いますよ」

彼が大声で笑ったとたん、タペンスは椅子で体を硬くした。

「その笑い声、どこに出たって誓えるわ。〈スペードのエース〉で聞いた声よ。それにあなたはわたしたち二人のことをいささか誤解してらっしゃるわ。ベレズフォードというのは本名ですけれど、べつの名前もあるのよ」

彼女はテーブルから名刺をとって彼に渡した。アーサー卿は読み上げた。

「国際探偵事務所……」はっと息を呑んだ。「それがきみたちの正体だったのか！　それでマリオットのやつ、今朝ここへ連れてきたんだな。罠だったんだ——」

彼はふらふらと窓辺へ歩み寄った。

「ここは眺めがいい。ロンドンを真下に見下ろせる」

「マリオット警部！」トミーが鋭く叫んだ。

とたんに反対側の壁のドアから警部が現われた。

アーサー卿の唇にかすかに愉快そうな笑みが浮かんだ。

「こんなことだろうと思ったよ。しかし、残念ながらきみたちはわたしを捕まえることはない。自分で出て行くほうが好きなたちでね」

窓敷居に手をかけるやいなや、彼はさっと窓から身をひるがえした。

タペンスは悲鳴をあげ、両手で耳を塞いだ。すでに想像してしまった音――はるか下のほうで聞こえる気分が悪くなるようなドスンという音――を聞きたくなかったのだ。

マリオット警部は悪態をついた。

「窓のことを考えとくべきだったんだ。まあ、捕まえたとしても、立証は難しかったでしょうがね。下へ降りて――事態を見てきますよ」

「悪党だが、かわいそうに」トミーがゆっくりいった。「妻が好きだったのなら――」

だが警部は鼻をならして彼をさえぎった。

「好き？　それはそうかもしれませんよ。しかし彼は金銭的に破綻していた。夫人には莫大な資産があって、それが全部彼のものになったのです。もし彼女が若いヘイルと駆け落ちでもしていたら、彼の手には一ペニーだって入らなかったでしょう」

「そういうことだったんですか」

「むろん、わたしは最初からアーサー卿は悪人で、ヘイルは善人だと気づいてましたよ。ヤードにいると役にたつ情報が手に入るもので。さて、下へ行ってみるか――わたしだったら、奥さんにブランデーを飲ませますがね、ベレズフォードさん――彼女にとってはショッキングな出来事だったでしょうから」

「八百屋」平然とした警部の後ろでドアが閉まったとき、タペンスは小声でつぶやいた。「肉屋、魚屋、刑事。わたしがいったとおりでしょ？　彼は知ってたのよ」

サイドボードであわててごそごそしていたトミーが、グラスを持って近づいてきた。

「これをお飲み」

「なんなの？　ブランデー？」

「いや、特製カクテルさ――マッカーティの勝利を祝うにふさわしいやつ。そうだね、マリオットはおおまかには正しかった――それが警察の手法なんだよ。ざつな賭けに出て、三回勝負で二回は勝つという」

タペンスはうなずいた。

「でも最後の勝負は裏目に出たわね」

「それでキングを取り逃がしたわけだ」トミーはいった。

婦人失踪事件

The Case of the Missing Lady

ブラント氏——すなわち国際探偵事務所の所長であるシオドア・ブラント——のデスクのブザーがけたたましい音を発した。トミーとタペンスは、受付の様子を見るために開けられたそれぞれの覗き穴に飛んで行った。受付でいろいろと作りごとを並べ立てて依頼人を引き留めておくのが、アルバートの仕事である。

「はい、よくわかります」とアルバートはいっている。「でも、申し訳ありませんが、ただいまブラント氏はとりこんでおりまして。スコットランド・ヤードから電話がかかっているんです」

「待たせてもらうよ」と来客はいった。「名刺を持ってこなかったが、ガブリエル・スタヴァンソンという者だ」

依頼人は堂々たる男の見本ともいうべき人物で、身長はゆうに六フィートを超えているだろう。顔は風雨にさらされて日焼けし、その赤銅色の肌と驚くべき対照をなしているのが異様なほどのブルーの瞳だった。

トミーは即座に決断をくだした。帽子をかぶり手袋を取り上げると、さっとドアを開いたのである。彼は敷居のところで立ち止まった。

「ブラントさん、こちらの紳士がお会いになりたいそうです」アルバートがいった。

不機嫌そうな表情がちらっとトミーの顔をよぎった。懐中時計を取り出した。

「十一時十五分前に公爵邸へ行く約束なんだが」彼はそういって、じっと来客を観察した。「二、三分でよろしかったら、どうぞ、こちらへ」

客はおとなしく奥の部屋に入った。そこではタペンスがメモ帳と鉛筆を手につつましく控えていた。

「秘書のミス・ロビンスンです」トミーはいった。「さてそれでは、事情を伺いましょうか。緊急な用件なのでタクシーで来られたこと、最近あなたは北極――いや、もしかしたら南極にいらしたこと以外、わたしはなにも知らないわけですから」

訪問者はびっくりしてまじまじとトミーを見つめた。

「これはすごい」男は叫んだ。「探偵がそういう推理をするのは本の中だけかと思ってた！　オフィスボーイからぼくの名前を聞いてもいないのに！」

トミーは、べつにたいしたことじゃあ、といわんばかりにため息をついた。

「いやいや、非常に簡単なことです。北極圏の真夜中の太陽光線は皮膚に不思議な作用をおよぼすものでして――光化学作用の強い放射線に特有の性質です。近々これをテーマに論文を書くつもりでおりますが。いや、こんなことはどうでもいい。ひどくお困りのご様子ですが、どういうわけでここへいらしたんです？」

「ブラントさん、まずぼくはガブリエル・スタヴァンソンといいまして――」

「ああ、それで！　有名な探検家ですね。たしか最近、北極から帰ってこられた？」

「三日前にイギリスに上陸したばかりです。北の海を航海していた友人が、ヨットに乗せて帰ってくれまして。でなければ、帰国はあと二週間は遅れていたでしょう。まずお話ししておきたいのはですね、ブラントさん、ぼくは二年前にこの探検に出発する直前に、モーリス・リー・ゴードン夫人と婚約するという大変な幸運にめぐまれまして――」

トミーが口をはさんだ。

「リー・ゴードン夫人といいますと、ご結婚前は――？」

「ハーマイオニ・クレインとおっしゃって、ランチェスター卿の二番目のご令嬢ですわ」タペンスがすらすらといってのけた。

　トミーはちらっと彼女に賞賛のまなざしをむけた。

「最初の旦那様は戦死なさいましたけれど」さらにタペンスはいった。

　ガブリエル・スタヴァンソンはうなずいた。

「まったくそのとおりです。さっきもいいましたが、ハーマイオニとぼくは婚約しました。当然、ぼくはこの探検をやめようとしたのですが、彼女がそんなことはなさらないで、と――そういうステキなひとなんです！　冒険家の妻の鑑《かがみ》みたいなひとなんです。だから、上陸して真っ先に思ったのはハーマイオニに会うことでした。サウザンプトンから電報を打って、いちばんの列車でロンドンに飛んできました。彼女がしばらくのあいだポント・ストリートのレディ・スーザン・クロンレイという叔母さんのところに滞在しているのを知っていたので、まっすぐそこへ向かったんです。ところが驚いたことに、ハーミイはノーサンバランドの友人を訪ねているとかで留守だった。最初ぼくを見たときレディ・スーザンは仰天していましたが――なにしろぼくはあと二週間は帰らないはずだったわけですからね――立ち直ったあとはかなり愛想よく話してくれました。ハーミイは二、三日で帰るだろうというのです。そこで彼女の居場所を尋ねましたが、ご老体はあの、とか、その、とかまったく要領をえない――ようするにあちこちに泊まる予定だし、どんな順番で泊まるかもわからない、というんです。話しても構わないと思うけれど、ぼくはレディ・スーザンとあまり仲がよくないんですよ、ブラントさん。彼女は二重顎の太った女でね。ぼくは太った女が大嫌いで――昔からそうなんです――太った女と太った犬は神でさえも嫌悪する――なのになぜか太った女にかぎって太った犬を連れていることが多いんですよねえ！　ぼくの偏った固定観念だとわかってはいるんですが――でもそうなんです――太った女とは絶対にうまくいかないんです」

「流行もあなたの好みと一致しているようですよ、スタヴァンソンさん」トミーはそっけなくいった。「だれにでもペットの好みはありますし――亡くなったロバート卿は猫が大嫌いでしたね」

「いや、ぼくはレディ・スーザンにまったく魅力がないといってるわけじゃないんです――魅力はあるのかもしれないが、ぼくは感じたことがないというだけです。心の底でずっと、彼女がぼくたちの婚約に反対しているような気がしていたし、可能であればハーミイにぼくへの反感をうえつけようとするだろう、と思ってもいます。まあ、ぼくの感じなんで、偏見と思われてもしかたがないけれども。話をつづけますが、ぼくは自分の好きなようにやりとおす頑固な野蛮人です。だからハーミイが泊まりそうな友人の名前と住所をいくつか聞き出すまでは、帰らなかった。それからすぐに北行きの郵便列車に乗りました」

「あなたは行動の人なんですね、スタヴァンソンさん」トミーは笑顔になった。

「その後のことは、まるで爆弾でも落とされたようなショックでしたよ。訪ねた人たちのだれ一人、ハーミイを見かけてさえいなかったんですから。三軒のうち、一軒だけは彼女がくるのを知ってはいた——あとの二軒についてはレディ・スーザンの勘違いだったんでしょう——そしてその一軒では、間際になって訪問を延期するというハーミイの電報を受けとっていました。ぼくはもちろん大急ぎでロンドンにもどり、レディ・スーザンのところへ直行しましたよ。彼女はうろたえた、というのが正当な表現だろうと思います。ハーミイがどこにいるのかさっぱりわからない、ということも認めました。それなのに、警察に届けることにはひどく反対するんです。ハーミイは愚かな小娘ではない、つねに自分の意志で行動するのが習慣になっている自立した女である。たぶんなにか考えがあってそれを実行しているのであろう、というわけですよ。

たしかに、ハーミイが自分の行動を逐一レディ・スーザンに報告したがらない、ということはありうる。でもやっぱりぼくは心配でした。まずいことが起こっている、というときの妙な気がしてならなかった。ところがちょうど帰ろうとしたとき、レディ・スーザンに電報が届いたんです。それを読むと彼女はほっとした顔になって、ぼくに渡してくれました。電文はこうです。『ケイカクヘンコウ　シタ。イッシュウカン　ノ　ヨテイ　デ　モンテカルロ　ヘ　タツ。ハーミイ』

　トミーが手を出した。

「その電報をお持ちですか」

「いや、ありません。でも、サリー（ロンドン南部に接する州）のモールドンで打ったものでした。そのときちらっと見たんです、ちょっと妙だと思ったものだから。モールドンなんかでハーミイは何をしているのか。ぼくの知るかぎり、あそこに彼女の友達は一人もいませんからね」

「北へ飛んで行ったときのように、すぐモンテカルロへ発とうとは思わなかったんですか」

「もちろん、考えましたよ。でも行かないことにしたんです。だってブラントさん、レディ・スーザンは電報にとても満足したらしいけど、ぼくが満足できると思いますか？　すごく変な気がしたんです、ハーミイが手紙を書かずに、いつも電報を打つのが。一行か二行でも彼女の筆跡で書いてあれば、ぼくの不安も解消する。でも〝ハーミイ〟という名前の電報なんてだれでも打てるでしょう。考えれば考えるほど、不安になりました。で、結局モールドンまで行きました。昨日の午後のことです。手ごろな町で——幹線道路なんかも完備していて——ホテルが二軒ある。ぼくは思いつくかぎりの場所で訊いてまわったんですが、ハーミイが来た形跡はなかった。もどる途中の汽車の中でおたくの広告を読んだものだから、これはぜひおまかせしようと思ったんです。もしハーミイがほんとうにモンテカルロに行ったのなら、警察に追跡させてスキャンダルにしたくはないし、ぼくも見込みのないものを追いかけるような愚かなことはしたくない。このロンドンに留まります、もし——もし、なにか不埒なことが進行しているのなら」

トミーは考え込みながらうなずいた。

「はっきりいって、なにを疑っておいでなんです？」

「わからない。でもまずいことになっているような気がします」

スタヴァンソンはすばやくポケットからケースを取り出し、二人の前で蓋を開けた。

「これがハーマイオニです。お預けしていきます」

写真に写っているのは背の高いほっそりした女性で、若い盛りというのではないが、魅力的な率直な笑顔と愛らしい瞳の持ち主だった。

「スタヴァンソンさん、なにかいい忘れたことはありませんか」

「なにもありませんが」

「どんなちいさなことでも、ありませんかね？」

「思いつきません」

　トミーはため息をついた。

「だとすると、仕事が難しくなるなあ。犯罪小説を読むとお気づきだと思いますが、スタヴァンソンさん、どんな偉大な探偵も手がかりをつかむためには非常に些細な事実が必要でしてね。この事件にはいくつか尋常ならざる特徴が現われているといえます。部分的にはすでに解決したと思っておりますが、いずれ時が証明してくれるでしょう」

　トミーはテーブルに置いてあるヴァイオリンを手にとり、弓で一、二度弦をこすった。タペンスは歯を食いしばり、探検家ですらすくみあがった。演奏家は楽器を置いた。

「モスゴフスケンスキーの和音なんですが」トミーはつぶやいた。「ご住所を教えてください、スタヴァンソンさん、調査の進み具合を報告しますから」

　客が立ち去るやいなや、タペンスはヴァイオリンをつかんで戸棚に入れ、鍵穴のキーをまわした。

「どうしてもシャーロック・ホームズにこだわるんなら、わたしがステキなちっちゃな注射器とコカインというラベルを貼ったビンを用意してあげる。でもお願いだからヴァイオリンにだけは手を出さないでちょうだい（ホームズはコカイン常用者で、ヴァイオリンを趣味としていた）。あの善良な探検家が子供みたいに単純な人でなかったら、あなたはとうに見ぬかれてるわ。まだシャーロック・ホームズばりをつづけるつもり？」

「いままでのところは、かなり成功してると自惚れてるんだけどね」トミーはご満悦だった。「あの推理は上等だったろう？　タクシーを持ち出したのは冒険だった。でもここへ来る適当な手段は、それしか考えられないからね」

「今朝の《デイリー・ミラー》で彼の婚約に関する記事を読んだのは、運がよかったわ」タペンスがいった。

「うん、あれは〝ブラントの腕利き探偵たち〟をアピールするのにすごく効果的だった。これは絶対にシャーロック・ホームズ的事件だよ。きみだってこの件と〝レディ・フランシス・カーファックスの失踪〟との類似点を見逃したはずがない」

「リー・ゴードン夫人の死体が棺桶の中で発見されると思ってるの？」

「論理的には、歴史は繰り返すというからねえ。実際には——うーん、きみはどう思う？」

「そうねえ。なんらかの理由で彼のいう〝ハーミイ〟は婚約者に会うのを恐れている、そしてレディ・スーザンが陰でそれを助けている。というのがいちばんわかりやすい説明だわね。はっきりいうと、彼女はなにかひどいことになっちゃって、それで怯えてるのよ」

「ぼくもそんな気がしたな」トミーがいった。「ただスタヴァンソンみたいな男には、示唆的説明をする前に確証をつかまないと、と思ってね。ひとっ走りモールドンまで行ってみたらどうだろうね。ついでにゴルフクラブを持っていっても邪魔にはならないし」

タペンスは賛成し、国際探偵事務所はしばしアルバートにまかされることになった。モールドンは住宅地としてよく知られているが、大きな町ではない。トミーとタペンスは考えられるかぎりの調査をやってみたが、完全な空振りに終わった。タペンスの頭にすばらしい閃きが訪れたのは、二人がロンドンへ帰る途中のことだった。

「トミー、なぜ電報に〝モールドン、サリー州〟と書いてあったと思う？」

「モールドンはサリー州にあるからさ、おバカさん」

「おバカさんはあなたのほうよ――そんなことをいってるんじゃないわ。もし――そうね、ヘイスティングスとかトーキーから電報を受け取ったとすると、町の名前のあとに州の名前は入っていないでしょ。でも、リッチモンドからだったら、リッチモンド、サリー州と州が入っている。それはリッチモンドがほかの州にもあるからよ」

運転していたトミーがスピードを落とした。

「タペンス」彼は愛情込めていった。「きみの考えもそう捨てたもんじゃないね。この先の郵便局で確かめてみよう」

二人は村の街道の中ほどにあるちいさな建物の前で車を停めた。モールドンという場所が二つあることを聞き出すのに何分もかからなかった。サリー州のモールドンと、サセックス州のモールドン。後者はちいさな村だが、ちゃんと電報局があることがわかった。

「これだわ」タペンスは興奮を抑えきれなかった。「スタヴァンソンは、モールドンといえばサリー州だと思いこんでいたから、Sの文字だけ見てよく読まなかったのよ」

「明日、サセックスのモールドンに行ってみよう」

サセックスのモールドンは、サリー州の同名の町とは似ても似つかない所だった。汽車の駅から四マイルも離れていて、パブが二軒、ちいさな商店が二軒、郵便局をかねた電報局ではキャンディと絵葉書を売っており、そのほかに民家が七軒あるだけ。タペンスは商店を覗き、トミーは〈雄鶏と雀〉亭を受け持った。三十分後に二人は落ち合った。

「どう?」とタペンス。

「ビールはうまかった」とトミー。「しかし情報はゼロ」

「〈王様の頭〉亭もあたってみればいいわ。わたしはもう一度郵便局へ行ってみる。機嫌が悪そうなおばあさんがいたんだけれど、奥で食事よって彼女を呼んでるのが聞こえたから」

タペンスが郵便局にもどって絵葉書を選んでいると、まだ口をもぐもぐさせている生き生きした顔立ちの娘が奥から出てきた。

「これをいただくわ」タペンスはいった。「こっちの漫画のついたのも見たいから、ちょっと待っててね」

絵葉書の束に目を通しながら、タペンスは話しかけた。

「わたしほんとうにがっかりしてるのよ、郵便局で姉の住所がわからないなんていわれちゃって。この近くにいるはずなのに、その姉の手紙をなくしてしまったの。リー・ゴードンという名前なんだけれど」

娘は首を振った。

「憶えてないわ。それにここから出される手紙は多くないから——もしそんな名前が書いてあれば、たぶんわたしも憶えてるはずだし。それに〈穀物倉荘《グレンジ》〉以外には、人が泊まれるような大きなお屋敷はあまりないですし」

「〈グレンジ荘〉って？」タペンスは訊いた。「どなたのお屋敷？」

「ホリストン先生の。今は療養所になってますけど。おもに精神科のほう、だと思います。休養が必要でこられる女の方とか、そんな感じの。まあ、よくわからないけど、このへんはあまり人もいなくて静かですからね」彼女はクスクス笑った。

タペンスはあわてて二、三枚絵葉書を選んで代金を払った。

「あ、あれ、ホリストン先生の車よ」娘が叫んだ。

タペンスはドアへ急いだ。二人乗りの小型車が通りすぎるところだった。運転席の男は長身で、黒い口髭をきれいに刈りこみ、強引そうな、感じの悪い顔をしていた。車はまっすぐに道を走りぬけていく。トミーが道を横切ってやってくるのが見えた。

「トミー、わかったわよ。ホリストン医師の療養所だわ」

「療養所のことは〈王様の頭〉亭で聞いて、なにかあるかもしれないと思ったところだ。しかしもし彼女が神経を病んだとか、そんなようなことがあれば、叔母さんや友達にはわかるはずだろう」

「それはそう。そういうことじゃないの。トミー、あなた二人乗りの車に乗ってた男を見た？」

「感じの悪い、ごっつい男だろう？」

「あれがホリストン医師」

トミーはヒューと口笛を吹いた。

「うさんくさいやつだな。きみはどう思う、タペンス？　ちょっと〈グレンジ荘〉を覗いてみようか？」

ようやく二人が見つけたグレンジ荘は大きなだだっ広い家で、まわりの庭は荒れ放題、裏には水車用の小川が流れていた。

「陰気な場所だね」トミーがいった。「なんだかぞっとするよ。ねえ、タペンス、これは最初の見込みよりはるかに深刻な事態になりそうだな」

「もう、いわないでよ。わたしたちが間に合うといいけど。彼女に恐ろしい危険が迫ってるんだわ。骨の中がジンジンする」

「想像に走っちゃいけないよ」

「そういわれても無理だわ。あいつは絶対あやしい。どうする？　まずわたしが一人でいってベルを鳴らし、いきなりリー・ゴードン夫人に会いたいという。それで相手の反応を見る。これはなかなかの作戦じゃない？　これだったら嘘も隠しもない正攻法といえるんじゃない？」

タペンスはこの作戦を実行した。ドアはすぐに、無表情な男の使用人の手で開けられた。

「リー・ゴードン夫人にお目にかかりたいんです、お会いできるほどお具合がよかったら」

一瞬、男が瞬きしたように見えたが、答えは前もって用意されたものだった。

「そういうお名前のかたはいらっしゃいません」

「まあ、ほんとうに。こちらはホリストン先生の〈グレンジ荘〉じゃありません？」

「そうですが、リー・ゴードン夫人とおっしゃるかたは一人もおいでになりませんよ」

出鼻をくじかれたタペンスは退却を強いられた。ゲイトの外で待っているトミーと相談するほかはない。

「彼はほんとうのことをいってるのかもしれないな。結局、われわれに確証はないわけだから」

「ちがうわ。彼は嘘をついている。絶対よ」

「医師が帰ってくるまで待とう」トミーがいった。「今度はぼくが、保養という彼の新しいシステムについて興味があるジャーナリスト、というふれこみで行ってみる。そうすれば中に入って間取りやなんかを調べるチャンスがあるかもしれない」

医師は三十分ほどしたら帰ってきた。五分の猶予《ゆうよ》を与えてから、今度はトミーが玄関へとむかった。だが彼も門前払いだった。

「医師は忙しくて邪魔されたくないんだとさ。それにジャーナリストには一切会わないって。きみのいうとおりだ、タペンス。ここはたしかに臭うよ。地理的にももってこいじゃないか――どこからも何マイルも離れている。ここではどんな非道なことも起こりうるし、起こってもだれも気がつかない」

「行きましょ」タペンスが決意を固めた。

「どうする気だ」

「壁をよじのぼって様子を見るの、だれにも見られずに家に忍びこめるかどうか」

「よし。ぼくも行こう」

庭は草木が生え放題なので、身を隠すには好都合だった。トミーとタペンスは見つからずになんとか家の裏にたどりついた。

ここには幅の広いテラスがあり、地面に降りる朽ちかけた階段がついている。テラスの中央にはフランス窓があって開いているが、二人は堂々とテラスに上がる勇気はなく、しゃがんでいるので窓は高すぎて中を覗くことはできなかった。せっかくの偵察もあまり効果が期待できそうもないと思われたとき、突然タペンスがトミーの腕をぎゅっとつかんだ。

二人に近い部屋の中でだれかが話している。窓が開いているので、会話の断片がはっきりと二人の耳に入った。

「お入り、お入り、ドアは閉めて」いらいらした男の声が聞こえる。「一時間ほど前に女性がやってきて、リー・ゴードン夫人に会いたいといった。そうだったね？」

返事をする声はあの無表情な使用人の男の声だと、タペンスにはすぐわかった。

「そうです」といっている。

「おまえはもちろん、彼女はここにはいない、と答えたんだろうな」

「はい、もちろんです」

「それから今度はジャーナリストか」男は吐き捨てるようにいった。

彼が急に窓辺にやってきて窓を上げたので、茂みの陰から中を覗きこんでいた二人はホリストン医師の姿を確認した。

「いちばん気になるのは、その女だな」医師はつづけた。「どんな様子だった？」

「若くて、美人で、とてもしゃれた服を着ていました」

トミーはタペンスのわき腹をつついた。

「恐れていたとおりだ」医師は歯ぎしりしながらいった。「リー・ゴードンという女の友達だろう。やっかいなことになったぞ。策を講じないと――」

彼は最後までいわなかった。トミーとタペンスの耳に、ドアが閉まる音が聞こえた。

あとは静寂。

用心深くトミーは退却を始めた。窓からさして遠くはないが家の者に声を聞かれる心配がないちいさな空き地まできたとき、彼は口を開いた。

「ねえ、タペンス、大変なことになってきたよ。やつらは危害を加える気だ。すぐにロンドンにもどってスタヴァンソンに会うべきだと思うんだが」

驚いたことに、タペンスは首を横に振った。

「ここにいなきゃダメよ。彼が策を講じるといったのを、聞かなかったの――つまり、なにが起きるかわからないってことじゃないの」

「最悪なのは、警察に訴えるようなことを何ひとつつかんでいないことだ」

「聞いて、トミー。あなた、村へ行ってスタヴァンソンに電話をかけてちょうだい。わたしはここで待機するわ」

「たぶん、それがいちばんいいだろう」夫は賛成した。「しかしねえ――タペンス――」

「なんなの」

「気をつけろよ――いいね？」

「もちろん気をつけるわ、おバカさん。さあ、急いで」

トミーがもどったのは、それから二時間近くたってからだった。タペンスが門のそばで彼を待っていた。

「どうだった？」

「スタヴァンソンとは連絡がとれなかった。で、レディ・スーザンにかけてみた。彼女も留守だったよ。そこでブレディのやつに電話しようと思いついた。医学年鑑とかそういうものでホリストンのことを調べてくれと頼んだんだ」

「で、ブレディ先生はなんて？」

「うん、その名前はすぐわかった。ホリストンは昔はまともな《ボナ・ファイデ》医者だったが、なにか大失敗をやらかしたらしい。ブレディにいわせると、破廉恥なくわせもので、あんな最低のやつならなにをやっても驚かない、とまでいっていた。問題は、さてわれわれはなにをすべきか、だ」

「ここを動いてはダメよ」タペンスは即座にいった。「彼らは今夜なんらかの行動に出る、という気がする。それはそうと、庭師が家の回りのツタを切ってたわ。わたし、彼がハシゴを置いた場所を見ておいたのよ、トミー」

「よくやったぞ、タペンス」夫は感謝の意を表した。「じゃあ、今夜——」

「暗くなり次第——」

「見てみよう——」

「ことの次第を」

トミーが交替して家を見張り、タペンスはそのあいだに村へ行って食料を仕入れた。彼女がもどってくると、二人一緒に監視をつづけた。九時になると、もう充分暗くなったと判断して作戦を開始することにした。今度は遠慮なく家のまわりをぐるりとまわりこむことができた。と、いきなりタペンスがトミーの腕をつかんだ。

「聴いて」

それは少し前に彼女が耳にした音だった。ふたたび夜の空気に運ばれてかすかに聞こえてくる。

またしても、夜の静寂を破るあの低いうめき。

聴いた二人はもともとの計画をすぐさま実行に移すことにした。タペンスが先にたって、庭師がハシゴを置いた場所にむかう。二人でそれを抱えて、うめき声が聞こえた窓の側面に運ぶ。一階の部屋のブラインドはすべておろしてあるが、二階のこの窓だけは上がっていた。

トミーができるだけ音をたてないように、ハシゴをこの壁にたてかける。

「わたしがのぼるわ」タペンスがささやいた。「あなたは下にいて。わたしはのぼるのは平気だけれど、下でしっかり押さえるのはあなたのほうが得意でしょ。それにあの医者が出てきたりしたら、わたしはあなたみたいにうまく彼を料理できないもの」

タペンスはすばやくハシゴをのぼり、そろそろと頭を持ちあげて窓の中を覗いた。それからさっと首をすくめ、しばらくしてまたゆっくりと頭をあげた。そうやって五分もいただろうか、やがて彼女は降りてきた。

「あれ、彼女」と息を切らし、文法を無視した言い方をする。「でも、ああ、ひどい！ベッドに横たわって、うめきながらのたうちまわってる――わたしが上についたとたんに白衣を着た看護婦らしい女が入ってきて、彼女におおいかぶさって腕になにか注射したわ。看護婦はすぐに出ていったけど。どうしよう？」

「彼女、意識はあるの？」

「あると思う。いえ、絶対あるわ。彼女はベッドに縛り付けられているかもしれない。もう一度のぼって、できれば部屋の中に入ってみる」

「ねえ、タペンス――」

「もし危険な目にあいそうになったら、大声であなたを呼ぶわよ。じゃあね」

それ以上の議論は避けて、タペンスはまた急いでハシゴをのぼった。トミーが見守るなか、窓に手をかけて音をたてずに押し上げた。つぎの瞬間には、彼女は中に消えていた。

トミーにとって拷問のような時間がやってきた。初めはなにも聞こえなかった。リー

・ゴードン夫人とタペンスは声をひそめて話しているのだろう、もし話をしているとすれば。まもなく低いささやき声が聞こえたので、ほっと息をついた。だが突然その声が止まった。死の沈黙。

トミーは耳をそばだてた。なにも聞こえない。二人はなにをしているのだろう？

突然、手が肩に置かれた。

「行きましょ」暗がりから聞こえたのはタペンスの声。

「タペンス！　どうやってここへ？」

「玄関からよ。もうやめだわ」

「もうやめ？」

「そういったの」

「でも――リー・ゴードン夫人は？」

信じられないほどの辛辣さで、タペンスは答えた。

「痩せるんだって！」

皮肉かと思って、トミーは彼女を見つめた。

「どういう意味だい？」

「いったでしょ。痩せようとしてるの。痩身術。減量。スタヴァンソンが太った女は大嫌いだ、といったのを聞いてなかったの？　彼が探検に出かけていた二年のあいだに、彼のハーミイは体重を増やしちゃったのよ。彼が帰ってくるとわかってパニックになり、ホリストン先生の新療法に飛びついたんだわ。なにかの注射なんだけれど、成分は絶対秘密にして目の玉が飛び出るほど治療代をせしめてるの。あいつはたしかにくわせものよ――でもたいしたくわせものだわ！　スタヴァンソンが二週間早く帰ったとき、彼女は治療を受け始めたばかりだったのね。レディ・スーザンは秘密を守ると誓ったものだから、口裏を合わせていたわけ。なのにわたしたちときたら、こんなところまでのこのこやってきて、とんだ間抜けぶりをさらしたもんだわ！」

トミーは深々と息を吸った。

「なあ、ワトスン君」と彼はもっともらしくいった。「明日クイーンズ・ホールでとてもいい演奏会があるんだ。聴きに行く時間はたっぷりあると思うよ。それと、今度の事件はきみの記録に載せないでくれるとありがたいんだがね。どこといって、取り柄もおもしろみもまるでない事件だから」

目隠しごっこ
Blindman's Buff

「わかりました」トミーはそういって受話器を置いた。

それからタペンスを振りかえった。

「長官からだった。ぼくらのことで気をもんでるらしい。情報局で追っている一味が、どうやら事実に気づいたらしいんだ。ぼくがほんもののシオドア・ブラントではないという事実にね。このオフィスはいつなんどき騒ぎに見舞われるかわからない。長官は好意から、きみは帰って自宅で待機するように、これ以上ここには関わるな、といってくださっている。あきらかに、われわれがかきまわしたスズメバチの巣は、想像もつかないほど巨大だってことだね」

「わたしに家に帰れだなんて、バカげてるわ」タペンスはきっぱりいった。「わたしが帰ったら、だれがあなたの面倒を見るの？　それにわたしは騒ぎが好きなのよ。商売のほうは最近さっぱりだし」

「殺人だの強盗だのは毎日ありゃあしないさ」トミーはいった。「聞き分けてくれよ。そうだ、いいことを思いついた。商売が暇なときは毎日一定量のトレーニングをすることにしよう」

「仰向けに寝転がって、空中で足をバタバタやったりするの？　そういうトレーニング？」

「そう律儀に解釈するなよ。ぼくがいうのは、探偵術のトレーニングさ。偉大な名人を再生する。たとえば――」

横の引出しからトミーはものものしい深緑の眼帯を出し、両眼を覆った。そして丁寧に位置を調節し、つぎにポケットから懐中時計を引っ張り出した。

「今朝、ガラスを割ってしまったんだ。ガラスなしの時計になったことで、ぼくの繊細な指がそっと触れて時間を知ることが可能になった」

「気をつけてよね」タペンスはいった。「さっきはもうちょっとで短針がとれるところだったわよ」

「きみの手を貸したまえ」トミーは彼女の手を取って、一本の指で脈をさぐった。「ああ！　鍵盤は静まり返ってる。この女性に心臓疾患はない」

「あなたはソーンリー・コールトン（クリントン・スタッグ作の盲人探偵）、というわけね」

「そのとおり。盲目の問題研究家。そしてきみは、なんとかいう名前の、黒髪でリンゴのほっぺの秘書――」

「河の堤で拾われたベビー服の包みから出てきた赤ん坊ね」

「そしてアルバートはフィー、またの名シュリンプ」

「アルバートには〝ヒェーッ〟といいなさい、と教えておかなくちゃ」とタペンスはいった。「でも、あの子の声は甲高くないのよねえ。ひどくかすれてて」

「ドアのそばの壁に細い空洞の杖があるだろう。あれはぼくの敏感な手に握られるといろんなことを教えてくれるんだ」

トミーは立ちあがったとたんに椅子にけつまずいた。

「くそっ！　椅子があるのを忘れてた」

「目が見えないのはつらいでしょうねえ」タペンスがつくづくいった。

「まったくだ」トミーも同情をこめていった。「ぼくも、戦争で視力を失った人たちがいちばん気の毒だと思うよ。でも暗闇で暮らしていると、特殊な感覚が発達するというよね。ぼくもそうなれるかどうか、実際にやってみようと思うんだ。闇の中でも平気になれたら、すごく便利だろう。さあ、タペンス、やさしいシドニー・テムズになって教えてくれ。あの杖まで何歩ある？」

タペンスは必死で目測した。

「まっすぐ三歩、左へ五歩よ」思いきっていってみる。

トミーはおぼつかない足取りで歩き出したが、左へ四歩で壁に激突しそうになり、タペンスが大声で止めた。

「これは大変な仕事よ。あなたにはわからないでしょうけど、何歩あるか判断するのはすごく難しいわ」

「けっこう面白いじゃないか」トミーはいった。「アルバートも呼んでおいでよ。二人の手をにぎって、どっちがどっちのか当ててみよう」

「いいわ。でもアルバートにはまず手を洗ってもらわないとね。年中すっぱいドロップを舐めてるもんだから、あの子の手はいつもベタベタなのよ」

ゲームを説明されたアルバートは大喜びだった。

二人の手をにぎったトミーは満足そうにニヤリとした。

「沈黙の鍵盤は嘘をつかない」とつぶやき、「最初ににぎったほうがアルバート、つぎがタペンス、きみだ」

「大まちがい！」タペンスが叫んだ。「沈黙の鍵盤とはよくいったものだわ！　わたしの結婚指輪で判断したんでしょ。だから指輪はアルバートの指にはめてもらったのよ」

このほかさまざまな実験を試みたが、成功率は低かった。

「しかしだんだんよくなるさ」トミーはいった。「だれだってすぐに障害に慣れるもんじゃない。そうだ。もう昼飯の時間だよ。タペンス、一緒に〈ブリッツ〉へ行こう。盲人とその付き添いだ。きっと有益な経験がえられるはずだ」

「きっとひどい目にあう、わたしはそう思うけど」

「いや、そんなことはないさ。ぼくはちゃんと紳士的にふるまうから。食事が終わるころには、きみをびっくりさせて見せるよ」

というわけで抗議はすべてねじふせられ、十五分後にはトミーとタペンスは〈ブリッツ〉のゴールデン・ルームの隅のテーブルに心地よく落ちついていた。

トミーがメニューの上を軽く指でなぞった。

「ぼくはオマールエビのピラフとグリルドチキンにしよう」彼はつぶやいた。

タペンスの注文も決まると、ウェイターは立ち去った。

「ここまでは快調だ」とトミー。「さて、もう少し高度な挑戦をしてみようか。お、きれいな脚をしてるなあ――今入ってきたショートスカートの女性は」

「どうしてそんなことがわかるの、ソーン？」

「きれいな脚は床に特別な振動を与えるのさ。それをぼくの空洞の杖がキャッチする。いや、正直いえばね、大きなレストランにはかならずドアのあたりでお友達を探している女性が一人はいるものなんだ。なぜショートスカートかといえば、そういう女性は短いスカートを活用しないはずがないからさ」

　食事はつづいた。

「二つ先のテーブルの男は、あこぎな真似をして稼いでいる大金持ちだと思うよ」トミーは軽率な発言をする。「ユダヤ人じゃないかな？」

「なかなかやるわね」タペンスは感心した。「真偽のほどはわからないけど」

「いちいち種明かしする気はないよ。せっかくのショーが台無しだもの。右手の三つ離れたテーブルではウェイター頭がシャンペンを注いでいる。黒い服の、でっぷりした女性がぼくらのテーブルのそばを通りすぎようとしている」

「トミー、いったいどうして――」

「ははあ！　きみはやっとぼくの能力を認めはじめたね。きみの後ろのテーブルで今立ちあがったのは、茶色の服を着た若い女性だろう」

「残念でした！　灰色の服の若い男性よ」

「ああ！」トミーは一瞬狼狽した。

ちょうどそのとき、この若夫婦に鋭い視線を向けていた近くのテーブルの二人の男が立ちあがり、こっちへむかってきた。

「失礼ですが」と二人のうちの年嵩《としかさ》の男が声をかけた。長身で身なりがよく、メガネをかけて灰色のちいさな口髭をはやしている。「シオドア・ブラントさんとお見受けしましたが。もしそうなら、伺いたいことがありまして」

トミーは不意打ちをくらった気がしてちょっとためらったが、結局うなずいた。

「そうです。ブラントです！」

「なんという幸運だろう！　ブラントさん、じつは食事が終わったらあなたの事務所をお訪ねしようと思っていたところでした。困ったことになって――非常に窮地にたたされているのです。しかし――失礼ですが――目をどうかされましたか？」

「いやいや」トミーは憂鬱な声を作った。「わたしは盲人なのです――まったく見えません」

「えっ？」

「驚かれたようですね。でも、盲目の探偵のことは聞いたことがおありでしょう？」

「小説ではね。しかし現実には、ありません。それにあなたが盲目だなんて、まったくの初耳です」

「気づかない人が多いんだなあ」トミーはつぶやいた。「光から眼球を保護するために、今日は眼帯を着けていますが、はずしているとほとんどの人はぼくに障害――まあ、そう呼べば、ですが――障害に気づきもしないんです。目が見えないせいでヘマをやったりすることはまずありませんからね。しかし、そんな話はもういい。これからすぐに事務所へ行きましょうか、それともここで事件のことを話してくださいますか？　ここで話してくだされば、それがいちばんですが」

ウェイターが椅子を二つ持ってきたので、二人の男は腰をおろした。まだ一言も口をきかないほうの男は、背が低く、頑丈な体つきで、髪も目も真っ黒だ。

「とても配慮を要する事件でして」年嵩の男はあたりに気を配って声をひそめた。不安げにタペンスに視線を投げる。ブラント氏はその視線に気づいたようだ。

「わたしの腹心の秘書を紹介しましょう。ミス・ガンジスです。インドのガンジス河の堤で拾われて――ベビー服の塊かと思ったら中にくるまれていた赤ちゃんが彼女だった。なんとも悲しい物語でね。ミス・ガンジスはわたしの目になってくれています。どこへでも付き添ってくれて」

男は会釈して紹介をうけた。

「ではお話ししましょう。わたしの十六歳になる娘が、奇妙な状況で誘拐されたのです、ブラントさん。わたしは三十分前にそれを知らされたばかりですが。事情が事情なので、警察には知らせたくない。そこであなたの事務所に電話をかけました。すると食事に出られて二時半ごろにもどられると聞いたものですから、友人のハーカー大尉とここにやってきたわけで――」

ずんぐりした男は頭を振ってなにごとかつぶやいた。

「あなたもここで食事をしていらしたとは、大変な幸運だった。一刻も無駄にはできません。すぐにわたしと一緒に我が家にいらしてください」

トミーは用心深くいいわけをした。

「三十分ほどで伺えると思います。とにかく一度事務所に帰らなければなりませんから」

ハーカー大尉がちらっとタペンスに目をやったのは、彼女の口元に一瞬笑みともつかぬ表情が浮かんだのに驚いたせいかもしれない。

「いや、いや、とてもそれでは間に合いません。ぜひ一緒にいらしてくださらないと」白髪まじりの男はポケットから名刺を取り出してテーブル越しに差し出した。「わたしはこういう者です」

「これはちょっとわたしの指では読み取れません」トミーが笑顔でタペンスに渡すと、彼女は低い声で読み上げた。「ブレアガウリー公爵」

依頼人を見る彼女のまなざしはまさに興味津々。ブレアガウリー公爵といえば傲慢で近づきがたい貴族として知れ渡った男で、娘といってもいいほど若いシカゴの豚肉商の娘と結婚しているが、彼女の激しい性格ゆえに二人の生活は長続きしそうもないと思われており、げんに最近では不仲の噂が流れているのだ。

「いますぐ、来ていただけますね、ブラントさん」公爵はとげとげしさをにじませていった。

トミーはやむをえないとあきらめた。

「ではミス・ガンジスと一緒に行きましょう」彼は静かにいった。「ブラックコーヒーを大きなカップで一杯飲むあいだ、待っていただけますか？　すぐ持って来ますから。この目のせいで、はげしい頭痛に悩まされていましてね。コーヒーで神経が休まるんです」

彼はウェイターを呼んで注文し、それからタペンスに話しかけた。

「ミス・ガンジス――わたしは明日、フランスの警視総監とここで昼食をとる。午餐《ごさん》のメモをとって、いつもの席を取っておくようウェイター頭に指示を与えてください。重要な事件でフランス警察に力を貸しているんです。なにしろ報酬《フィー》が」――ここで間をとった――「相当なものですから。もういいかな、ミス・ガンジス」

「はい、どうぞ」タペンスは万年筆を持って待ち構えた。

「まず最初はここお勧めの特製シュリンプサラダ。それからつぎに――そうだな、つぎは――うん、ブリッツ風オムレツ、それとトゥルネードーの異国風をくわえてもいいかな」

彼は間をとってすまなそうにつぶやいた。

「手間取って、すみませんね。ああ、そうだ、スフレの不意打ち風《アンスルプリーズ》！　しめくくりにはこれがいい。非常におもしろい人物なんですよ、フランスの警視総監は。ご存知でしょう？」

相手が知らないと答えるのをしおに、タペンスは立ちあがってウェイターに指示を伝えに行った。もどってくると、ちょうどコーヒーが運ばれたところだった。

トミーは大きなカップのコーヒーをゆっくりと味わってから、おもむろに立ちあがった。

「わたしの杖は、ミス・ガンジス？　ありがとう。指示をしてくれたまえ」

タペンスの試練のときだ。

「右へ一歩、まっすぐに十八歩。五歩目あたりのところで、左側のテーブルにお料理を並べているウェイターがいます」

颯爽と杖を振りながらトミーは歩き出した。タペンスは彼のかたわらにぴったり寄り添って、目立たぬように彼の舵をとろうと苦労した。戸口を出るところまではうまくったのだが、盲目のブラント氏は入ろうとした男に正面からぶつかってしまった。相手が急いでいたので、タペンスが注意する暇もなかった。叫びと謝罪があとにつづいた。〈ブリッツ〉の玄関には、しゃれた幌《ほろ》つきの車が待っていた。公爵自身が手を貸してブラント氏を乗せた。

「きみの車はここにあるな、ハーカー？」彼は肩越しに訊いた。

「ある。すぐそこに」

「じゃあきみはミス・ガンジスをお連れしてくれ」

なにをいう暇も与えずに彼がトミーの横に飛び乗ると、車はなめらかに走り出した。

「非常に微妙な問題でして」公爵はささやいた。「すぐに詳しいことをすっかりお話ししますよ」

トミーは頭に手をやった。

「もう眼帯をはずしてもいい」と心地よさそうにひとりごちた。「これが必要なのは、レストランの人工的な強烈な光の下だけなんですよ」

　ところが彼の腕はぐいと引き下げられた。同時に固くて円いものがわき腹を突くのが感じられた。

「さて、親愛なるブラントさんよ」と公爵の声——だがその声はさっきとはまるでちがう。「眼帯ははずさないでもらおうか。じっと座ってろよ、動かずに。わかったか？このピストルを発射したくないからな。お気づきだろうが、おれはブレアガウリー公爵なんかじゃない。きみが有名人の依頼を断わるはずがないとわかってたから、名前を拝借したまでだ。おれはもっと平凡な男でね——女房を捜しているハム商人さ」

　男は相手がギクッとしたのを感じ取った。

「やっとわかったらしいな」彼は笑った。「お若いの、おまえさんは信じられんほどのアホだぜ。心配だよ——非常に心配だ、おまえさんの活動は将来切り捨てられるんじゃないかとね」

　最後の言葉には嫌味がこめられている。

　トミーは身動きもしなかった。相手の愚弄《ぐろう》にも黙っていた。

　まもなく車はスピードを落として停まった。

「ちょっと待て」ニセの公爵はいうと、ハンカチをまるめてトミーの口にねじ込み、そのうえを押さえるようにスカーフを引っ張り上げた。

「助けを呼ぼうなんてバカな考えをおこすと困るからな」と愉快そうに説明した。

車のドアが開くと運転手が待ち構えていて、主人と二人でトミーを両側からはさみ、急いで家の玄関まで階段を引きずり上げた。

ドアは後ろで閉まった。むせるような東洋の香料が漂っていた。トミーの足は毛足の長いビロードに沈んだ。さっきと同じように階段を引きずりあげられ、家の奥まったところにあると思われる部屋に入れられた。ここで二人の男は彼の両手を縛った。運転手が出ていくと、もう一人が猿轡をはずした。

「もう自由にしゃべっていいぜ」彼は楽しげにいった。「なにかいいたいことがあるかね」

トミーは咳払いをし、痛む唇のはしをゆるめた。

「ぼくの空洞の杖をなくしはしないだろうね」トミーは穏やかにいった。「作らせるのにえらく金がかかったんだ」

「減らず口をたたく度胸はあるらしい」ややあって男はいった。「さもなければよほどのバカか。おまえはおれに捕まっているってことが理解できないのか――おれの手中にあるってことが。おまえはおれの思いのままだ。どんな友達もおまえには二度と会えないぞ」

「芝居がかったことはやめてくれないか？」トミーは情けなそうに頼んだ。「ぼくは〝悪党め、いずれ吠え面かかせてやる〟なんていわなきゃならないのかい？　そういうセリフはもう、どうしようもなく時代遅れなんだよ」

「女はどうする？」男はトミーを見つめながらいった。「心配じゃないのか」

「無言を強いられていたあいだのぼくの推理だが」トミーはいった。「ぼくが必然的に到達した結論はこうだ。あの弁舌さわやかなハーカーってやつは無鉄砲な計画実行者のかたわれであり、したがってぼくのかわいそうな秘書はまもなくこのささやかなお茶会に加わることになる」

「第一点は正解だが、次がまちがっている。ベレズフォード夫人――そうさ、おまえらのことはすべてお見通しなんだよ――彼女はここへは来ない。おれなりに予防措置をとっておいた。上のほうにいるおまえの友人が、ひょっとしたらおまえを尾行しているかもしれない、と思ったんでね。そうだとしたら、二手に分かれておけば、両方は尾行できない。少なくとも片方はこの手ににぎっていられる。今、おれは待ってる――」

ドアが開いて、彼は言葉を切った。運転手だった。

「つけられなかったようですぜ。だれもいません」

「よし。もう行っていいぞ、グレゴリー」

ドアがまた閉まった。

「ここまでは非常にけっこう」〝公爵〟はいった。「さて、おまえをどうしたものかな、ベレズフォード・ブラント君？」

「この窮屈な眼帯をはずしてくれないかなあ」トミーはいった。

「まあやめとこう。それをかけてりゃ、おまえはまったくの盲人だ――はずせば、おれ同様に見えてしまう――それじゃあおれの計画に具合が悪いんだよ。おれにはひとつ計画がある。おまえは世間をあっといわせるような小説が好きだろう、ブラント君。今日おまえさんが女房とやってたゲームがそのいい証拠だ。じつはおれも、ちょっとしたゲームを用意した――なかなか独創的なやつで、説明を聞いたらおまえも感心するだろうぜ。

おまえが立ってるこの床は金属でできていて、表面にちいさなイボイボがたくさん出ている。おれがスイッチに触る――と」するどいカチッという音。「電流が流れるわけだ。イボイボを踏めば――即、おだぶつさ！　わかるかな？　この突起が見えりゃあ……だが、おまえには見えない。おまえは闇の世界にいる。これがゲームだよ――死の目隠しごっこ。もし無事にドアまでたどり着ければ――自由に逃げられる！　しかし、たどり着くよりずっと手前で危険なイボイボの一つを踏んじまうだろうよ。えらく楽しいゲームじゃないか――おれにとっちゃあな！」

彼は進み出てトミーの手をほどいた。そして皮肉に一礼してトミーの杖を渡してくれた。

「盲目の問題研究者か。彼がこの問題を解けるかどうか、見せてもらおうじゃないか。おれはピストルを構えてここに立ってる。もしおまえが両手を頭にあげて眼帯をはずそうとしたら、おれは撃つ。わかったな？」

「よくわかった」トミーはいった。蒼ざめてはいるが、毅然としている。「万に一つのチャンスもないってことか」

「さあ、それはどうかな――」男は肩をすくめた。

「きみはたいした悪党じゃないか、え？」トミーはいった。「だがひとつ忘れてることがあるぞ。ところでタバコを一本つけていいかな？　ぼくの哀れな心臓がパタパタしてるんだ」

「タバコはかまわんよ――だが小細工《トリック》はよせ。見張ってるからな、ピストルで狙いをつけて」

「ぼくはサーカスの犬じゃないんだ。芸当《トリック》なんかするもんか」トミーはケースからタバコを一本取り出し、ポケットのマッチ箱をさぐった。「大丈夫。リボルバーをさぐってるんじゃない。いや、きみはぼくが武器を持っていないことをよく知ってるんだっけ。まあいいや、とにかくさっきもいったように、きみにはひとつ忘れていることがある」

「なんだ？」

トミーは箱からマッチ棒を一本出して、擦ろうとした。

「ぼくは目が見えないが、きみは見える。これはいいよね。有利なのはきみだ。しかし、ぼくらが二人とも闇の中にいるとしたら――えっ？　きみは有利かね？」

彼はマッチを擦った。

「電気のスイッチを撃つことを考えてるのか？　部屋を真っ暗にするか？　そりゃ不可能だ」

「まったくだ。きみに暗闇をプレゼントしてはやれない。だが、両極は通じるというだろう？　明るさについてはどうだ？」

しゃべりながらトミーは片手に持っていたものにマッチをつけ、それをテーブルに投げ出した。

目のくらむような閃光が部屋を満たした。

その瞬間、強烈な白燭光に目を射られた〝公爵〟は視力を失ってあとすざりし、その拍子にピストルを構えた腕が下がった。

　ふたたび目を開けたときには、なにか鋭利なものが胸に突きつけられていた。

「ピストルを捨てろ」と命じるトミー。「早く捨てるんだ。空洞の杖なんぞクソの役にもたたない、ってことではきみに賛成だね。だからそんなものは持っていない。しかし上等の仕込み杖なら武器として非常に役に立つ。そうは思わないか？　マグネシウム製の針金と同じくらいね。そのピストルを捨てろといってるだろう！」

　鋭い切っ先には従わざるをえず、男はピストルを落とした。それから高笑いしながらさっとふりむいた。

「それでもまだ、おれのほうが有利だぞ」あざ笑うかのごとく。「おれは見えるが、おまえは見えないんだからな」

「それがまちがいだというんだよ」トミーはいった。ぼくはちゃんと見えている。眼帯はニセモノだ。タペンスをかついでやろうとしただけさ。最初にひとつふたつヘマをやってから、食事の終わるころには完璧にみごとな技を披露する。やれやれ、きみには気の毒だが、こんなイボイボを避けてドアまで行くのなんぞ、赤子の手をひねるほど簡単なんだよ。しかしきみがフェアプレイをやるなんて信じられない。無事にドアまで行ったところで、絶対にぼくを生きては出さなかっただろうからな。気をつけろよ――」

トミーがこういったのは、怒りに顔をゆがめた〝公爵〟が憤怒に我を忘れ、足の置き場所も考えずに飛びかかってきたからだ。

突然青白い火花が散ったと思うと彼の体がぐらりと揺れ、ややあって丸太のようにぶっ倒れた。かすかに肉の焦げる臭いが、強いオゾン臭と混じり合って部屋に充満した。

「ヒュー」トミーは声を発した。

思わず顔をぬぐった。

それから、全神経を集中してそろそろと壁まで進み、〝公爵〟が操作するのを見ておいたスイッチに触れ、電源を切った。

部屋を横切って戸口へ行き、ドアを開けて見まわした。人影はない。階段を下りると、玄関から外へ出た。

無事に通りまでくると、ぞっとしながら出てきた家を眺めて番地を確かめた。それから近くの電話ボックスへと急いだ。

不安でジリジリするような何秒かののち、受話器のむこうから親しみぶかい声が聞こえた。

「タペンスか、ああ、よかった！」

「ええ、わたしは無事よ。あなたの指示は全部わかったわ。報酬《フイー》もコエビ《シュリンプ》も。つまりアルバートに〈ブリッツ〉に来させ、見知らぬ男の跡をつけさせろ、ってことでしょ。アルバートは間に合うように駆けつけてくれて、わたしたちが別々の車に乗せられたときタクシーでわたしの車を尾行して行き先をつきとめ、警察に電話してくれたのよ」

「アルバートはいいやつだよ」トミーはいった。「騎士道精神のね。あいつはかならずきみのほうの跡をつけると思ってた。それでも心配にはちがいなかったけどね。きみに話すことがいっぱいあるんだ。これからすぐに帰る。帰ったら真っ先にセント・ダンスタン病院（戦争で視力を失った兵士を収容している）に多額の小切手を切ろうと思うんだ。まったく、目が見えないってことはほんとうにつらいだろうからねえ」

霧の中の男

The Man in the Mist

トミーは鬱々《うつうつ》とした気分だった。〝ブラントの腕利き探偵たち〟は大失敗をやらかし、懐具合はともかくも面目はいまや丸つぶれという状況だった。アドリントン・ホールで盗まれた真珠のネックレス事件を解明するためにプロとして呼ばれながら、〝ブラントの腕利き探偵たち〟はまったくなんの役にもたたなかった。ギャンブル好きの伯爵夫人に狙いをつけたトミーがローマカトリックの神父に変装して彼女の跡をつけたり、タペンスがその屋敷の甥とゴルフ場で〝仲良くした〟りしているあいだに、地元の警部が本署で手配済みの泥棒とわかった下働きの男をあっけなく逮捕し、その男は自分の犯行の一部始終をすらすらと白状してしまったのである。

やむなくトミーとタペンスはなんとか対面をとりつくろって引き揚げ、とりあえずグランド・アドリントン・ホテルのバーのカクテルで我が身をなぐさめているところだった。トミーはまだ神父の変装を解いてもいない。

「ブラウン神父（チェスタトン作のカトリック神父探偵）風とはとてもいかなかったなあ」彼は陰気につぶやいた。「ちょうどぴったりのコウモリ傘は持ってたんだけどね」

「ブラウン神父に適した事件じゃなかったのよ」タペンスがいった。「それならそれで、最初からある種の雰囲気を漂わせた人物が登場してこなくちゃ。ごくありふれた日常生活をしているうちに、奇想天外な事件にまきこまれる。それがブラウン神父ものの特徴でしょ」

「残念ながらロンドンに帰るしかなさそうだね。たぶん駅へむかう途中で、奇想天外なことが起きるんだよ」

彼は手にしたグラスを唇に運ぼうとした。そのときふいに中の液体がこぼれたのは、ずっしりした手が彼の肩をたたき、手に見合った太い声が響き渡ったからだった。

「驚いたな！　トミーじゃないか！　それにトミーの奥さんも。どこから降って湧いたんだ？　長いこと消息不明だったじゃないか」

「なんだ、太っちょ《バルジャー》か！」トミーは残りのカクテルを置いてふりむき、闖入者《ちんにゅうしゃ》に目をむけた。肩の筋肉の盛り上がった三十前後の大男で、てらてらした赤ら顔に、ゴルフウェアを着ている。「なつかしい太っちょか」

「しかし、なあ」バルジャー（ちなみに本名はマーヴィン・エストコート）はいった。

「おまえが聖職についたとはまったく知らなかった。神父様とはなあ」

タペンスは吹き出したが、トミーは困っている。そのときだった、急に二人が第四の人物の存在に気がついたのは。

まさに黄金色の髪とつぶらな青い目をした、すらりと背の高い女性だ。最高級の黒いドレスとみごとなアーミンの襟巻き、それに巨大な真珠のイヤリングの効果もあってか、それはもう信じられないほどの美しさだった。彼女は微笑んでいた。しかもその微笑は多くのことを語り掛けている。たとえば、わたしは自分が人目を惹く美人だということをよく承知してるわ、とくにイギリスでは、――いいえ、たぶん世界中どこにいても――と。だがけっしてそれをひけらかしているわけではなく、ただ自分の美しさを事実として自覚しているだけなのだ。

トミーとタペンスにはすぐに彼女がわかった。二人とも《心の秘密》は三度、もう一つのヒット作《炎の柱》も同じ回数だけ観ているし、ほかの芝居も数え切れないほど観ているのだから。たぶん、このミス・ギルダ・グレンほどイギリス中の人気を手中におさめている女優は、ほかにいないだろう。イギリスでもっとも美しい女性と報じられている。しかしまた、これほど頭の空っぽな女はいないだろうという噂もあった。

「ぼくの古い友人なんです、ミス・グレン」エストコートは、一瞬でもこんな眩しい女性の存在を忘れたことを謝罪するかのような口調で、紹介した。「トミー、トミーの奥さん、こちらはミス・ギルダ・グレン」

声に誇らしさがあふれているのは、間違いようがなかった。単にミス・グレンと一緒にいるところを見てもらうだけでも、彼が彼女から受ける栄誉は絶大なものらしい。

女優は正直な興味を示してトミーを眺めた。

「あなたはほんものの神父様なの？」彼女は訊いた。「ローマカトリックの神父、という意味だけれど？　カトリックの神父は結婚しないものだと思ってたわ」

エストコートはまた盛大な笑い声を響かせた。

「こいつはいいや」といきなり吼《ほ》えたてる。「おまえは隅におけないやつだな、トミー。ねえ奥さん、こいつが虚飾や見栄と一緒にあなたを捨てなくてよかったよ」

ギルダ・グレンは彼の言葉にはほとんど注意をはらわなかった。不思議そうな目でトミーを見つめつづけている。

「あなたはほんとうに神父様？」と問い詰める。

「見かけと実態が同じ人間はほとんどいませんよ」トミーは穏やかにいった。「ぼくの職業は神父と似ていなくもありません。赦しを与えることはできませんが――告白には耳を傾けます――ぼくは――」

「こいつに耳を貸しちゃいけませんよ」エストコートがさえぎった。「あなたをからかってるんだから」

「聖職者じゃないのなら、なぜそんな格好をしてらっしゃるのかわからないわ」彼女は困惑した。「つまり、ひょっとして――」

「正義の裁きから逃れている犯罪者なんかじゃありません。その反対ですよ」トミーはいった。

「そう！」彼女は眉をひそめ、戸惑った美しい目でまだ彼を見つめている。

（今いった意味が彼女にわかるかな）トミーは思った。（どうやら単純な言葉で話さなきゃ無理そうだ）

それから声に出していった。

「ロンドン行きの汽車の時間、わかるかい、バルジャー？　急いで家に帰らなきゃならないんだ。駅まではどのくらいある？」

「歩いて十分だ。でもあわてることはないさ。次の汽車は六時三十五分だが、まだ五時四十分だからね。前のは今行ったばかりだ」

「駅はここからどう行くんだ?」

「ホテルを出たらすぐ左へ曲がる。それから——ええと——モーガンズ・アヴェニューを行くのがいちばんいいんじゃないか」

「モーガンズ・アヴェニュー?」ミス・グレンが飛びあがるほど驚いて、恐怖におびえた目で彼を見つめた。

「あなたの考えていることはわかりますよ」エストコートは笑いながらいった。「幽霊でしょう。モーガンズ・アヴェニューは墓地のわきを通っている。非業の死を遂げた巡査がこの墓から起きだして昔の巡回区域、つまりモーガンズ・アヴェニューを往《い》ったり来たりするという言い伝えがありますからね。警官の幽霊ですよ! 信じられますか、そんなもの? たしかに見たという人が大勢いるにはいますが」

「警官なの?」ミス・グレンはいい、ちょっと身震いした。「でも幽霊なんて、ほんとうはいないんでしょ? つまり——そんなものないわよねえ?」

彼女は立ちあがると、服の前をギュッと掻きあわせていった。

「さよなら」だれにいうともない別れの挨拶だった。

タペンスを完全に無視してきた彼女は、いまもタペンスのほうを見ようともしなかった。ただ肩越しに、なにか訊きたげな困ったような視線をちらっとトミーに投げただけ。

彼女が戸口まで行ったとき、長身で白髪まじりの、ぽっちゃりした顔の男が彼女を見つけて驚いたような声を上げた。彼は彼女の腕に手をかけ、意気揚々とおしゃべりしながらドアから連れ出した。

「美人だろう？」エストコートはいった。「脳みそはウサギなみだけどね。近々レコンベリー卿と結婚するらしいという噂がある。今ドアから出て行ったのがレコンベリー卿さ」

「結婚するにはあまりいいお相手には見えないけれど」タペンスが意見をのべた。

エストコートは肩をすくめた。

「いまでも貴族の称号は魅力なんだと思いますよ。それにレコンベリー卿はけっして没落貴族じゃない。彼女にとっちゃあ、玉の輿ってやつでしょう。彼女はどこの馬の骨だかわからんのですから。橋の下で拾われたに等しいんじゃないですか。とにかく彼女がこのあたりに姿を現わしたのが、いかにも不可解でね。ホテルに宿泊もしていないし。それでおれが宿泊先を聞こうとしたら、手ひどい剣突をくわされた、まあそういう応対しかできない女だが。いったいどういうことか、知りたいもんだ」

彼はちらっと時計を見て、あっと叫んだ。

「もう行かないと。きみたち二人に会えてすごくうれしかったよ。そのうち、ロンドンで一緒に飲もうや。じゃあな」

彼が足早に立ち去るとすぐに、ボーイが金属製の盆に手紙を載せて近づいてきた。手紙には宛名がなかった。

「でもお客様宛てでございます」ボーイはトミーにいった。「ギルダ・グレン様からで」

トミーは封を切り、興味津々で目をとおした。数行の短い文面で、ミミズののたくったようなひどい筆跡だった。


なんとなく、あなたならわたしを助けてくださるような気がします。さっき教えられたとおりに、駅まで歩いて行かれるのでしょうね。だったら、六時十分すぎに、モーガンズ・アヴェニューの〈ホワイト・ハウス〉に来ていただけないでしょうか？

ギルダ・グレン

トミーはうなずいてボーイを下がらせ、手紙をタペンスに渡した。

「おかしなひと！」タペンスはいった。「彼女はまだあなたを神父と思って、こんな手紙をよこしたのかしら？」

「いや」トミーは考え込んでいった。「彼女はついにぼくが神父ではないことを理解したからだ、とぼくはいいたいね。やっ！　あれはなんだ？」

「あれ」というのは、髪は燃えるような赤毛で、顎はすぐにでも食ってかかりそうに張り出し、おっそろしく汚らしい身なりをした若者のことだった。彼は歩いて入ってくるなり、なにかぶつぶつつぶやきながら部屋を往ったり来たりしはじめた。

「ちくしょう！」赤毛の男は大声でがなりたてた。「ちくしょうめが！」

彼は二人のそばの椅子にドカッと腰をおろし、不機嫌な顔で彼らをねめつけた。

「女なんぞクソくらえってんだ」若者はタペンスをにらみつけながらいう。「ああ！　かかってきたけりゃ、かかってこい。おれをホテルからおっぽり出したきゃ出すがいい。初めてってわけじゃないんだからな。思ったことをいっちゃあ、なぜいけないんだ。なんだって気持ちに蓋したり、薄笑いを浮かべて他人とおんなじことをいわなきゃならないんだ。おれは感じよくも行儀よくも、できない気分なんだよ。だれかの喉首をとっつかまえて、息が止まるまで絞め上げてやりたい気分なんだ」

男は一息いれた。

「とくにやりたい人がいるの？」タペンスが訊いた。「それとも、だれでもいいの？」

「一人だけいる」若い男の口調は凄みを帯びていた。

「とても好奇心をそそられるわ」タペンスはいった。「もう少し、聞かせてくれないか？」

「おれはライリー」赤毛の男はいった。「ジェイムズ・ライリーだ。名前を聞いたことはないかね？　反戦詩集を一冊出している──自分でいうのもなんだけど、いい詩集だ」

「反戦詩集ですって？」

「ああ──悪いか？」ライリー氏の口調は好戦的だった。

「いえ、そんなことは！」タペンスはあわてていった。

「おれはいつも平和を求めてる」ライリー氏は噛みつくようにいった。「戦争なんかクソ食らえだ。それに女どももだ！　女どもめ！　たったいまここをしゃなりしゃなり歩いてたやつを見たかい？　ギルダ・グレン、自分じゃあそう名乗っている。ギルダ・グレン！　ああ！　おれは、どんなにあの女を崇めたことか。これだけはいっておくが──あいつに心というものがあるなら、それはおれに寄り添っているはず。一度はおれを好いてくれたんだ、もう一度好意をとりもどすこともできるはず。もしあいつがあのレコンベリーの肥溜め野郎に身売りしやがるなら──今に見ろ。この手であいつを絞め殺してやるからな」

言い終わるやいなや、彼はぱっと立ちあがって部屋から駆け出していった。

トミーが眉を吊り上げた。

「なんとも激しやすい男だ」トミーはつぶやいた。「さてタペンス、そろそろ行こうか」

二人がホテルからひんやりした外気に足を踏み出したとき、外には細かい霧が立ち始めていた。エストコートの指示にしたがってすぐに左へ折れると、数分でモーガンズ・アヴェニューという標識のある曲がり角に出た。

霧が濃くなっていた。やわらかな白い霧は渦をまきながら飛ぶように流れていく。左側は墓地の高い塀で、右側にはこぢんまりした家並みがある。ほどなく人家はなくなり、背丈ほどの垣根がそれにとってかわった。

「トミー」タペンスがいった。「わたし、怖いわ。この霧――それにこの静けさ。どこからも何マイルも離れているような気がする」

「そんな気がする場所だね」トミーも同感だった。「世界中にぼくら二人きりみたいな。霧の作用だよ、それに先が見えないせいだ」

タペンスはうなずいた。

「道に響いてるのはわたしたちの足音だけかしら。あれはなに？」

「あれってなんだい？」

「後ろでだれかの足音がしたような気が」

「そんなにびくびくしていると、いまに幽霊を見ることになるよ」トミーが親切にも忠告した。「そう神経を昂ぶらせるなよ。警官の幽霊がきみの肩におぶさってくるとでも思ってるのかい？」

タペンスは鋭い悲鳴をあげた。

「やめてよ、トミー。頭から離れなくなっちゃうじゃないの」

彼女は首をのばして肩越しに振り返り、二人を取り囲む白いヴェールの中を覗きこもうとした。

「ほら、また」彼女はささやいた。「いいえ、今度は前にいるわ。ああ、トミー！ 聞こえないなんていわないで」

「たしかになにか聞こえるな。うん、後ろの足音だ。汽車に乗り遅れまいとしてこの道を歩いてる人だろう。もしかしたら――」

彼はいきなり足を止め、じっと動かなくなった。タペンスはあえぎ声をもらした。

突如として目の前の霧のカーテンが、まるでだれかに引き開けられたかのようにぱっと裂けて、すぐそこ、二十フィートと離れていないところに、あたかも霧の精のような巨大な警官の姿が現われたからだ。しかも警官はすぐに消えたと思うと、また現われた——二人の観客の空想にふくらんだ頭には、すくなくともそんなふうに見えた。やがて霧がさらに退いてゆくと、行く手にまるで舞台装置のようなひとつの光景が浮かび上がった。

青い制服の大きな警官、真っ赤な郵便ポスト、そして道の右手に白い一軒の家。

「赤、白、青。まるでグラビア写真のようじゃないか。おい、タペンス、なにも怖がることはないよ」

トミーがこういったのは、その警官が本物の巡査であることがわかったからだ。しかも最初霧の中にぼうっと浮かび上がって見えたときとくらべると、巨大でもなんでもなかった。

しかし二人が歩き始めると、後ろから足音が迫ってきたのは事実だった。足音の主は足早に二人を追いぬいて白い家の門をくぐり、階段を上がってドアのノッカーをガンガン叩き始めた。巡査は突っ立ってその男を見ている。二人が巡査の立っている地点まできたとき、男は家の中に消えた。

「あの紳士はどうやら急用があるらしいですな」巡査がいった。

自分の考えを時間をかけて噛みしめているような、のろのろした口調だった。

「いつもせかせかしているタイプなんですよ」トミーがいった。

巡査の鈍い、やや疑い深そうな目が、ゆっくり動いてトミーの顔で止まった。

「あれはあなたのお友達ですか?」今度は声にもはっきりと疑惑が出ている。

「いや。友達ではないが、たまたま知ってるんです。名前はライリー」

「なるほど!」巡査はいった。「さて、わたしはそろそろ失礼します」

「〈ホワイト・ハウス〉はどこでしょう」トミーは訊いた。

巡査はぐいと首を横に傾けた。

「あれですよ。ハニーコット夫人の家です」ちょっと間をおいてから、価値ある情報を与えてやろうと思いついたらしく、つけ加えた。「神経質な人たちでしてね。年中泥棒がうろうろしてるって、心配してるんです。年中、わたしに見回ってくれってね。中年の女性なんて、そんなもんですよ」

「中年だって?」トミーはいった。「あそこに若い女性が泊まっていないかな?」

「若い女性ねえ」巡査は考えこんだ。「若い女性ですか。いや、それについちゃあ、なにも知らないとしかいえませんねえ」

「彼女はここに滞在してないかもしれないわよ、トミー」タペンスが口をはさんだ。

「それに、どっちにしてもまだ着いてないかもしれない。彼女が出発したのは、わたしたちが歩き出す直前だもの」

「ああ！」突然、巡査が声を上げた。「今、思い出した、たしかに若い女性が一人、門の中に入りましたよ。わたしがこっちへ歩いてくるとき、見かけたんですがね。三分か、四分くらい前だったかもしれません」

「アーミンの毛皮をまとった人ね？」タペンスが勢い込んだ。

「首のまわりに、白いウサギみたいなやつを巻いてましたよ」巡査は認めた。

タペンスはにっこりした。巡査は二人が今来た方向へと歩き去り、二人は身構えて〈ホワイト・ハウス〉の門をくぐった。

と、突然、かすかな押し殺したような悲鳴が家の中から聞こえ、ほとんど同時に玄関のドアが開いてジェイムズ・ライリーが階段を駆け下りてきた。蒼白な顔がゆがみ、目は前方の虚空をにらんでいる。足取りは泥酔しているようにふらついていた。

彼は恐怖に駆られたように同じ言葉をつぶやきながら、トミーとタペンスには気づきもしない様子でそばを通り過ぎた。

「神様！　神様！　ああ、神様！」

体を支えるように門柱につかまり、それから急にパニックに襲われたのか、狂ったように道を駆け出して行った。巡査が去ったのとは反対の方向に。

トミーとタペンスは当惑して顔を見合わせた。

「どうやら、ライリー君をこっぴどく脅かすようなことがあの家の中で起こったようだ」トミーはいった。

タペンスは思わず門柱から手をひっこめた。

「あの人、どこかで赤いペンキを手にくっつけてきたみたい」なにげなくそういった。

「ふーん。急いで中に入ったほうがよさそうだ。どうもわけがわからない」

玄関では白い帽子をつけたメイドが、ほとんど口もきけないほど怒って突っ立っていた。

「いまみたいな無作法な人、見たことないわ、神父様」トミーが階段を上って行くと、彼女はどっとまくしたてた。「あいつったらここへやってきて、若い女がいるだろう、会わせろ、っていうなり、こんにちはでも失礼しますでもなく、二階に駆け上がったんですからね。ご婦人は山猫みたいな悲鳴を上げて――そしたら、まあ、どうでしょう、あいつがすぐにまた駆け下りてきて。その顔ったら、幽霊でも見たように、もう真っ青。どういうことでしょう、いったい、これは」

「玄関でどなたとお話ししてるの、エレン？」ホールの奥から厳しい声が飛んできた。

「あら、奥様がいらした」エレンがそういったのは少々余計だった。

彼女がひっこんだあとにトミーが直面したのは灰色の髪の中年女性で、鼻メガネの上から冷ややかな青い目が覗き、痩せた体に黒いビーズの縁飾りがついた黒い服を着ていた。

「ハニーコット夫人ですか？」トミーが訊いた。「グレン嬢に会いに来たのです」

ハニーコット夫人は彼に鋭いまなざしをむけ、つぎにタペンスを見ると彼女の姿を上から下まで眺めまわした。

「あら、そう、そうですの？　じゃあ、お入りになるといいわ」

彼女は二人をホールへ案内し、庭園に面した屋敷の奥の部屋へ通した。そこはかなり広い部屋だったが、たくさんの椅子やテーブルが詰め込まれているせいで、実際よりも狭く感じられた。炉格子の中でさかんに火が燃え、その片側にはカバーに覆われたソファが置かれている。壁紙は、てっぺんにバラの花綱模様をあしらった細かいグレーのストライプで、それをたくさんの版画やら油絵やらが覆い尽くしている。

贅沢なギルダ・グレン嬢の好みからは、およそ想像のつきにくい部屋だった。

「おかけになって」ハニーコット夫人はいった。「まず、失礼ですけれど、わたしはローマカトリックの信仰は持っていないと申し上げておきます。我が家でローマカトリックの神父様にお会いするなんて、夢にも考えていませんでした。でも、ギルダが緋色の女（淫婦、プロテスタントにはこれをローマカトリックの象徴という者もいた）に宗旨変えしたとしても驚きません、あんな生活をしていたんじゃあね――こういってはなんだけれど、もっとひどいことになったかもしれないんですから。信仰なんか一切捨ててしまうというような。神父が既婚者でいいのなら、ローマカトリックだって見直してもいいと思いますよ――わたしは正直なたちでしてね。だいたい修道院を考えてごらんなさいよ――若いきれいな娘さんがあんなところに閉じ込められて、末はどうなるの――まったく、思っただけでぞっとするわ」

ハニーコット夫人はいうだけいってしまうと、深く息を吸った。

神父の独身主義や、彼女が触れたその他の問題点を弁護することはせず、トミーはまっすぐ要点に入った。

「ハニーコット夫人、グレン嬢がこちらにおいでだと思いますが」

「おりますよ。ただ、賛成はいたしません。結婚は結婚、夫は夫ですからね。ベッドを作ったら、その上で寝なければなりません」

「どうもよくわかりません――」トミーは弱りきっていいかけた。

「こんなことだと思ったのよ。だからあなたをお入れしたんですよ。わたしの言い分を聞いたら、ギルダのところへいらしていいわ。あの娘《こ》ったら、わたしのところへやってきて――何年も音沙汰なしだったのに、ですよ！――助けてくれと泣きつくんですからね。その男に会って、離婚に同意するよう説得してくれだなんて。わたしは口出しする気はまったくない、とはっきりいってやりました。離婚は罪です。でも、自分の妹がかくまってくれというのまで、断ることはできません、そうでしょう？」

「あなたの妹さん？」トミーは叫んだ。

「ええ、ギルダは妹です。あの娘がいいませんでした？」

トミーはぽかんと口を開けて彼女を見つめた。どう考えてもありえない。しかしギルダ・グレンのあの天使のような美しさは、長年の修業の結果であることを、彼は思い出した。まだ幼い少年のころから、彼はずっと彼女が演じる数々の役を見てきたのである。そう、やはり美女をつくるのは不可能ではないのだ。それにしても、なんという好対照だろう。するとギルダ・グレンは世間体を気にする下層の中流階級出身だったのか。うまく自分の秘密を隠しとおしたものだ。

「まだどうもよくわかりませんが。妹さんは結婚しておられるので？」

「あの娘は十七のときに駆け落ちして結婚したんですよ」ハニーコット夫人はずばりといった。「自分よりはるかに低い身分の平民とね。しかもわたしたちの父は牧師でしたの。とんだ恥さらしでしたわ。その後あの娘は夫を捨てて、舞台に立ったのです。女優ですよ！　わたしは生涯一度たりとも、劇場へ足を踏み入れたことはありません。けがらわしいことと関わりを持つ気はありませんからね。それがこんなに何年もたって、あの娘は離婚したいといいだしたのです。どこかの偉い人とでも結婚するつもりなんでしょう。ところが夫は頑としてききません――脅しても、金を積んでも――それだけは感心しますわ」

「夫の名前は？」トミーがいきなり訊いた。

「それが妙なことに、思い出せないんですよ！　彼の名前を聞かなくなってもう二十年もたちましたからね。父が口にするのを禁じたんです。わたしもギルダとは一切彼の話をしませんでした。あの娘もわたしがどう思っているか知っていますから、いいだせなかったでしょう」

「ライリーじゃありませんか？」

「そうかもしれないけれど、はっきりわかりません。完全に頭から抜けてしまって」

「わたしがいったのは、今さっきここへ来た男のことです」

「あの男！　精神病院から逃げ出した人だと思ったわ。わたしは台所でエレンに指図をしてましたの。そのすぐ後でこの部屋に入ってギルダはまだ来ないかと思っていたら

（玄関の鍵を持たせていますから）、あの娘が帰ってきた音がしたんです。ホールで一、二分ぐずぐずしてから二階へ上がってゆく足音がしました。それから三分ほどたって、あのすさまじいガンガンが始まったんです。わたしがホールに出たら、男が階段を駆け上がるところだったわ。それから二階で悲鳴みたいな声がして、すぐにあの男がまた、気が変になったみたいに駆け下りてきたのよ。ひどい騒ぎでしたよ」

トミーは立ちあがった。

「ハニーコット夫人、すぐに上へ行きましょう。もしかして――」

「なんです？」

「この家に赤いペンキはないでしょうね」

ハニーコット夫人はまじまじと彼を見た。

「もちろん、ありませんよ」

「思ったとおりだ」トミーは重々しくいった。「お願いです、すぐに妹さんの部屋に案内してください」

一瞬、口をつぐんで、ハニーコット夫人は先にたった。ホールで、部屋の一つに慌ててもどるエレンの姿が見られた。

ハニーコット夫人は階段を上がりきった最初の部屋のドアを開けた。トミーとタペンスがすぐ後につづいた。

急に夫人が息を呑んであとずさった。

黒い服とアーミンの毛皮をまとった人物が、ソファの上に体を投げ出したままピクリとも動かない。顔はもとのままで、魂のない美しいその顔は成熟した幼児の寝顔のようだ。傷は側頭部にあり、鈍器による強打で頭蓋骨がくだけたらしい。血がぽたりぽたりと床に滴り落ちているが、傷口自体からの出血はもう止まっていた……

トミーは青白い顔で、横たわった彼女を調べた。

「すると」とようやく彼は口を開いた。「彼は彼女を絞殺はしなかったわけだ」

「どういうことです？　彼とはだれ？」ハニーコット夫人は大声を出した。「妹は死んでるんですか？」

「ええ、そうです、ハニーコット夫人、亡くなってます。殺されてます。問題は――だれがやったか？　いや、たいして難しい問題じゃありません。あれだけ暴言を吐いたことを思えば――妙ではありますが、あの男がやったとは思えない」

彼はすこし間をおいてから、決心したようにタペンスに目をむけた。

「きみ、警官を呼びに行ってくれないか？　どこかから警察に電話してくれてもいいが」

タペンスはうなずいた。彼女の顔も血の気を失っていた。トミーはハニーコット夫人をもう一度階下に連れていった。

「この件に関してはどんな間違いもあってはなりません。妹さんが帰ってきた正確な時間がおわかりでしょうか？」

「ええ、わかります」ハニーコット夫人はいった。「ちょうど柱時計の針を五分進めたところでしたから。一日に五分遅れるので、毎晩調節しなきゃならないんです。わたしの腕時計できっかり六時八分すぎでした。一秒も狂ったことのない時計です」

トミーはうなずいた。あの警官の話とぴったり符合する。警官が白い毛皮の女性が門に入るのを見た三分後に、トミーとタペンスはあの地点に到着したのである。あのとき自分の時計に目をやると、彼女との約束の時間を一分すぎたところだった。

だれかが二階の部屋でギルダ・グレンを待ち構えていたという可能性は非常に低い。万一そうだとすれば、その人物はまだ家の中に潜んでいることになる。ジェイムズ・ライリー以外に、家から立ち去った者はいないのだから。

トミーは二階に駆け上がって、建物中をすばやくすみずみまで点検した。どこにもだれもいなかった。

つぎに彼はエレンに話しかけた。事件の顚末を話し、彼女の最初の愁嘆と聖人自身がうんざりするほどの聖人への祈りが終わるのを待ってから、いくつか質問をした。

今日の午後、グレン嬢を訪ねてきた人はほかにいなかったか？　ええ、だれもいません。きみは夜はずっと二階にいたのか？　いつものように六時に、カーテンを引くために上に上がりました──五分くらい過ぎていたかもしれません。いずれにしても、あの野蛮人が下でノッカーをガンガンやるちょっと前のことです。わたしは階段を駆け下りてドアを開けました。ところがずっと人殺しをたくらんでいた凶悪な男だったのですね。

トミーはそれを黙って聞いていた。でもやはり、ライリーという男が妙に哀れでならず、そこまで非道なことができるとは思いたくなかった。しかしギルダ・グレンを殺せた人間はほかにだれもいないのだ。家にいたのはハニーコット夫人とエレンだけなのだから。

ホールに人声がしたので部屋を出てみると、タペンスとさっき外を巡回していた巡査だった。巡査はメモ帳とあまり芯の出ていない鉛筆を手にして、こっそり鉛筆をなめている。それから二階に上がったが、おざなりに被害者を眺めただけで、自分が手を触れたりしたら警部から小言を食らうからという。そしてハニーコット夫人のヒステリックな暴言や混乱した説明には終わりまで耳を傾け、ときおりなにかを書きつけた。巡査がきたことで、夫人は静かになり落ちつきをとりもどした。

トミーは最後に、本署に電話をかけに行こうと一人で階段を下りようとしていた巡査をつかまえた。

「ちょっと」とトミーは呼びかけた、「きみは被害者が門に入ったところを見たんだったよね。彼女は一人だったというのはたしかかね？」

「そりゃあ！　たしかに一人でしたよ。だれもそばにはいなかったです」

「その時間と、きみがわたしたちに会った時間とのあいだに、門から出た者は？」

「一人もいませんよ」

「もしいたとしたら、きみの目に入っただろうか？」

「もちろんですとも。あの乱暴者が出てくるまではだれも出てきておりません」

法の番人はもったいぶって玄関の階段を下り、赤い手形がついた白い門柱のところで立ち止まった。

「犯人は素人らしいですなあ」彼は憐れむようにいった。「こんなものを残していくなんて」

それからゆらりと体をゆすって道へ出ていった。

殺人があった翌日。トミーとタペンスはまだグランド・ホテルに泊まっていたが、トミーは考えたうえで聖職者の変装はやめていた。

ジェイムズ・ライリーは逮捕され、勾留されている。彼の弁護士のマーヴェル氏の、この犯罪についてのトミーとの長い話し合いがやっと終わったところだった。

「ジェイムズ・ライリーがやったとは、絶対に信じられませんね」弁護士は単純にそういった。「始終暴言ばかり吐くが、それだけのことなんです」

トミーはうなずいた。

「しゃべってエネルギーを発散すれば、実行に移すエネルギーはとぼしくなりますからね。ただ困ったことに、ぼくが彼に不利な証言をする重大な証人になってしまうんですよ。事件の直前に交わした彼との会話が最悪でしてね。しかし、いろいろあっても、ぼくは彼が好きなんです。ほかに有力な容疑者がいれば、彼は無実だと信じられるんですがねえ。彼はなんといってるんです？」

弁護士は唇をすぼめた。

「彼が見たときには彼女は死んで横たわっていた、と主張しています。だが、それはもちろん不可能だ。最初に頭に浮かんだ嘘をいっているだけでしょう」

「もし、彼が真実を語っているならば、あの口の達者なハニーコット夫人が犯人ということになる――それは現実離れしていますよね。まちがいなく彼がやったんでしょう」

「メイドが悲鳴を聞いていますからね」

「メイドが――ええ――」

トミーは一瞬黙り込んだ。それから感慨ぶかげにいった。

「われわれ人間はじつに信じやすい生き物なんですよねえ。証拠を絶対的な真理のように信じてしまう。ところがその証拠たるや……五感によって頭に伝達された印象にすぎないんです――だから、まちがった印象だったらどうなります？」

弁護士は肩をすくめた。

「ええ！　あまり当てにならない証人がいることは、われわれみんなよく知っています。嘘をつくつもりはないんだが、時がたつにつれて、あれやこれやと思い出すことが増えてしまうような証人がね」

「ぼくがいいたいのは、それだけじゃないんです。つまり、われわれはみんな――自分ではまったく気づかずに真実ではないことをいってしまう、ということなんです。たとえば、あなたもぼくも一度や二度は〝郵便がきたよ〟といったことがあるはずですが、そのときほんとうにいわんとしたのは、とんとんとノックの音がして郵便受けがかたんと鳴った、ということなんです。十回のうち九回は郵便がきたのでしょうが、もしかしたら十回目は腕白小僧のいたずらかもしれない。おわかりでしょう、ぼくのいってる意味が？」

「ええ」マーヴェル氏は間延びした声でいった。「でもわかりませんな、なにがねらいなのか」

「わからない？　いや、ぼく自身そんなに確信があるわけじゃありません。でも、わかりかけています。これは杖みたいなものだよ、タペンス。ね？　片方の先端がある方向を指せば――するともう一方の先端はつねに反対方向を指す。ドアが開く――それは閉まることでもある。人が階段を上がる、しかし同時に下りもする。箱の蓋が閉まる、しかし同時に開きもする」

「いったいそれ、どういう意味よ？」タペンスが問いただした。

「バカバカしいほど簡単なことさ」トミーはいった。「でも、ぼくは今やっとそれがわかったんだ。だれかが家に帰ってきたのを、なんで知るか？　ドアが開いてばたんと閉まるその音。だれかが帰ってくるのを予期していれば、その音を聞いて、かならず帰ってきたと思うだろう。だが論理的には、だれかが出て行く音でもありうるわけだ」

「でも、グレン嬢は出て行かなかったでしょう？」

「そう、ぼくは彼女が出て行かなかったことを知ってる。だが、べつの人間が出て行ったんだよ――殺人犯が」

「じゃあ、グレン嬢はいつ入ったの？」

「ハニーコット夫人が台所でエレンに指示を与えているあいだに、入ってきたんだろう。台所の二人には彼女が帰ってきた音が聞こえなかった。ハニーコット夫人は客間へ行って、そろそろ妹が帰る時分だと思いながら柱時計を調節した。そのときにだれかが入ってきて二階に上がる足音がしたので、妹だと思いこんだのだ」

「じゃあそれはだれ？　二階に上がった足音は？」

「エレンさ。カーテンを引きに上がったのさ。憶えてるだろう、ハニーコット夫人が妹は二階に上がる前にすこしぐずぐずしていた、といったことを。手間取ったのは、エレンが台所から出てホールに行くまでにそれだけ時間がかかったということさ。彼女はもうちょっとのところで出て行く殺人犯を目撃しそこなったんだよ」

「でも、トミー」タペンスが大声を出した。「彼女の悲鳴は？」

「あれはジェイムズ・ライリーの声だろう。彼の声は甲高かったじゃないか。感情が昂ぶったときには、男もよく女みたいな声を出すものだよ」

「じゃあ、殺人犯は？　だったら、わたしたちが会ってるはずじゃないの」

「たしかに会ってるのさ。立ち止まって話までしてるんだ。あまりにもふいに巡査が現われたときのことを、憶えてるよね？　あれはちょうど道にかかっていた霧が晴れたときに、彼が門から飛び出して来たからなんだ。こっちはぎょっとしたよね。ぼくらはつい警官を信じてしまうけれども、結局、警官もわれわれと同じ人間だってことさ。恋もするし、憎みもする。結婚もする……

ギルダ・グレンは門のすぐ前で夫と鉢合わせし、話し合って結論を出そうと家の中に入れたんだろう。彼には、ライリーのように暴言という捌《は》け口がないからね。ただもう激情にかられた――手近に警棒があった、というわけさ……」

パリパリ屋

The Crackler

「ねえ、タペンス」トミーがいった。「ぼくらはもっと広いオフィスに移るべきじゃないかね」

「バカおっしゃい」タペンスはいった。「あなたったら思いあがっちゃって、大富豪にでもなったつもり？　ろくでもない事件を二つ三つ、解決しただけじゃないの。しかもそれだって、メチャメチャにツイてたおかげよ」

「運も実力のうち、っていうぜ」

「もちろん、あなたがシャーロック・ホームズとソーンダイク博士とマッカーティ警部とオークウッド兄弟を全部ひっくるめたような人間だと本気で思ってるのなら、なにをいっても無駄でしょうけどね。わたし個人としては、世界中の名人芸を身につけるより、ツキに恵まれるほうがずっといいわ」

「まあ、そうもいえるだろうけど」トミーは譲歩した。「でもやっぱり、絶対にもっと広いオフィスがいるよ」

「どうして」

「古典さ。エドガー・ウォレスの作品を全部きちんと並べるには、本棚を何百ヤードか広げないと」

「エドガー・ウォレス風の事件はまだ扱ってないわよ」

「今後も扱うことはないだろうさ」トミーはいった。「きみは気がついてるかどうか知らないけど、彼はアマチュア探偵にチャンスを与えたりはしないからね。ガリガリのスコットランド・ヤードもの――まさに現実、といった事件ばかりで、フィクション性はほとんどないんだから」

そのとき、オフィスボーイのアルバートが戸口に現われた。

「マリオット警部がみえました」

「スコットランド・ヤードの謎の男か」トミーはつぶやいた。

「忙しすぎて《ビジイスト》めったに姿を見せない警官《ビジーズ》ね」タペンスはいった。「それとも〝警察《ノージ》の犬《ズ》〟だった？　わたし、すぐ警官《ビジーズ》と警察の犬《ノージズ》とがごっちゃになっちゃうの」

警部は愛想よくにこにこしながら近づいてきた。

「よう、調子はどうですか」と気のおけない口調で訊く。「このあいだわれわれが遭遇した事件で気を落としてはいないでしょうな？」

「あら、そんなことないわ」とタペンス。「ほんとうにすばらしい事件だったじゃない？」

「さあ、わたし自身はそういう言葉で表現するのはどうかと」マリオット警部は用心深くいった。

「今日はどんな用なんだ、マリオット？」トミーが訊いた。「ぼくらの神経系統を心配してきてくれたわけじゃないんだろう？」

「はい。才気煥発《さいきかんぱつ》のブラント氏に仕事をお願いに」

「これはこれは！」とトミー。「まず才気煥発らしい顔を作らなきゃな」

「提案があってきたんですよ、ベレズフォードさん。ほんもののギャングをとっつかまえる、という趣向はどうです？」

「そんなものが存在するのかい？」トミーが訊いた。

「そんなものが存在するか、とはどういう意味です」

「ぼくは昔から、ギャングなんて小説の中だけのものだと思っていた――大泥棒とか、超人的犯罪者とかさ」

「大泥棒はあまり実在しないでしょうね」警部は同意した。「しかしありがたいことに、悪党一味ならそのへんにごろごろしてますよ」

「ギャングがぼくの得意分野かどうか」トミーはいった。「素人の犯罪、静かな家庭内の犯罪――それだったらぼくも異彩を放っているという自負があるよ。身内の利害関係が激しく衝突するドラマ。そういうやつさ――鈍感な男は些細なことを見落としがちだが、それがじつはとても重要なことだったりする。でも、いつもタペンスが女性の視点でそこをチェックしてくれるしね」

トミーの雄弁がはたと止んだのは、つまらないことをいうなとばかり、タペンスが彼にクッションを投げつけたからだ。

「ちょっと楽しんでみる気はありませんかね」マリオット警部は父親のように二人にほほえみかけた。「こういったからといって気を悪くしないでもらいたいんだが、あなたたちのように生活を楽しんでいる若い人を見ると、うれしいんですよ」

「わたしたち、生活を楽しんでるの？」タペンスは目をまるくした。「たぶんそうなのね。いままで、そんなこと考えもしなかったけど」

「きみのいうギャングの話にもどろう」トミーがいった。「私立探偵の仕事は大繁盛で

――公爵夫人や大金持ちから有能な家政婦にいたるまで、多岐にわたってるんだが――きみのためにその事件を調べてあげてもいいよ。スコットランド・ヤードが困っているのは見捨てておけないし。まごまごしていると、きみたちが《デイリー・メイル》から追い掛け回されることになるだろうし」

「さっきもいいましたが、きっとおもしろいと思うんですよ。話というのは、こうなんです」彼はまた椅子をぐいと前に引いた。「最近、相当な量の贋札が出まわっている――何百枚とです！　金額にしてどのくらいになるか、聞いたら仰天しますよ、きっと。しかも、これが非常に精巧にできている。これはその一枚ですがね」

彼は一ポンド紙幣をポケットから取り出して、トミーに渡した。

「どこもおかしくないように見えるね」

トミーは興味津々で紙幣を調べた。

「変だなあ、おかしな点は見つからない」

「ほとんどの人にはわかりません。ここに本物がある。ちがいを教えてあげましょう――ほんのわずかなちがいだが、すぐに区別がつくようになりますよ。この虫眼鏡で見るといい」

五分の指導を受けただけで、トミーもタペンスもかなり熟練してきた。

「わたしたちは何をすればいいの、マリオット警部」タペンスが訊いた。「こういう贋札に目を光らせているだけ?」

「もっともっと重要なことですよ、奥さん。あなたがたがこの事件の裏にいる悪党一味を根こそぎやっつけてくれると、わたしは確信してるんだから。われわれは贋札がウエスト・エンドから流出していることはつきとめているんです。社会的にかなり地位の高い人間が、関わっているらしい。それにイギリス海峡のむこうでも出まわっています。われわれはある人物に非常に興味を持っているんですがね。レイドロウ少佐——名前を聞いたことはあるでしょう?」

「たぶん」トミーがいった。「レースに関係してる男じゃなかったかな」

「そう。レイドロウ少佐は競馬ではかなり有名な人物です。実際に違法行為があるわけではないが、ややいかがわしい取引で妙にうまく立ちまわっているな、といった漠然とした印象を受けたことが一、二度あります。事情に詳しい者は、あの男の名前が出ると懐疑的な顔をする。だれ一人、彼の過去や出自を知らないからなんです。彼にはとても魅力的なフランス人の細君がいますが、この女はどこで会ってもいつも大勢の崇拝者に取り巻かれている。レイドロウ夫妻は大金をばらまいているに相違なく、わたしはこの金の出所が知りたいんですよ」

「その取り巻き連中からじゃないのかな」トミーがいった。

「まあふつうはそう考えるところですが。わたしにはちょっと疑問ですね。それに偶然かもしれないが、レイドロウ夫妻やその取り巻きが頻繁に出入りするしゃれた賭博クラブから、大量の贋札が見つかっているんです。競馬やギャンブルをやる人間は大量に現金をばらまく。紙幣でね。贋札を流通させるのにこんないい方法はありません」

「で、ぼくらはどう咬《か》めばいいいんだ？」

「こうです。あなたがたの友人に、二代目のセント・ヴィンセント夫妻がいるでしょう？　夫妻はレイドロウ軍団とかなり親密でね——最近は昔ほどではないんですが。この二人を通じれば、あなたがたはわれわれ警官には逆立ちしてもできない方法で、あの取り巻き連中の中にとけこむことができるでしょう。彼らから怪しまれることもない。調査するには理想的な立場です」

「はっきりいって、なにを調査するの？」

「贋札をどこから入手しているのか。もし彼らがそれを使っているとすればですが」

「なるほど」トミーがいった。「レイドロウ少佐が空のスーツケースを持って外出する。帰ってきたときには、それが紙幣でぱんぱんに膨れあがっている。どうしてそうなったか。ぼくが彼を調べてそれをつきとめる。そういうことだね？」

「まあそんなとこです。しかし、奥方のほうを見逃しちゃいけない。それと彼女の父親のM・エルラード。贋札はイギリス海峡の両側で使われているんですからね」

「親愛なるマリオット君」トミーは非難がましく声を上げた。「〝ブラントの腕利き探偵たち〟の辞書には〝見逃す〟という言葉はないよ」

　警部は立ちあがった。

「では、幸運をいのりますよ」そう言い残して立ち去った。

「つくりぜにね」タペンスが勢い込んでいう。

「えっ？」トミーは当惑した。

「贋金のことよ」タペンスが説明した。「昔からつくりぜにって呼ばれているのよ。まちがいないわ。ああ、トミー、いよいよエドガー・ウォレス風にやるチャンスよ。わたしたちはついに〝ビジーズ《警官》〟になるの」

「そうだ。そしてパリパリ《クラックラー》屋の逮捕に出向き、まちがいなくやつを逮捕する」

「クワックワッ《カックラー》という人といったの、それともパリパリ《クラックラー》いう人？」

「パリパリのほうさ」

「そのパリパリってなに？」

「ぼくがでっち上げた造語。贋札を使うやつって意味だ。新しい札はパリパリいうだろう、だから使うやつは〝パリパリ屋〟。しごく単純だろう」

「なかなかいい考えだわ。そういうふうに名前がつくと、ほんとうにいるような気がしてくるもの。でもわたしはカサコソ屋《ラッスラー》のほうがいいなあ。そのほうがずっとリアルだし陰謀めいて聞こえるもの」

「ダメ」とトミー。「最初にぼくがパリパリ屋といったんだから、変える気はないよ」

「この事件はおもしろくなりそう」とタペンス。「毎晩のようにナイトクラブにカクテル、ってことになるでしょ。明日は黒いマスカラを買ってこようっと」

「きみのまつげは充分黒々してるじゃないか」夫が反対した。

「もっと黒くしたいの。それからサクランボ色の口紅もいるわね。パーッとした明るい色合いの」

「タペンス」とトミー。「きみって女は根っからの浮気者だったんだな。ぼくみたいな真面目でしっかりした男と結婚していて、よかったと思わないか？」

「待ってらっしゃい」タペンスはいった。「あなただってパイソン・クラブに何度か行けば、そうまじめではいられなくなるわ」

　トミーは戸棚からグラスを二個と何種類ものボトルとカクテルシェイカーを取り出した。

「さあ、始めるぞ。パリパリ屋君、おまえをつけ狙って、かならずとっ捕まえてやるからな」

レイドロウ夫妻と知り合いになるのは簡単なことだった。若くて身なりがよく、人生を楽しみたがっていて、使う金に不自由しないらしいトミーとタペンスは、すぐにレイドロウ夫妻の取り巻きが出入りする社交グループに自由に入りこめるようになった。

レイドロウ少佐は長身で、肌は白く髪は金髪、スポーツマンらしい温かみのある物腰の典型的なイギリス人だが、目のまわりの深い皺と時折すばやく左右に走らせる視線とは、外見から想像される明るい人柄と妙にそぐわないところがある。

カードプレーヤーとしては非常に巧妙で、トミーが見るかぎり、掛け金が高いときに彼が負けてテーブルを立つことはめったになかった。

マルグリート・レイドロウはまったくその正反対。森の精のようなほっそりした体とグルーズの絵のような顔立ちの魅力的な女性だ。かわいらしい片言英語がまたなんともいえず、ほとんどの男が彼女の奴隷になってしまうのも無理はないとトミーは感じた。

彼女は最初からひどくトミーが気に入ったらしく、彼のほうでも進んで彼女の取り巻きに加わることにした。

「わたしのトムミー」と彼女はいうのだった。「絶対よ、わたし、トムミーがいなくちゃダメなの。彼の髪はねえぇ、夕焼けの色、じゃあぁなぁいこと？」

父親はもっと陰険そうな人物だった。体は棒でも飲んだようにピンとまっすぐで、黒いちいさな口髭をはやし、油断のない目をしている。

最初に報告するべき事実をつかんだのはタペンスだった。彼女は一ポンド紙幣を何枚か持ってトミーのところへやってきた。

「これを見て。贋札でしょ？」

トミーもじっくり観察して、彼女の判断に太鼓判を押した。

「どこで手に入れた？」

「ジミー・フォークナーっていう若い男の子から。マルグリート・レイドロウが、ある馬に賭けてほしいといって、これをジミーに渡したんですって。わたしはジミーに小額紙幣がほしいといって、十ポンド札と交換してもらったの」

「ぜんぶ新札でパリパリだ」トミーは考え込んだ。まだ何人もの手は経ていないね。フォークナーって青年は大丈夫だろうね？」

「ジミーのこと？　ええ、かわいい子よ。わたしとは大の仲良しになったわ」

「うん、ぼくも気づいていたが」トミーは冷ややかにいった。「そこまで親密になる必要があるのかね」

「あら、これは仕事でやってるんじゃないわ」タペンスは陽気にいった。「楽しいのよ。すごくいい子ですもの。あの女の支配から解き放ってあげられて、うれしいわ。彼女が彼にどれほど貢がせてるか、あなたにはまるでわかってないのよ」

「ぼくの目には、彼がきみにのぼせてるんじゃないか、というふうに見えるけどね、タペンス」

「わたしもときどきそう思うわ。自分がまだ若くて魅力があるんだ、と思えるのはステキなことでしょ？」

「きみの道徳基準はどうしようもなく低いね、タペンス。だいたいこういう問題にたいして、きみの視点はまちがってるよ」

「わたしはもう何年もいい思いをしてないんですからね」タペンスは破廉恥《はれんち》にもこう言い放った。「それに、あなたはいったいどうなの？　このごろさっぱりお見かけしないけれど、ずーっとマルグリート・レイドロウのポケットに住みついていらっしゃるのでは？」

「仕事だよ」トミーはぴしりといった。

「でも彼女は魅力的でしょ？」

「ぼくのタイプじゃないさ。ぼくは彼女を崇めてはいない」

「うそつき」タペンスは声をたてて笑った。「でもわたし、昔から思ってたわ、おバカさんと結婚するよりはうそつきと結婚するほうがまし、って」

「夫がかならずそのどちらかである必要はない、とぼくは思うんだけどね」トミーはいった。

しかしタペンスは彼に憐れむような視線を投げただけで、離れていった。

レイドロウ夫人の崇拝者たちの中には、単純だが大金持ちのハンク・P・ライダーという男がいた。

彼はアラバマ出身で、初対面のときからトミーを親友あつかいし、打ち明け話をしたがった。

「あれはすばらしい女性だよ」ライダー氏は美しいマルグリートを賛美のまなざしで追いながらいった。「頭のてっぺんから足の先まで文化が詰まってる。陽気なフランス《ラ・ゲ・フランス》にはかなわないよな？　彼女のそばにいると、おれなんかは創造主の試作品じゃないかって気にさせられるよ。そうとう技を磨いてからでないと、あれほどみごとな美女は造れなかっただろうからねえ」

トミーがその気持ちはわかりますと丁寧に同意すると、ライダー氏はさらに思いのたけを吐き出した。

「あんなにきれいなひとに金の心配をさせるなんて、ひどいという気がするんだなあ」

「そうなんですか？」トミーは訊いた。

「絶対にそうだよ。おかしなやつさ、亭主のレイドロウってやつは。彼女はおっかながってるんだ、亭主を。そういってたからねえ。ちょっとした請求書のことも口に出せないんだってさ」

「ちょっとした請求書、なのかなあ？」トミーは訊いた。

「まあ――おれから見ればさ！　だって女は着るもんがいるだろう。それにドレスというのは数がなければばないほど高い、そういうもんらしい。それにああいうきれいな女は、去年と同じドレスで出歩きたがらんでしょうが。カードにしたってそうだ、気の毒にあの人はえらくツイていなくてね。昨日もおれに五十ポンドとられたんだから」

「その前の晩は、ジミー・フォークナーから二百ポンドもふんだくってましたよ」トミーはぶっきらぼうにいった。

「へえ、ほんとうに？　それだと、ちょっとほっとするね。ところでおたくの国では、今ニセガネが出まわってるらしいね。今朝支払いをするのに銀行に札束持ってったんだけれども、そのうちの二十五枚がまがいものだと、カウンターの向こうの丁寧な紳士が教えてくれたよ」

「かなり確率が高いねえ。その贋札は新品みたいでしたか？」

「できたてのほやほやみたいに新しくてパリパリしてた。そういえばあれは、レイドロウ夫人がおれに払ってくれた金だ。あの人はどこであれをつかまされたんだろう。競馬場のごろつきからかもしれんなあ」

「うん」トミーはいった。「ありそうなことだね」

「ベレズフォードさん、おれはこういう上流社会には慣れてないんだ。すてきなご婦人たちやそのお仲間にはね。ちょっと前に大金をつかんだだけでさ。そんですぐ、世間を見てやろうって、ヨーロッパにやって来たもんで」

トミーはうなずいた。そして、マルグリート・レイドロウ夫人の手助けがあれば、ライダー氏はたっぷり世間を見られるだろうが、その代価はえらく高くつくだろう、と頭にきざみこんだ。

そうこうするうちに二度目のチャンスがあって、トミーは贋札が身近なところで出まわっているのを目にし、おそらくその流通にはマルグリート・レイドロウが関わっているにちがいないと判断した。

確証を得たのは、次の晩のことだった。

マリオット警部の話に出た、選ばれた少人数だけの会合場所でのこと。ダンスをする者もいたが、この場所のほんとうの目的は二枚の折り畳み式ドアの奥にあった。そこには緑色のラシャに覆われたテーブルのある部屋が二つあり、莫大な金額が毎晩動いているのだった。

ようやく帰るために立ちあがったマルグリート・レイドロウが、トミーの手に大量の小額紙幣をぽいと寄越した。

「かさばってしょうがなぁいわ、トムミー——両替してきてくれるわね？　高額のお札によ。わたしのかわぁいいちいぃさなバッグをみてちょうだい、これじゃあ、膨らぁんで壊れちゃうでしょ」

トミーは求めに応じて百ポンド紙幣を彼女に渡し、人気《ひとけ》のない片隅で彼女から渡された小額紙幣を調べてみた。すくなくとも四分の一が贋物だった。

しかし、彼女はどこからそれを手に入れたのだろう？　それに対する答えはまだ出ない。アルバートの協力によって、夫のレイドロウからでないことはほぼ確実になった。彼の動向はつぶさに見張らせたが、クロという結果はえられなかったのである。

トミーは彼女の父親の、陰気なM・エルラードに疑いの目をむけた。彼は頻繁にフランスとのあいだを往復している。彼なら簡単に贋札を運べるだろう。上げ底のトランクに入れる——などといった方法で。

トミーは考えに没頭しながらゆっくりとクラブを出たが、突然、緊急事態に目を奪われた。道路の真ん中にいるのはハンク・ライダー氏で、彼がしらふでないのは一目でわかった。車のアンテナに帽子を掛けようとしている最中で、何度やってもほんの少しズレてしまうのだ。

「このクソ帽子掛けめが、このクソ帽子掛けめが」ライダー氏は泣き声になっている。「合衆国じゃあ、こんなこたあないぞ。男は毎晩、きちんと帽子を掛けられるんだ——毎晩だからな。あんたは帽子をふたちゅかぶっておられます。ふたちゅ帽子をかぶった男は、おれは一度も見たこたあない。こりゃあきっと——気候のせいだな」

「たぶん、頭が二つあるからだよ」トミーは重々しくいった。

「しょうかしょうか」とライダーはいった。「こりゃあおかしい。こりゃあびっくりだ。なあ、どうだ、カクテルを一杯。禁酒法——禁酒ってやつ、ありゃあひどいね。おれは酔っ払ってる——けど合法——だよ。カクテルね——混ぜたやつね——天使のキスってやつ——それがマルグリートよ——べっぴんだ、うん、おれんとこ好きだってよ。そんで〝馬の首〟（ブランデーなどにジンジャーエールとレモンピールをくわえたカクテル）だろう、マティーニ二杯だろう——〝はめちゅへの道〟三杯——いや、はめっつへの道——それぜえんぶ混ぜてよ——ビールジョッキによ。絶対しねえって――おれはいったんだ――酔ってたまるかって――」

トミーはさえぎった。

「わかった、わかった」なだめるようにいった。「そろそろ帰ろうか？」

「帰るうちはねえよ」ライダー氏は悲しそうにいって、泣き出した。

「どこのホテル、泊まってるのは？」トミーは訊いた。

「帰れねえんだ」とライダー氏。「宝探しよ。すげえだろう。あの女がやったんだ。ホワイトチャペル――じゅぱくな心、じゅぱくな髪の毛は悲しみで墓まで――」

しかしここで急にライダー氏はものものしくなった。体をしゃんとのばし、嘘みたいにはっきりしゃべりはじめた。

「お若いの、いいかね。マーギーがおれを連れていったんだ。彼女の車で、宝探しに。イギリスの貴族はみんなやるだろう。敷石の下で。五百ポンド。重大な考えだ、こりゃあ重大な考えだぜ。いいか、お若いの。あんたは親切にしてくれたよなあ。おれはあんたのことを考えてたんだ、心から、心の底から。おれたちアメリカ人ってやつはなあ――」

トミーはさっきよりもっと無造作に彼をさえぎった。

「なんだって？　レイドロウ夫人がきみを車で？」

アメリカ人はフクロウのようにまじめくさってうなずいた。

「ホワイトチャペルへ？」

またもフクロウのごときうなずき。

「そこできみが五百ポンド見つけた？」

ライダー氏は言葉が見つからなくてもがいた。

「か、彼女がだ」とトミーを訂正した。「おれを外に残して。ドアの外だよ。いつだって外だよ。ちょっと悲しいよなあ。外なんだから——いつもいつも」

「そこまでの道がわかるかな？」

「たぶんな。ハンク・ライダーは方向をうしなうことはない——」

トミーは遠慮なく彼を引きずっていった。車は停めた場所にそのままあったので、すぐに二人は東へむかった。夜の冷気にライダー氏は正気を取り戻した。意識朦朧《もうろう》といった状態でトミーの肩にもたれかかっていたのが、だんだん覚めてはっきりしてきた。

「おい、今どこだ？」彼が訊く。

「ホワイトチャペル」トミーは歯切れよくいう。「今夜きみがレイドロウ夫人と一緒に来たのは、このあたりだよね？」

「見覚えがあるな」ライダー氏はあたりを見まわしていった。「そのちょっと先のほうで、左に曲がったような気がする。これだ――そこの道だ」

トミーは素直に曲がった。ライダー氏が道順を指図する。

「それそれ。たしかだよ。右へ曲がって。うっ、ひどい臭いじゃないか。パブを通りすぎてくれよ――過ぎたらすぐ曲がって、路地の入り口で停まれ。しかし何を考えてるんだね？　教えてくれよ。まだ札が残ってると思うのか？　あいつらに一泡《ひとあわ》吹かせようっていうのか？」

「そのとおり」トミーはいった。「やつらに一泡吹かせてやるんです。なかなかの冗談でしょう？」

「そいつはいいや」ライダー氏は同意したが「でもちょっとぼうっとしておれにはよくのみこめん」と無念そうにつけ加えた。

トミーは車から出て、降りようとするライダー氏に手を貸した。二人は路地を進んで行った。左側は荒れ果てた家並みの裏になっていて、ほとんどの家には路地に面したドアがある。ライダーはこうしたドアの一つの前で足をとめた。

「彼女が入っていったのはここだよ」彼は言い切った。「この扉だった――絶対にたしかだ」

「どの扉もみんな似てますね」トミーはいった。「兵隊とお姫様の話（アンデルセン童話「火打ち箱」王様の家来が兵隊の家の扉に×印をつけるが、大目玉の犬が兵隊を救う）を思い出すなあ。憶えてますか、どのドアか教えるために×印をつけるんだ。ぼくらもそうしようか？」

トミーは笑いながらポケットから白墨を取り出し、ドアの下のほうに雑な×印を書いた。路地の高い塀の上では何かが思い思いに動きまわっていて、見上げると、そのひとつがぞっとするような悲しげな声で鳴いた。

「このへんは猫が多いなあ」彼は陽気にいった。

「どういう手順でやるんだい」ライダー氏が訊く。「中に入るのか？」

「しかるべき注意をはらいつつ、入ります」トミーがいう。

彼は路地の左右を眺めてから、そっとドアを試してみる。手応えがある。彼はドアを押し開き、薄暗い中庭を覗きこむ。

音をたてずに中に入ると、ライダー氏が後につづく。

「やっ」とライダー氏が声をたてた。「路地をだれかがやってくるぞ」

彼はすっとドアの外にもどった。トミーはちょっとのあいだ立ち止まったが、なにも聞こえないので先へ進んだ。ポケットから懐中電灯を取り出しスイッチを入れた。一瞬の閃光で前方が見えた。前進して目の前の閉まったドアを押してみる。これも鍵がかかっていないので、そっと押し開けて中に入る。

一秒ほどじっとしてから、もう一度ぱっと懐中電灯をつけた。とたんに、それが合図だったかのように、光をあびた男たちの姿が彼のまわりに浮き上がった。前に二人、後ろに二人。彼らはトミーを取り囲むと押さえつけた。

「明かりだ」吼えるような声がした。

まばゆいほどのガス灯がともった。その光でトミーが見たのは、自分を取り巻く感じの悪いご面相だった。ゆっくりと室内に視線をさまよわせると、ある物体が目に入った。

「なるほど！」トミーは楽しげにいった。「ぼくの間違いでなければ、ここが贋札造りの本拠地らしいな」

「黙ってろ」一人の男がすごんだ。

トミーの後ろでドアが開閉する音がして、聞き覚えのある愛想のいい声が話しかけた。

「捕まえたか。そりゃよかった。さて、お節介《ビジー》君、きみはもう絶体絶命だぞ」

「昔懐かしい言葉だね」トミーはいった。「そんなことをいわれるとわくわくするよ。そうとも。ぼくはスコットランド・ヤードの謎の男さ。なんとまあ、ハンク・ライダーじゃないか。これは驚きだ」

「それも本気でいってるんだろうな。おれは一晩中、笑い転げそうだったよ――ちいさながキみたいにのこのこここまでついてくるんだからな。しかもおまえは、自分が賢いと思いこんでる。なあ、ぼうや、おれはハナからおまえに目をつけてたんだ。おまえは伊達や酔狂であの取り巻き連中の仲間入りしたわけじゃない。こっちはおまえをしばらく泳がせておいたが、いよいよあのかわいいマルグリートを疑いはじめたんで、思ったわけだ。〝そろそろあいつに引導を渡してやるか〟ってな。友達がおまえの消息を聞くことは、とうぶんあるまいよ」

「ぼくをバラす気か？　この言い方、まちがってないよね。ぼくのためにしまっておいた言葉だろう」

「根性だけはたいしたもんだぜ。いや、荒っぽいことはやらない。いってみれば、おまえを拘束するだけ、ってとこだな」

「きみの見込みちがいじゃないのかい」トミーはいった。「ぼくは〝拘束〟なんぞされる気は毛頭ないんだ」

ライダー氏はにこやかに笑った。外から、月にむかって鳴く猫の哀調を帯びた声がした。

「おまえはドアに×印を書いたよな、ぼうや？」ライダーはいった。「おれだったら、あんなことはしないがね。おまえがいったあの話を、おれはちゃんと知ってるからさ。子供のときに聞いたよ。おれはこっそり路地に引き返して、バカでかい目をした犬の役割を果たしたわけだ。今路地に出て見りゃわかるぜ、そこら中のドアに同じ×印がついてるから」

トミーはがっくりと頭を垂れた。

「自分がえらく賢いと思ってたんだろう、えっ?」ライダーはいった。

その言葉が彼の唇を離れるか離れないうちに、激しくドアをたたく音が響いた。

「ありゃなんだ?」ライダーは驚いて叫んだ。

ほとんど同時に、家の玄関への突撃もはじまった。裏口のドアはやわな代物《しろもの》だった。たちまち錠前が外れて、マリオット警部が戸口に現われた。

「いいぞ、マリオット」トミーはいった。「だいたいこのあたり、というきみの判断は正しかったよ。童話のことをよくご存知のハンク・ライダー氏を紹介しよう。わかっただろう、ライダー君」とトミーは優しく言葉をつづけた。「きみのことはずっと疑ってたんだよ。アルバート――大きな目をして、重要人物風の顔をしている少年がアルバートだけどね――彼は、きみとぼくが遊びに出かけるときはいつでも、オートバイで跡をつけるように、と命じられていたんだ。それに、ぼくがこれ見よがしにチョークで×印をつけたのはきみの注意をひくためで、じつはすきを見てカノコソウの小ビンを地面にぶちまけておいた。いやな臭いがするが、猫はあれが大好きでね。アルバートと警察が到着したときには、近所中の猫がここのドアの外に集まって目印になってくれていた、というわけだ」

彼は唖然としているライダーに笑顔をむけると、立ちあがった。

「パリパリ屋を捕まえてやるといったとおりに、ぼくはきみを捕まえたわけだ」

「いったいなんの話だ？　どういう意味なんだ――パリパリ屋とは？」ライダーが訊いた。

「来年の犯罪用語辞典には載ってると思うよ」トミーはいった。「語源不明として」

そして幸せそうな笑顔で回りを見まわした。

「すべては〝警察の犬《ノージズ》〟なしで解決したことだし」と明るく独り言をいうと、「お休み、マリオット。物語のハッピーエンドが待ってる場所に帰らないと。すばらしい女性の愛にまさる報酬はない――そのすばらしい女性の愛が、ぼくの帰りを待ってるんだから――いや、そうだと思いたい。しかし、昨今じゃあ、人生一寸先は闇かも。今回はとても危ない橋を渡ったよ、マリオット。きみはジミー・フォークナー大尉を知ってるかい？　彼はじつにダンスの名手でね、それにカクテルへの造詣といったら――！　ほんと、これは危ない橋だったんだよ、マリオット」

サニングデールの謎

The Sunningdale Mystery

「今日の昼食はどこでとると思う、タペンス？」

妻はこの質問をじっくり考えた。

「〈リッツ〉かしら？」期待をこめて彼女はいった。

「もう一度、よく考えて」

「ソーホーのあのステキなちいさいお店？」

「ちがうね」トミーの口調は妙に重々しい。「ＡＢＣショップ（ロンドンの軽食レストランチェーン店）のひとつだ。じつは、ここなんだけどね」

彼は今いった系列の店舗の中へ要領よくタペンスを引っ張りこみ、隅っこの大理石を張ったテーブルに連れて行った。

「最高だ」トミーは腰を下ろしながら満足そうにいった。「これ以上は望めないね」

「どういうわけなの、急にこんな質素な生活に熱中するなんて」タペンスは追及した。

「きみは、見れども目に入らず、を地でいってるよ、ワトスン君。ぼくはあのお高くとまったお嬢さんがたがぼくらに目をとめてくださるのかどうか、気になってるんだけどね。よしよし、ひとりがぶらぶらこっちへやってくるぞ。彼女はなにかべつのことを考えているように見えるだろう、しかし潜在意識下ではせわしなくハムエッグだのポット入りのお茶のことを考えてるにちがいないんだよ。ちょっと、きみ、ぼくにはチョップとフライドポテト、それからこちらの女性にはコーヒーとロールパンとタンを一皿たのむよ」

ウェイトレスは嘲《あざけ》るような口調で注文を繰り返したが、タペンスが急に身を乗り出してそれをさえぎった。

「待って。チョップとフライドポテトはやめにして、こちらの殿方にはチーズケーキとミルクをお願いするわ」

「チーズケーキとミルクですね」ウェイトレスは、そんなことが可能だとすればだが、さっきよりさらに嘲りを深めた。そしてまだなにやら考えている風情でぶらぶらしながら立ち去った。

「頼まれもしないことを」トミーは冷ややかになじった。

「でも、正解でしょ？　あなたは『隅の老人』（バロネス・オルツィ作の探偵。いつもポケットに紐の切れ端を入れていて、複雑な結び目を作る）のつもりなんでしょ？　いつもの紐はどこなの？」

トミーはもつれた長い紐をポケットから取り出し、それに結び目を作りはじめた。

「細かいところまで完璧にやらないとね」

「でも、肉料理を注文したのはあなたの過失だわ」

「女は杓子定規《しゃくし》で困るなあ」トミーはいった。「唯一ぼくが嫌いなのがミルクなんだよ。それにチーズケーキはいつ見てもいやに黄色くてぶよぶよしていて気持ちが悪い」

「役者魂はどこへやったの」タペンスはいった。「わたしがコールド・タンをやっつけるところを見てなさいよ。ほんとうにおいしいのよねえ、コールド・タンって。さあこれで、わたしはポリー・バートン（相手役の女性記者）になりきったわよ。大きな結び目を作って、始めてちょうだい」

「その前に」とトミーはいった。「あくまでも非公式の立場でなんだが、ひとついっておきたいことがある。このところ、商売のほうが思わしくないよね。仕事がやってこないんだったら、われわれのほうから仕事に接近しなきゃならない。現在おおいに世間の関心を集めているような事件に、こっちの的を絞るんだ。そこでぼくが思いついたのが

――サニングデールの謎さ」

「そうなの！」タペンスはひどく興味をひかれたらしい。「サニングデールの謎ね！」

トミーは皺くちゃの新聞をポケットから出してテーブルに広げた。

「これが《デイリー・リーダー》に載った、セッスル大尉の最近の写真だ」

「ふーん。そのうちにだれかこういう新聞社を訴えるといいのに。これじゃ、かろうじて男だとわかるだけじゃないの」

「ぼくはサニングデールの謎といったけど、〝いわゆるサニングデールの謎〟と括弧《かっこ》つきでいうべきだったな」とトミーは急いでつづけた。「警察にとっては謎なんだろうが、すぐれた頭脳にとっては謎でもなんでもないんだから」

「もうひとつ、結び目を作ったら」とタペンス。

「きみがこの事件のことをどの程度憶えているか知らないが」トミーは静かにつづける。

「全部憶えてるわよ、でもあなたのスタイルを壊す気はないわ」

「三週間前のこと」トミーはおもむろに語り始めた。「有名なゴルフ場で無残な遺体が発見された。早朝のゴルフを楽しんでいたクラブのメンバー二人が、七番ティーでうつぶせになって死んでいる男を発見するという恐ろしい経験をしたのだ。上向きにして顔を見るまでもなく、二人には男がセッスル大尉だと察しがついた。ゴルフクラブではよく知られた人物で、いつも妙に鮮やかなブルーのゴルフ用ジャケットを着ていたからだ。セッスル大尉はよく早朝にコースに出て練習しているところを目撃されており、最初は彼が突然の心臓発作にみまわれたのだろうと考えられた。しかし医師の調べによって、彼は殺されたのだという陰惨な事実があきらかになった。いかにもいわくありげな凶器、すなわち女性の帽子のピンで心臓を一突きされていたのだよ。死後十二時間以上は経っていないこともはっきりした。

これで事件はまったく異なった様相を呈し、すぐにいくつかの興味深い事実も明るみに出た。生きているセッスル大尉に最後に会ったのは、友人であり仕事上のパートナーである〈ヤマアラシ保険会社〉のホラビーという男で、彼はつぎのようにのべている。

〝セッスルとわたしはその日、朝早くに一ラウンドまわりました。お茶の後でセッスルが、暗くなる前にもう何ホールかやろうといったので、わたしは同意しました。セッスルは上機嫌で、体調も上々のようでした。ゴルフ場には中を横切る公共の小径《こみち》がありますが、わたしたちが六番グリーンまできたとき、その小径をやってくる女性の姿がわたしの目に入ったのです。とても背が高く茶色の服を着ていましたが、とくによく観察したわけではなく、セッスルはその女性に全然気づいていないようにみえました。

この小径は七番ティーの前を横切るように通っています。女性はここを通りすぎてティーグラウンドの反対側の端っこに、なにかを待っているような様子で立っていました。先にティーに着いたのはセッスル大尉で、わたしはそのときホールのピンを置きなおしていたのです。わたしがティーに近づいていくと、セッスルと女性が立ち話をしていたので、びっくりしましたね。もっとそばに寄ると二人ともぱっとこっちを向き、セッスルがふりむきざまにわたしにいいました。すぐ行くからね、と。

二人は熱心に話しこんだまま、肩を並べて歩いて行きましたね。小径はそこでコースを離れ、隣接する庭園の狭い垣根のあいだを通ってウィンドルシャムへと続く道路に出ます。

セッスル大尉は彼の言葉どおり一、二分でもどってきたので、わたしはほっとしました。べつの二人のプレーヤーがすぐ後ろに迫っていたし、どんどん日が落ちてきたからです。わたしたちは先へ進んだのですが、すぐにセッスル大尉がひどく動揺しているらしいのに気づきました。ドライヴをとんでもない方向へ打ちそこなうばかりか、心配そうな顔つきで額に深い皺を寄せています。わたしが声をかけても返事もせず、ゲームはもうめちゃくちゃでした。ゴルフにまったく集中できなくなるような出来事が、なにかもちあがったのはあきらかでした。

そのホールと次の八番ホールを回ったところで、いきなり彼が暗くなったからもう家に帰る、といいました。ちょうどその地点は、ウィンドルシャムへの道路につながるべつの枝道が通っているところで、セッスル大尉はこの枝道を去って行きました。彼の家は道路沿いのバンガローですから、ここを通れば近道になります。べつの二人のプレーヤー、バーナード少佐とレッキー氏が追いついてきたので、セッスル大尉の様子が急に変わったことを話しました。二人とも、彼が茶色の服の女と立ち話をしているのは見ていましたが、遠かったので顔はわからなかったそうです。わたしたち三人は、あそこまでセッスル大尉が取り乱すなんて、どんなことを彼女はいったのだろう、と話し合いました〞

三人は一緒にクラブハウスにもどったが、いまわかっている範囲では、彼らが生前のセッスル大尉に会った最後の人間ということらしいね。その日は水曜日で、ロンドンまでの水曜割引切符が発券されている。セッスル大尉のちいさなバンガローを管理している夫婦者はこの割引切符で町に出るのが習慣で、遅い列車でもどってくる。彼らはいつものように夜遅くバンガローに帰った。主人は自分の部屋で眠っているものと思ったらしい。この晩はセッスル夫人も遠くの友人を訪ねていて留守だった。

セッスル大尉殺害事件はいっとき世間を騒がせたが、まもなく忘れられた。それらしい動機があるものは一人もいなかったし、さんざん話題になった茶色の服の女性の正体も、いっこうにつかめなかった。いつものように警察が怠慢だと非難を浴びた——あとになってみれば、あまりにも不当な非難だったんだけれどね。一週間後にドリス・エヴァンスという娘が、アンソニー・セッスル大尉殺害容疑で逮捕されたのだから。

警察にはほとんど手がかりがなかった。現場に残っていたのは被害者の指に絡まった一本の金髪と、彼のブルーの上着のボタンに引っかかった緋色のウールの糸くずだけ。しかし、駅やそのほかの場所での丹念な聞き込みが、次のような事実を引き出した。

緋色のジャケットとスカート姿の若い娘が、その晩の七時ごろの列車で到着し、セッスル大尉の家はどこかと尋ねていたこと。同じ娘が二時間後にまた駅に現われたこと。そのとき彼女の帽子はゆがみ髪は乱れ、とても取り乱しているように見えたこと。ロンドンに帰る汽車の時間を訊き、なにかを恐れているように始終後ろを振りかえってばかりいたこと。

わが国の警察はいろんな点でたいへんすばらしい。たったこれだけの証拠で、この娘を追跡し、ドリス・エヴァンスという彼女の名前をつきとめたんだからね。彼女は殺人の罪に問われ、彼女の言葉はすべて彼女に不利になる可能性がある、と注意を受けたにもかかわらず、彼女は供述書を作ってくれと言い張った。そして彼女の供述は詳細にわたって繰り返されたが、何度話しても内容が変わることはまったくなかった。

彼女の話はこうだ。

〝わたしはタイピストです。ある晩映画館で、一人の身なりのいい男性と近づきになりました。彼からあなたが好きになったと打ち明けられ、サニングデールのバンガローにぜひ来てほしいと誘われたのです。彼はアンソニーと名乗りました。そのときは、いえ、ほかのときも、彼に妻がいるなんて思ってもみませんでした。わたしは次の水曜日に彼のところへ行く手はずを、彼と二人で調えたのです――〟

憶えてるだろう、その日は使用人夫婦も細君も留守だったんだ。いよいよになってから、彼は自分のフルネームを彼女に教え、バンガローの場所も教えた。

〝問題の晩、時間どおりバンガローに到着したわたしは、セッスルに迎えられました。彼はゴルフ場から帰ったばかりでした。自分ではわたしに会えてうれしいといっていましたが、わたしには会ったとたんにすぐわかりました。彼の態度が変わっていて、どこか妙だと。恐怖心ともなんともつかぬものが湧き上ってきて、来なければよかったとひどく後悔しました。

すでに用意されていた簡単な食事をすませた後で、彼が散歩に行こうといいました。わたしは同意し、道路からゴルフ場へ入る枝道へ連れていかれました。ちょうど七番ティーを横切ろうとしたときです、急に彼が完全に正気を失ったように見えたのは。ポケットから拳銃を取り出すと、もうおしまいだといいながら空で振りまわしたんです。『なにもかも消えちまえ！　おれは破滅だ——おしまいだ。おまえにも俺と一緒に来てもらう。まずおまえを撃って——それからおれだ。朝になったら、並んだおれたちの死体が発見されるだろう——心中死体が』

そんなことを——次から次へと。彼に腕をつかまれたので、この人は頭がおかしいのだと気づいて、夢中で手を振りほどこうとしました。それがダメならせめて彼から拳銃を取り上げようともがきました。二人でもみ合ったので、そのときにわたしの髪が抜けて彼の手についたり、わたしのコートの糸くずがボタンに絡まったりしたのでしょう。

必死の努力でやっと自由になったわたしは、いまにも拳銃で撃ち殺されるのではないかと思いながら、無我夢中でゴルフ場を走りました。ヒースにつまずいて二度転びましたが、ようやく駅に通じる道路に出られ、追ってくる者がいないことがわかりました〟

これがドリス・エヴァンスの供述だ——彼女はこれをまったく変えていない。身を守るためにしろなににしろ、帽子のピンで彼を刺したりはけっしてしていない、とはげしく否定している——状況を考えれば、正当防衛と考えられるし、実際そうだったのではないかと考えられるにもかかわらず、だ。彼女の話を裏付けるように、死体のそばのハリエニシダの茂みからリボルバーが発見された。発射はされていなかった。

ドリス・エヴァンスは審理にかけられているが、謎は謎のまま残されている。彼女の話が信じるべきものであるなら、セッスル大尉を刺したのはだれだろう？　もう一人の女、その姿を見て彼がおそろしく動揺したという茶色い服を着た背の高い女とは、いったい何者だろう？　いままでのところ、その女とこの事件の関係を説明したものは一人もいない。彼女はどこからともなく、ふって湧いたようにゴルフ場を通る小径に現われ小径に消え、以後だれも彼女を見た者はいない。彼女はだれなのか？　地元の住人か？　ロンドンからやってきたのか？　だとすれば、車で来たのか、汽車を使ったのか？　背が高いという以外には、これといった特徴はないし、彼女の容姿を説明できる者もいない。ただしドリス・エヴァンスと別人であることはたしかだ。ドリス・エヴァンスは小柄で金髪だし、なによりもちょうどその時刻に彼女は駅に到着したんだからね」

「奥さんは？」タペンスがいった。「彼の奥さんはどうなの」

「もっともな疑問だが、セッスル夫人も小柄なんだよ。それに彼女ならホラビーが見ればすぐわかるし、彼女が遠くに出かけていたこともたしかなんだ。ただひとつだけ、あらたな進展があった。〈ヤマアラシ保険会社〉は債務返済を迫られていることがあきらかになったのだ。帳簿を調べたら、なんとも悪質な横領が行なわれていたことがわかった。セッスル大尉がドリス・エヴァンスにとんでもないことを口走った理由も、これではっきりしてくる。彼は何年にもわたって、組織的に使いこみをやっていたにちがいないね。ホラビーもその息子も、なにが行なわれているのかまったく知らなかった。会社は事実上、破産した。

とまあ、事件はこういうことになっている。セッスル大尉は横領がバレて破滅の淵まで追いつめられていた。自殺するのが自然な解決法だろうが、傷の特徴からみてそれはありえない。殺したのはだれか？　ドリス・エヴァンスか？　茶色の服の謎の女か？」

トミーは言葉を切ってミルクを少々すすり、顔をしかめておそるおそるチーズケーキにかぶりついた。

「もちろん」トミーはつぶやいた。「ぼくにはすぐわかったよ、タペンス。この特殊な事件の難点はどこか、どこで警察が迷い道に足を踏み入れたか」

「そうなの？」タペンスは身を乗り出した。

トミーは悲しげに首を横に振った。

「そういいたいところだけどね。あるところまで『隅の老人』でいることは、至極簡単だ。しかし、解決となるとさっぱりだよ。一文無しの男をだれが殺す？　わからないな」

彼はポケットからさらに新聞の切り抜きを何枚か取り出した。

「さらなる公開写真――ホラビー、彼の息子、セッスル夫人、ドリス・エヴァンス」タペンスは最後の写真をひったくるようにして、まじまじと見つめた。

「いずれにしても、彼女は彼を殺していない」ようやく彼女は口を開いた。「帽子のピンで殺すはずがない」

「なぜ断言できる？」

「モリー女史風の推理よ。彼女は髪をボブにしてるでしょ。とにかく、いまどき帽子のピンなんか使う女性は二十人に一人いるかいないかだわ――髪が長くても短くても。頭にぴったりの帽子を深くかぶるから――ピンなんて必要ないの」

「でも、ピンを持ち歩いていたかもしれない」

「ぼうやはしょうがないわねえ、そんなもの持ち歩かないわよ、先祖伝来の宝物じゃあるまいし！　いったいなんだって、サニングデールくんだりまで帽子のピンを持って行かなきゃならないの？」

「じゃあ、べつの女だろう。茶色の服を着た」

「彼女が背が高くなければねえ。だったら奥さんという可能性があるのに。肝腎なときに留守にしていて事件に関わりがあるはずがない、という奥さんはいつでもあやしいものよ。夫があの娘さんと浮気しているのを見つけたとしたら、彼女が帽子のピンで彼に襲いかかるのはごく自然な成り行きだわ」

「なるほど、ぼくも気をつけないと」トミーが感想をのべた。

だが、じっと考え込んでいたタペンスは軽口に反応しなかった。

「セッスル夫妻ってどんな人たち？」彼女は唐突に訊いた。「二人について、みんなどんなことをいってるのかしら」

「ぼくの知るかぎりでは、非常に評判がいいね。夫婦は互いに愛し合っていたらしい。だから、若い娘とうんぬん、というのがどうも腑に落ちない。セッスルみたいな男からはとても想像しにくいよね。彼は元軍人だよ。かなりまとまった金を手に入れて退役し、保険会社に入ったわけだろう。ペテン師の疑いをかけるには、もっともふさわしくない部類の男に思えるけどねえ」

「彼がペテン師だというのは絶対にたしかなの？　横領はあとの二人の仕業ってことはありえない？」

「ホラビー親子かい？　あの二人は破産したという話だよ」

「という話！　他人名義で銀行に預けてる可能性もあるわよ。ねえ、バカげているかもしれないけど、わたしがいってること、わかるでしょ。もし彼らが以前からセッスルに内緒で会社のお金を投機に当てていたとしたら、それを全部なくしたとしたら。だとしたら、ちょうどあのタイミングでセッスルが死ねば、二人にとってこんなに都合のいいことはないじゃない」

トミーは父親のホラビーの写真を指の爪でたたいた。

「するときみは、この品のいい紳士が友人でありパートナーであった男を殺したというのかい？　彼がゴルフ場でセッスルと別れたところはバーナードとレッキーがちゃんと見ていたんだし、あの晩はクラブハウスで過ごしていることを、きみは忘れてるよ。それに帽子のピンのことも」

「帽子のピンにばかりこだわって」タペンスはいらいらしていった。「あのピンは、この犯行が女性によるものであることを指し示している、そう思うわけ？」

「当然だろう。そう思わない？」

「思わないわ。男ってどうしてそう古臭いの。男が先入観を捨てるには何十年もかかりそう。帽子のピンとかヘアピンといえばすぐ女に結びつけて、〝女の武器〟だなんていうんだから。昔はそうだったかもしれないわよ、でも今や両方とも時代遅れなの。わたしだってもう四年も帽子のピンやヘアピンなんて使ったことがないのよ」

「じゃあ、きみは――」

「セッスルを殺したのは男だと思う。ピンは女の犯行と思わせるために使われたのよ」

「きみのいうことにも一理あるなあ」トミーはおもむろにいった。「きみがしゃべり出すと、物事の筋道がはっきりしてくるから不思議だ」

タペンスはうなずいた。

「すべては理にかなっているはずなのよ――正しい見方をすればそれが見える。それに、ほら、いつかマリオットが素人のことをいってたでしょ――素人のものの見方には親しみがこもってる、って。わたしたちはセッスル大尉と彼の奥さんみたいな人たちのことなら、いろいろ知ってるわ。どういうことをしそうか――どういうことはしそうもないか。それにわたしたちにはそれぞれ、特別詳しい分野がある」

トミーはほほえんだ。

「つまり、髪をボブにしてたり、うなじのところを細く刈り込んだりしている女性がどんなヘアアクセサリーを使うかについては、きみは専門家であり、妻というものがどう感じてなにをしがちかという点にも、血の通った洞察力がある、といいたいんだね」

「まあ、そんなとこかしら」

「じゃあ、ぼくはどうなんだ？　ぼくの専門知識はなに？　亭主はかならず女の子をひっかける、といったことかな？」

「ちがうわ」タペンスは大まじめでいった。「あなたはコースを知ってる――あそこに行ったことがあるでしょ――手がかりを求める探偵としてではなく、ゴルファーとして。あなたはゴルフについてよく知ってるし、どんなことがあれば男がゴルフに集中できなくなるかも知ってるわ」

「セッスルにゲームを放り出させるには、よほど重大なことがあったのでなければならない。ハンディ2だというのに、七番ティーからはまるで子供みたいなプレーだったというからね」

「だれがいうの？」

「バーナードとレッキー。彼らはセッスルのすぐ後ろでプレーしてた、そうだろう」

「それは彼が女に会ってからのことね――茶色の服の背の高い女よ。二人は彼が彼女と話しているのを見たんだったわね」

「うん――すくなくとも――」

トミーの言葉がとぎれた。タペンスは怪訝な顔で彼を眺めた。彼は指先の紐に目を凝らしてはいたが、その視線はまったくちがうものを眺めているようだ。

「トミー――どうしたの？」

「静かに、タペンス。ぼくは今、サニングデールの六番ホールでプレーしているところなんだから。ぼくの前方の六番グリーンで、セッスルとホラビーがホールに球を転がそうとしている。夕暮れが迫っているが、セッスルの鮮やかなブルーのジャケットはまだはっきり見える。ぼくの左手の小径を、一人の女がやってくるのが見える。彼女は女性用のコースから来たのではない――それだったら右のほうだから、もっと前から見えていたはずだ。そもそもそれまで小径の彼女に気づかなかったのはおかしいなあ――たとえば五番ティーあたりから」

彼は言葉を切った。

「今きみは、ぼくがあのコースを知っている、といったね、タペンス。六番ティーのすぐ後ろには、芝を張った差し掛け小屋のようなものがあるんだ。そこだったらだれでも待機できる――ちょうどいい時がくるまで。そこでなら着替えもできる。つまり――ここはまた、きみの専門知識が必要なところだが、教えてくれないか――男が女装して、また男の服装にもどるのは、とても難しいことだろうか？　プラスフォーズ（やや長めのゆるいニッカーズ）の上にすぐにスカートをはけるものかな？」

「もちろんはけるわよ。ちょっとかさばって見えるでしょうけど、それだけだわ。長い茶色のスカートに、男でも女でも着られるような茶色のセーター、それに両側に巻き毛をひと房ずつくっつけたつばのある女性用フェルト帽子。それだけあれば充分――もちろん、これは遠目に通用する扮装ってことだけど、あなたもそれが聞きたいんでしょ。スカートを剝ぎ取り、巻き毛つきの帽子を脱ぎ、手に丸めて持っていた男もののキャップをかぶれば、さあ、できあがり――元の男にもどってる」

「変身にかかる時間はどのくらいだろうね」

「女から男へは長くて一分半、たぶんもっとずっと短くてすむはず。逆の場合はもう少し長くかかるわ、巻き毛つきの帽子はちょっとかぶり方を整えなきゃダメでしょうし、スカートもニッカーズに絡まったりするから」

「そっちは心配してない。問題は女から男への場合だ。いまもいったように、ぼくは六番ホールでプレーしている。茶色の服の女がちょうど七番ティーに着いたところだ。彼女はそこを横切って待つ。ブルーのジャケットを着たセッスルが彼女のほうへ行く。ちょっとのあいだ二人は立ち話をするが、すぐに小径を歩いて木立の中に消える。ホラビーはティーに一人で残される。二、三分して、ぼくがグリーンにやってくる。ブルーのジャケットを着た男がもどってきて、とんでもない打ちそこないをやる。あたりには夕闇が迫りつつある。ぼくと相棒はゴルフをつづける。前方にはあの二人がいて、セッスルがスライスしたりボールの上っ面を叩いたり、さんざんひどいことをやっている。八番グリーンにきたとき、彼が大股にコースを離れ、枝道に姿を消すのが見える。まるで別人のようなゴルフをやるとは、いったい彼になにがあったんだろう?」

「茶色の服の女のせいね――もしくは、あれが男と考えるなら、その男の」

「まさにそのとおり、そして彼らの立っていた場所には――いいかい、これは後からくる者からは見えない場所だ――深いハリエニシダの茂みがある。死体をここに放り込んでおけば、朝まで人目につかずに転がっていることはまずたしかだろう」

「トミー! じゃあそのときに――でもだれかの耳に――」

「耳になんだ? 即死だった、というのが医師たちの一致した見解だ。戦争で即死した人間を何人も見ているが、ふつう叫びは上げないものなんだ――喉を鳴らすかうめくだけ――あるいはため息とか妙に咳き込むような音をたてるだけだ。セッスルが七番ティーに向かって歩いて行くと、前方から女が近づいてきて話しかける。彼には彼女がだれだかわかったんだろう、女装した男だということが。どうしてそんなことをするのか知りたい一心で、彼は人気《ひとけ》のない小径へとついていってしまった。歩いているあいだに致命傷となるピンの一突きをくらう。セッスルは倒れ――息絶える。男は彼の死体をハリエニシダの藪《やぶ》に引きずり込み、ブルーのジャケットを剝ぎ取り、自分が着けていたスカートと巻き毛つき帽子を捨てる。彼はみんながよく知っているセッスルのブルーのジャケットとキャップを身につけ、急いでティーにもどる。三分もあれば充分だろう。後ろから来ていたプレーヤーたちは、見慣れた風変わりなブルーのジャケットを見ただけで、顔は見ていない。だからそれがセッスルだと信じこんでしまった――ところがこの男はセッスルらしいプレーをまったくしない。まるで別人みたいだ、とみんなで言い合ったという。そりゃあそうだろう、実際に別人だったんだから」

「でも――」

「第二の問題点。若い娘をバンガローに誘うという行動も、まるで別人の行動のようだ。映画館でドリス・エヴァンスに会って、サニングデールに呼び寄せたのは、セッスルではなかったのさ。〝セッスル〟と名乗る男だった。憶えてるかな、ドリス・エヴァンスが逮捕されるまで二週間かかったということを。彼女は一度も遺体を見ていないんだ。もし見ていたら、これはあの晩彼女をゴルフ場に連れ出して自殺すると騒いだ男ではない、と明言してみんなを途方にくれさせたかもしれないね。巧妙に用意された筋書きだったんだ。セッスルの家にだれもいない水曜日に招かれた娘、そして女の仕業を匂わせる帽子のピン。殺人者は彼女を出迎えてバンガローに連れていって食事を出し、ゴルフ場に誘いだす。犯行現場までくるとピストルを振りまわして彼女を死ぬほど怯えさせる。彼女が逃げ出してしまうと、あとは死体を引きずり出してティーグラウンドに放置すればいい。ピストルは茂みに投げ込んでおく。それからスカートなんかをきちんと包んで

――このへんはぼくの推測だけどね――おそらく六、七マイルしか離れていないウォーキングまで行き、そこからロンドンに帰ったんだろう」

「ちょっと待ってよ」タペンスがいった。「まだ説明のつかないことがひとつあるわ。ホラビーはどうなの？」

「ホラビー？」

「ええ。後ろにいた人たちにはほんとうのセッスルかどうかわからなかった、という点は認めるわ。でも一緒にプレーしてたホラビーが、ブルーのジャケットの暗示にかかっちゃって相手の顔を見もしなかったなんて、それはないでしょ」

「そうなんだよ、きみ」トミーはいった。「まさにそこが肝腎な点さ。ホラビーは知っていた。これはきみの説を採用させてもらったんだ――ホラビー親子が横領していた、という説。殺人犯はセッスルをよく知っている人間でなければならない――たとえば、使用人は水曜日にはいつも休みをとるとか、いつ細君が留守になるかとか。それにセッスルの家の掛け金がどういうものかも知っている人間でないと。ホラビーの息子はこれらの要求を全部満たせると思うよ。年齢も身長もセッスルと同じくらいだし、二人ともきれいに髭を剃る男だし。たぶんドリス・エヴァンスは殺された男の写真を何枚か見せられただろうが、きみの意見どおり――男であることしかわからないような写真だったことだろうよ」

「裁判で彼女が彼と顔を合わせたことはないの？」

「息子のほうはこの事件にいっさい顔を出さなかった。必要もないだろう？　証言することはなにもないんだから。事件全体を通じて注目の的になっていたのは、鉄壁のアリバイがある父親のほうだ。問題の夜に彼の息子がなにをしていたかを調べようという物好きはいなかったんだよ」

「それですべて辻褄《つじつま》があうわ」タペンスは認めた。やや間をおいてから尋ねた。「このことを全部、警察に話すつもり？」

「さあ、耳を貸すかなあ」

「そりゃあ貸しますとも」後ろで思いがけない声がした。

ぱっと見まわすと、すぐ前にマリオット警部の姿があった。警部はポーチドエッグを前にして、隣のテーブルに座っていた。

「ここへはよく昼メシを食いにくるもので」警部はいった。「今もいいましたが、警察はちゃんと聞いてくれます――げんにわたしは聞いてましたからね。あなただから話しますが、われわれもあの〈ヤマアラシ〉の帳簿には、完全に満足していたわけじゃない。そう、ホラビー親子が怪しいとにらんではいたんですが、なにしろ証拠がなくてね。頭がよすぎて手が出せない。そこへ今度の殺人事件でしょう、われわれの考えを根本からひっくり返すような事件だ。しかし、あなたと奥さんのおかげで、助かりました。息子のホラビーをドリス・エヴァンスに会わせてみますよ。彼女が顔を覚えているかどうか。たぶん憶えていると思いますね。ブルーのジャケットに目をつけられたのは、じつにすばらしい。これは〝ブラントと腕利き探偵たち〟のお手柄だと、報告しておきましょう」

「あなたってほんとうにいい方ね、マリオット警部」タペンスは喜んでいった。

「警察はいつもお二人に感謝してるんですよ」この静かなる男はいった。「あなたがたが驚くほど。ところでちょっと伺いたいが、その紐の切れっ端にはどんな意味があるんです?」

「べつに」とトミーは紐をポケットに突っ込んだ。「ぼくの悪い癖さ。このチーズケーキとミルクについていえば――食餌療法なんだ。神経性の消化不良で。多忙な男はかならずこれの犠牲になるものでね」

「ははあ!」警部はいった。「わたしはまた、なにかの本の影響かと――まあ、どうでもいいことですが」

そういいつつも、警部の目はキラリと光った。

死のひそむ家

The House of Lurking Death

「なんなの――」とタペンスはいいかけてやめた。

彼女は〈秘書室〉と書かれた隣の部屋からブラントのオフィスに入ってくるなり、いやしくも夫であり所長であるブラント氏が受付を覗くための覗き穴に目を押しつけているのを見て、びっくりしたのだ。

「しーっ」トミーは注意した。「ブザーが聞こえなかった？　若い女がきてるぞ――それもかなりの美人だ――いや、びっくりするほどいい女だ。例によってアルバートが、ぼくはスコットランド・ヤードと話し中という与太《よた》話を聞かせているところだけどね」

「わたしにも見せてよ」タペンスが要求した。

しぶしぶトミーはわきにどいた。今度はタペンスが覗き穴に目をくっつけた。

「悪くないわ」タペンスは認めた。「それに服も最新流行のものね」

「文句なしの美人だよ」トミーはいった。「メースン（冒険小説、推理小説を多数書いた。フランスの警官アノーを主人公としたシリーズはホームズのフランス版といえる）の小説に出てくる女性みたいだ——ものすごく優しくてきれいで頭がよさそうなのに、ちっとも生意気な感じがなくてさ。今朝は、うん——決めたぞ——今朝は偉大なアノーでいこう」

「ふん」タペンスはいった。「あまたの探偵のうちでいちばんあなたとかけ離れてるのを一人選ぶとしたら——わたしはアノーを選ぶけど。あなた、一瞬のうちにがらりと性格を変えられる？　偉大なコメディアンになったり、浮浪児になったり、真面目で物分かりのいい友達になったりできる？——それも五分のあいだによ」

「これだけはたしかだ」トミーはデスクを鋭く叩きながらいった。「ぼくはこの船の船長だということ——それを忘れてないだろうね、タペンス。彼女を通すぞ」

彼はデスクのブザーを押した。アルバートが依頼人を案内してきた。

若い女は決心がつかない様子で、戸口に立ち止まった。トミーは前に進み出た。

「お入りなさい、お嬢さん《マドモアゼル》」彼は優しくいった。「どうぞおかけになって」

タペンスがはっきり聞こえるほど喉の詰まる音をさせたので、トミーは態度を変えてキッとふりむき、脅しつけるような口調でいった。

「なにかいったか、ミス・ロビンスン（アノーの秘書）？　いってない？　そうだろう」

　それから彼は女性にむきなおった。

「堅苦しい挨拶はぬきにしましょうね。用件を話してさえくだされば、ご相談のうえできっとお力になれると思いますよ」

「ご親切に」彼女はいった。「失礼ですが、外国の方でいらっしゃいますか？」

　またしてもタペンスが喉を詰める音。トミーはそっちの方向を横目でにらみつけた。

「そうではありません」彼はやっとのことでそういった。「しかし、最近は海外で仕事をすることが多いものですから。わたしのやり方はパリ警視庁にならったものでして」

「まあ！」女性はいたく感心したらしい。

　彼女はトミーが指摘したように、とても魅力的な女性だった。若くてすらりとしていて、ちいさなフェルト帽の下から金色の髪が覗き、大きな瞳に真剣さがあふれている。

　彼女が緊張していることは、一目で見て取れた。ちいさな両手をもみ合わせたり、ひっきりなしにエナメルのバッグの留め金を留めたり外したりしているのだ。

「ブラントさん、まず最初にもうしあげますけれど、わたしはロイス・ハーグリーヴズといい、〈サーンリー農場〉とよばれている大きな古い屋敷に住んでいます。この土地の中心というような屋敷です。近くにサーンリー村もありますけれど、人家も少なくたいした村ではありません。冬には狩で賑わい、夏にはテニスというような生活です。ですから寂しいと思ったことは一度もありません。わたしには都会の生活よりも田舎のほうがずっと合っていますし。

こんなことをお話しするのも、わたしたちのような田舎の生活ではどんな事件でものすごく重大な意味を持つことを、わかっていただきたいからなんです。じつは一週間ほど前に、郵便でチョコレートがひと箱送られてきました。送り主を示すようなものはなにも入っていませんでした。わたしはとくにチョコレートが好きというわけではなく、家の者は大好きですのでみんなに箱を回しました。そうしたらチョコレートを食べた全員が、気分が悪くなったのです。お医者様を呼ぶと、先生はほかにどんなものを食べたかをいろいろ尋ねてから、チョコレートの残りを持ちかえって分析させました。するとブラントさん、チョコレートに砒素《ひそ》が入っていたことがわかったのです！　人が死ぬほどではなかったけれど、かなり重症に陥らせるほど」

「驚くべきことですね」トミーが感想をのべた。

「バートン先生はこの事件でひどく興奮されました。ご近所でこういった事件が起きたのが今度で三度目らしいのです。どの場合も大きな屋敷が狙われて、住んでいるひとたちが謎のチョコレートを食べた後、具合が悪くなっているのです。地元の頭の弱い人間が、とんでもないたちの悪いいたずらをしているのではないかと思われました」

「まったくそうですね、ハーグリーヴズさん」

「バートン先生は社会主義者が騒ぎを起こそうとしているのだといわれます——わたしにはちょっとどうかと思われますけど。でもサーンリー村には社会に不満を持つ人が一人二人いて、そういう人がこれに関係している可能性もなくはありません。バートン先生は、この件はすべて警察の手にゆだねるべきだと、強く主張されました」

「ごく自然な提案でしょうね」トミーはいった。「しかし、あなたはそうはなさらなかった、そうでしょう、ハーグリーヴズさん？」

「ええ」彼女は認めた。「世間に知れ渡ったり騒ぎになったりするのがイヤなんです——それに、地元の警官をよく知っていますから。彼がなにか発見できるなんて、とても思えないわ！　お宅の広告はよく拝見しているもので、私立探偵にお願いするほうがずっといい、とわたしはバートン先生を説得しました」

「なるほどね」

「広告には、慎重さといったことを強調してらっしゃいますね。それはつまり——つまり——あの——どんなこともわたしの同意なしに公表はなさらない、ということでしょうか？」

トミーは不思議そうに彼女を眺めたが、口を開いたのはタペンスだった。

「それは」と彼女は静かにいった。「あなたがなにもかも話してくださったときにかぎり、でしょうね」

とくに強調された〝なにもかも〞という言葉を聞いて、ロイス・ハーグリーヴズはぱっと顔を赤らめた。

「そうです」トミーがあわてていった。「ミス・ロビンスンのいうとおりです。どんなことでもすべて話していただかないと」

「お話ししても――」彼女はためらった。

「一切は極秘情報として取り扱われます」

「ありがとう。あなたがたには正直にお話ししましょう。警察には届けたくない理由があるのです。チョコレートの箱は屋敷のだれかが送ったものなんですもの！」

「なぜそんなことがわかるんです、マドモアゼル？」

「簡単なことです。わたし、くだらないいたずらがきをする癖があるんです――三匹の魚がからまりあった絵なんですけど――鉛筆を持つとすぐ描いてしまうんです。少し前に、ロンドンに注文していた絹のストッキングが小包で届きました。ちょうど朝食のテーブルで新聞の記事に印をつけていたわたしは、小包の紐を切って開く前に、無意識にそのラベルにいつものちいさな魚の絵を描いてしまいました。そのことはそれっきり忘れていましたが、チョコレートが送られてきた茶色の包み紙を調べていたら、前に貼られていたラベルの切れっぱしが目につきました——ほとんどは剥がされていましたけれど。その切れっぱしに、わたしのいたずらがきがあったんです」

トミーは椅子を前に引いて身を乗り出した。

「それは重大なことですね。おっしゃるように、チョコレートの送り手はあなたのお屋敷のだれかであるという、強力な推理がなりたちます。けれども大変失礼ながら、なぜあなたが警察にお届けにならないのかという理由が、わたしにはいまだに呑み込めないといわざるをえないのですが」

ロイス・ハーグリーヴズはひたと彼の顔を見つめた。

「じつは、ブラントさん、わたしはこの事件そのものを、なかったことにしてもいいと思っているのです」

トミーは乗り出した身を、優雅に後ろへ引いた。

「でしたら、われわれも立場はこころえています」彼は小声になった。「なるほどね、ハーグリーヴズさん、あなたがだれを疑っておられるのか、打ち明ける気にはならないのでしょうね？」

「だれも疑ってはいません――ただ、可能性はいくつか」

「そうでしょうとも。お屋敷のことを詳しく話していただけませんか」

「使用人は、客間のメイドをのぞけば、みんな何年も勤めてくれている者ばかりです。まず、わたしが叔母のレディ・ラドクリフに育てられたことは、もうしあげておかなければ。叔母はとても裕福な人でした。夫が莫大な財産を築いてナイトの称号を授けられた人ですから。〈サーンリー農場〉を買ったのも彼ですが、農場に移って二年後に亡くなったので、それを機にレディ・ラドクリフがわたしを呼び寄せて一緒に暮らすようになったのです。叔母と血のつながりのある人間は、いまはわたし一人です。屋敷にはもう一人、叔母の夫の甥のデニス・ラドクリフが住んでいます。わたしは昔から彼をいとこと呼んではいますけど、もちろん、まったくそういう関係ではありません。叔母のルーシーはいつもおおっぴらに、わたしに多少遺すものはべつとして、財産はすべてデニスに譲るつもりだといっていました。お金は全部ラドクリフ家のものだから、ラドクリフに渡す、と。ところがデニスが二十二歳のとき、叔母は彼と大喧嘩をしました――彼が作ったかなりな借金のことでだったと思います。それから一年して叔母が亡くなったとき、財産がすべてわたしに遺されているのを知って、わたしはびっくりしました。きっとデニスにはものすごい打撃だったにちがいなく、わたしはとても気まずい思いをしました。彼が受け取るのなら、お金はあげてもよかったのですが、そういうことはできないらしいですね。でも、わたしは二十一歳になるとすぐに、全額彼に譲るという遺言を書きました。せめてそのくらいはできると思って。ですからもしわたしが車に轢《ひ》かれたりしたら、みんなデニスのものになるんです」

「そのとおり」トミーはいった。「で、あなたはいつ二十一歳になられたのか、伺ってよろしいかな？」

「ちょうど三週間前」

「ほう！」とトミー。「ではここで、もう少し詳しく、お屋敷の人々のことを話していただけませんか？」

「使用人のこと――それとも――その、家族の？」

「両方です」

「使用人は、さっきもいいましたが、ずいぶん前からいる者ばかりです。料理人のハロウェイおばさんとその姪で台所仕事をしてくれるローズ。それから家事雑用をやってもらっている年配のメイドが二人と、以前は叔母のメイドで昔からとてもわたしを大事にしてくれているハンナ。客間係はエスター・クアントといって、とても物静かないい娘のようです。わたしたちのほうは、叔母の話し相手だったミス・ローガン。いまはわたしの代わりに屋敷を切り盛りしています。それからラドクリフ大尉――これは、さっきもお話ししたデニスのことですけど。もう一人、わたしの学生時代の友人メアリ・チルコットが滞在しています」

トミーは一瞬考え込んだ。

「みんなそれぞれ、素性のはっきりした、まちがいのない人物のようですね、ハーグリーヴズさん」彼はややあってからいった。「あなたにはとくにだれかを疑わしいと思う理由はおありにならない、と考えてよろしいでしょうね？ ただあなたは心配してらっしゃる、もしかして――その――使用人ではなくて、その――」

「そうなんです、ブラントさん。正直いって、だれがあの茶色の包み紙を使ったのか、さっぱりわかりません。いたずらがきが残っていたのに」

「するべきことはひとつのようですね。現場に立ってみなければ」

女性はなにか尋ねたそうに彼を眺めた。

トミーは一瞬考えたうえで、先をつづけた。

「到着のための準備をお願いしたいのです――そう、ヴァン・デューセン（ジャック・フットレル作〈思考機械シリーズ〉の主人公。ボストンの大学教授）とその妹の到着です――あなたのアメリカ人の友人ということにして。ごく自然にそう取り計らうことができるでしょうか？」

「ええ、もちろん。問題はありません。いつ、いらしてくださいます？――明日――それとも明後日？」

「よろしければ明日。ぐずぐずしている暇はありませんからね」

「では、そういうことに」

女性は立ちあがって手を差し出した。

「一つだけ、ハーグリーヴズさん、一切、他言無用に願います――われわれの正体については一切だれにもおっしゃらないこと」


「どう思う、タペンス」トミーは、来客を送り出してもどってくると、尋ねた。

「気に入らないわ」タペンスはきっぱりいった。「とくにチョコレートにほんのちょっぴりしか砒素が入っていなかった、っていうのがね」

「いったいどういう意味だ」

「わからない？　近所の屋敷に送られたチョコレートはみんな目くらましよ。地元の頭のおかしいやつの仕業と思いこませるためのね。そのあとであの女性がほんとうに毒を盛られても、前の事件の延長と考えられてしまう。彼女のいたずらがきという思いがけない幸運がなかったら、チョコレートがあの屋敷の中のだれかから送られたということは、絶対にだれにもわからなかったわ」

「思いがけない幸運ね。きみのいうとおりだ。事件はあの女性を狙う手の込んだ計画だと、きみは思うんだね？」

「そんな気がする。死んだラドクリフ夫人の遺言をどこかで読んだ記憶があるの。彼女はものすごい遺産を相続したのよ」

「うん、それで二十一歳になったから三週間前に遺言状を作った。形勢不利だね——デニス・ラドクリフにとっては。彼女の死によって彼に遺産がころがりこむわけだから」

タペンスはうなずいた。

「最悪なのは——彼女もそう思ってることよ！　だから彼女は警察を呼ぼうとしなかった。すでに彼を疑ってるからだわ。しかも彼女がこういう行動に出たということは、彼に恋心にちかい気持ちをいだいているとしか思えないわね」

「だったら」とトミーは考えこみながらいった。「いったいなぜ、彼は彼女と結婚しないんだ？　そのほうがずっと簡単で安全なのに」

タペンスはまじまじと彼の顔を見た。

「なかなかのご明言」彼女はいった。「まあ、どうしよう！　わたしったら、もうミス・ヴァン・デューセンになりつつあるみたい、じゃない？」

「手近に合法的手段があるというのに、なぜ犯罪に走るんだ？」

タペンスはちょっと考えこんだ。

「わかった」彼女は自説を発表した。「彼はオクスフォードにいるあいだに、バーの女性と結婚したにちがいないわ。それが叔母との喧嘩の原因。これですべて説明がつくでしょ」

「じゃあなぜ、毒入りチョコレートをそのバーの女に送らないんだ？」トミーが提案した。「そのほうがずっと有効だろうに。そういう乱暴な結論に飛びつくのは止めにしてほしいものだね、タペンス」

「これが推理というものだよ」タペンスは威風堂々といった。「きみは闘牛は初めてだろうが、闘牛場に二十分もいれば――」

トミーはクッションをタペンスに投げつけた。

「タペンス、おい、タペンス、ちょっと来て」

次の日の朝食の時間。タペンスは大急ぎで寝室を出て、食堂にむかった。トミーが開いた朝刊を片手に、室内を大股に歩き回っている。

「どうしたの」

トミーはぐるりと回って新聞を彼女の手に押し付け、見出しを指差した。

謎の毒殺事件
死因は無花果《いちじく》のサンドウィッチ

タペンスは読み進んだ。謎のプトマイン中毒事件が起きたのはサーンリー農場だった。いまのところ死亡が報じられているのは、屋敷の所有者であるミス・ロイス・ハーグリーヴズと、客間係のメイドのエスター・クアント。ラドクリフ大尉とミス・ローガンは重態とある。サンドウィッチを食べなかったミス・チルコットがまったく異常ないことから、中毒の原因はサンドウィッチに入っていた無花果のペーストではないかと考えられている。

「すぐに行かなきゃ！」トミーはいった。「あの女性が！　あんなに非の打ち所のないステキな女性が！　いったいなんだって、ぼくは昨日彼女といっしょに農場へ直行しなかったんだ」

「もし行ってたら、あなたもお茶の時間に無花果のサンドウィッチを食べて、いまごろとっくに死んでるわ。さあ、すぐに出発よ。デニス・ラドクリフも重態だって書いてあるもの」

「きっと仮病を使ってるんだよ、薄汚い悪党め」

二人がサーンリーというちいさな村に着いたのは、正午近くだった。サーンリー農場に到着すると、目を真っ赤に泣きはらした中年の女性がドアを開けた。

「いっておきますが」彼女に口を開く暇も与えずに、トミーは早口でいった。「わたしは新聞記者ではないし、そういった類の者でもありません。ハーグリーヴズさんが昨日会いにみえて、ここに来てほしいといわれたのです。どなたか話のできる方はおいでになりませんか？」

「ただいまバートン先生がおいでですが、先生でよろしいでしょうか」女はあやふやな言い方をした。「でなければチルコットさん。いろんな手配を一人でやってる方ですから」

だがトミーは最初の提案を選んだ。

「バートン先生に」と高飛車にいった。「いますぐお会いしたい、ここにおられるのなら」

女は二人をこぢんまりしたモーニングルームに案内した。五分後にドアがあいて、背の高い年配の男性が入ってきた。猫背で、親切そうな顔に苦渋の色が浮かんでいる。

「バートン先生」トミーは業務用の名刺を差し出した。「ハーグリーヴズさんが昨日、毒物入りのチョコレートの件で訪ねてみえたのです。彼女の依頼で調査に出向いたわけですが――なんとも！　手遅れでした」

医師はトミーに鋭い視線をむけた。

「あなたがブラントさんご本人ですか？」

「ええ。こちらは助手のミス・ロビンスンです」

医師はタペンスに会釈した。

「状況が状況ですから、言葉を控えることもないでしょう。あのチョコレートの件がなければ、死因は激烈なプトマイン中毒にちがいないと思ったかもしれません――プトマイン中毒の中でも異常に毒性の強いものでしょうが。胃腸に炎症と出血がみられますからな。そんなわけで、無花果のペーストを分析に出そうとしているところです」

「砒素中毒を疑っておいでですか？」

「いいえ。毒物が使われたとすれば、その毒物は砒素よりもっと強力で即効性のあるものでしょう。なにか植物性の猛毒ではないかと思われますが」

「なるほど。ひとつご意見を伺いたいのですが、バートン先生、先生はラドクリフ大尉も同じ毒物中毒症状だという確信をお持ちでしょうか」

医師はトミーの顔を見た。

「ラドクリフ大尉は現在、どんな中毒症状にも苦しんではおりません」

「ほほう」トミーはいった。「すると——」

「ラドクリフ大尉は今朝五時に亡くなりましたよ」

トミーはあっけにとられて口もきけなかった。医師は立ち去ろうとした。

「では、もう一人の被害者、ローガンさんはいかが？」タペンスが訊いた。

「彼女はここまで持ちこたえましたから、まちがいなく回復すると思いますね。年配だから毒物の効果が薄かったのでしょう。分析の結果はお知らせしますよ、ブラントさん。それまでは、そう、チルコットさんにでもお訊きになれば、お知りになりたいことはなんでもわかるはずです」

こういっている間に、ドアが開いて若い女が姿を見せた。背が高く、日焼けした顔にしっかりした青い目をしている。

バートン医師が必要な紹介を引きうけた。

「いらしてくださってよかったわ、ブラントさん」メアリ・チルコットはいった。「こんな事件が起きるなんて、ひどすぎます。なにかお訊きになりたいことがありますか、わたしのお話しできることで」

「無花果のペーストはどこでお求めになったものでしょう？」

「ロンドンから取り寄せた特別なものです。よく注文いたします。いま使っているビンがほかのとちがっているとは、だれ一人思いませんでした。わたしは無花果の匂いが嫌いなので、無事にすんだのね。デニスが被害にあったのは不思議です、彼はお茶の時間には外出していましたから。きっと帰ってきてからサンドウィッチをつまんだのでしょうね」

トミーは、タペンスの手がそっと腕をつかむのを感じた。

「彼は何時にもどってきたのかな？」彼は尋ねた。

「よくわかりませんけど、だれかに訊けばわかると思います」

「いいんですよ、チルコットさん。たいしたことではありませんから。使用人たちに質問してみたいのですが、かまわないでしょうね？」

「どうぞ、なんなりと。わたしはもう、頭がおかしくなりそう。教えてくださいませんか——これをどう考えていらっしゃるのか——殺人なのでしょうか」

こう尋ねた彼女の目は、不安に怯えていた。

「どう考えていいのか、わからないんですよ。すぐにわかると思いますが」

「ええ、バートン先生がペーストを分析にお出しになるでしょうし」

彼女は急に失礼、というと、庭師に言葉をかけるためにベランダに出ていった。

「きみは家事雑用係のほうを頼むよ、タペンス」トミーはいった。「ぼくは台所のほうを調べてみる。ねえ、チルコット嬢は頭がおかしくなりそうだというけど、そうは見えないよね」

タペンスは黙ってうなずいた。

二人が落ち合ったのは三十分後だった。

「お互いの結果を出し合おう」トミーがいった。「サンドウィッチはお茶の時間に出され、客間係のメイドが一切れ食った――それでどえらいお目玉を食らってしまったわけだね。料理人のハロウェイは、デニス・ラドクリフがもどってきたのはお茶が片付けられた後だった、と断言している。疑問点――なぜ彼は中毒にかかったのか？」

「彼が帰ってきたのは七時十五分前よ」とタペンス。「雑用係の一人が、窓から彼を見たの。彼はディナーの前にカクテルを飲んでるわ――書斎でね。運良くちょうど彼女がグラスを片付けるところだったから、洗われてしまう前にそのグラスをもらってきたわ。ラドクリフが気分が悪いと訴えたのは、カクテルを飲んだ後だったんですって」

「よし。そのグラスはすぐにバートン医師のところへ持って行こう。ほかには？」

「メイドのハンナに会ってみてほしいの。彼女――とても変なのよ」

「どういう意味――変というのは？」

「わたしには、彼女がイカレてるとしか思えないの」

「じゃあ会ってみるか」

タペンスは先にたって二階へ上がった。ハンナはちいさいながら、自分の部屋を与えられていた。彼女はそこで、高い椅子に背中をしゃんと伸ばして座っていた。膝の上に聖書が開いてある。二人が入っていっても、見知らぬ人間に顔をむけようともせず、一人声を出して読みつづけた。

「〝彼らに熱く燃える石炭を降らせたまえ、彼らを業火の中へそして地獄へと投げ入れたまえ、彼らが二度と立ちあがれぬよう〟」

「ちょっとお話ししてもいいですか」トミーが訊いた。

ハンナはじれったそうな手つきをした。

「そんな場合じゃありません。時は迫っているんです。〝われはわが敵を追い制圧する、彼らを滅ぼすまではけっして帰らぬ〟そう書かれています。主がわたしに御言葉をたれたもうたのです。わたしは主の御手の鞭なのです」

「こりゃあ完全にイカレてるよ」トミーはつぶやいた。

「さっきからずーっとこうなのよ」タペンスがささやいた。

トミーはテーブルに開いたまま伏せてあった本を取り上げた。題名をちらっと見て、そっとポケットにすべりこませた。

いきなり老女は立ちあがって、さっと二人に恐ろしい顔をむけた。

「出てお行き！　時が迫っている！　わたしは主の殻竿。風は欲するがままに吹くのだ――そのごとく、わたしも滅ぼそう。邪悪な者どもは消え去れ。ここは悪の巣窟――罪悪の巣窟なのだ！　わたしがお仕えする主の怒りを思い知るがいい」

彼女はすさまじい形相で前進してくる。ここはおとなしく引き下がるのが得策、とトミーは考えた。ドアを閉めるとき、彼女がまた聖書を取り上げるのが見えた。

「あの婆さん、いつもあんな風なのかなあ」彼はつぶやいた。

テーブルから失敬してきた本を、ポケットから出してみた。

「これをごらん。無学なメイドにしては面白い本を読むもんだ」

タペンスが本を手に取った。

「『医学全書《マテリア・メディカ》』ですって」見返しを開いてみる。「エドワード・ローガン。古い書物だわ。ねえ、トミー、ローガンさんに会えないかしら？　バートン先生が、彼女は回復にむかってるといってたでしょう」

「チルコットさんに頼んでみようか？」

「それはやめて。雑用係の人をつかまえて、都合を訊きに行ってもらうほうがいいわ」

しばらく待たされた後で、ミス・ローガンが会ってくれると知らされた。案内されたのは、芝生に面した広々した寝室だった。ベッドの上には、痛みに面やつれした繊細そうな顔立ちの、白髪の老婦人が横たわっていた。

「とても気分がすぐれませんの」彼女は弱々しい声でいった。「あまりお話しできませんが、エレンの話ではあなたがたは探偵でいらっしゃるそうね。ロイスがおたくに相談に？　そうするとは聞いてましたた」

「そうなんです、ローガンさん」トミーはいった。「お疲れにならないよう、ほんの一つ二つ、質問させていただいてよろしいでしょうか。メイドのハンナのことですが、彼女、頭は正常ですか？」

ミス・ローガンはあきらかに驚いた様子で二人を見つめた。

「ええ、もちろん。とても信心深い人ですが——おかしいところはありません」

トミーはテーブルから持ってきた書物を差し出した。

「これはあなたのですか、ローガンさん？」

「ええ。わたしの父の著書よ。父は立派な医師で、血清治療学の草分けでした」

老婦人の声に誇らしさが張りを与えている。

「そうでしょうとも」トミーはいった。「お名前は聞きおよんでおります」彼はいい加減な嘘までつけ足した。「ところでこの書物ですが、ハンナに貸しておやりになりましたか」

「ハンナに？」ローガンは憤慨してベッドから身を起こした。「まさか、そんな。あの人には一言だってわかりゃしませんよ。高度な専門書なんですから」

「ええ。そうだと思います。しかし、これがハンナの部屋にあったものですから」

「恥知らずね」ミス・ローガンはいった。「使用人には、わたしのものに指一本触れさせないようにしなくちゃ」

「本来はどこにおいてあるべき本なんです？」

「わたしの居間の本棚――いえ――待って、メアリに貸してあげたんだわ。あの人は薬草にとても興味を持ちましてね。わたしのちいさな台所で一、二度実験をしたことがあります。自分用のちょっとした台所があるんですのよ、昔のままのやり方でアルコールに果物や香草を入れてリキュールを作ったり、ジャムを作ったりするのにね。あのルーシーは、レディ・ラドクリフのことですけれど、わたしのヨモギギクのお茶を信奉していたものよ――鼻かぜにはすごく効くんです。気の毒にルーシーはよく風邪をひく人でしたからね。デニスもそうよ。あの子のお父さんは、わたしのいとこでしたの」

トミーは彼女の思い出話をさえぎった。

「その、あなたの台所ですが。あなたとチルコットさん以外に使う人はいますか?」

「片付けはハンナがしてくれます。それから朝早くに、お茶のためのお湯をわかしてくれますけれど」

「ありがとう、ローガンさん。いまのところ、お尋ねしたいのはこれだけです。お疲れになられなければいいのですが」

彼は部屋を出て階段を下りながら、眉をひそめた。

「ここにはなにかあるなあ、ぼくに理解できないなにかが」

「わたし、大嫌いよ、この屋敷」タペンスは身震いしながらいった。「ゆっくり散歩でもして、よくよく考えてみない?」

トミーも同感だったので、二人は外に出た。まず医師の家に例のカクテルグラスを預けてから、田舎の遠足に出発し、歩きながら事件を話し合った。

「道化を演じると、なんとなく気楽になるところがあるね」トミーがいった。「アノーを気取ったりするのもそれなんだよ。ぼくのことを能天気なやつだと思う者もいるだろうけど、じつはものすごく気に病むたちなんだ。この事件はなんとか手を打って防ぐべきだった、という気がしてしかたがないよ」

「気に病んでも意味ないわよ」タペンスはいった。「わたしたちがロイス・ハーグリーヴズに、警察に行くのは止めなさいとかなんとかいったわけじゃないでしょ。なにがあったって、彼女はこの件に警察を介入させはしなかったでしょうよ。わたしたちのところへ来なかったとしたら、ほかにはなにも手を打たなかったはずだもの」

「だから結果は同じだった、か。うん、きみのいうとおりだ、タペンス。どうにもならないことで自分を責めるなんて、病的だよな。だからこそ、ぼくはいま、いい方向を見つけ出したいんだ」

「それがあんまり簡単じゃなさそうなのよねえ」

「簡単じゃない。可能性はいろいろ考えられるのに、それが全部とほうもない、証明不可能なことばかりだからね。たとえば、デニス・ラドクリフがサンドウィッチに毒を入れたとしよう。自分はお茶の時間に外出するとわかってた。この推理は無理がないし説得力もあるよね」

「ええ、そこまでは問題ない。ところがその後、彼自身も毒を盛られたという矛盾した事実が出てくる――だから彼は容疑からはずれることになるわね。一人、忘れてはいけない人物がいるわ――ハンナよ」

「ハンナ？」

「人は狂信的になると、いろいろ妙ちきりんなことをするものでしょ」

「彼女もかなりなところまでいってしまってるな」トミーはいった。「バートン先生にそのことをきみから一言いっておいたほうがいいよ」

「突如としてあんな風になっちゃったんだわ」タペンスはいった。「ローガンさんの言葉を信じるとすればね」

「狂信者ってそんなものだと思うよ。何年間もドアを開け放った寝室で賛美歌を歌いつづけていた人が、あるとき急に一線を超えて凶暴になったり、とかさ」

「ハンナがあやしいという証拠は、たしかにほかの人たちより多いわね」タペンスは考え込みながらいった。「でも、ちょっと思いついたことが――」いいかけて口をつぐんだ。

「なんだい」トミーは先をうながした。

「思いつきというわけでもない。ただの偏見かもしれない」

「だれかに対する偏見？」

タペンスはうなずいた。

「トミー、あなたメアリ・チルコットに好感を持った？」

トミーは考えた。

「ああ、そんな気がするね。非常に有能でてきぱきしていて——表情に陰があるようにも見えるけど——とても信頼できるという印象を受けた」

「彼女があまり取り乱していないのを、妙だとは思わなかった？」

「まあ、ある意味ではそれは彼女の得点になるんじゃないか。だって、もし彼女がなにかやったとしたら、わざと取り乱した態度をとるだろう——むしろ、大げさに」

「そうだわね。それに彼女の場合は、全然動機がないし。これだけ何人も殺害して、彼女になにか得るものがあるとはとても思えないわ」

「使用人は関係ないだろうな」

「ないんじゃないかしら。みんな穏やかで、信頼できそう。客間係のエスター・クアントというのはどんな人だったの？」

「若くて美人だったかどうかを問題にしてるのなら、彼女がなんらかの形で巻きこまれるチャンスはあっただろうね」

「それを聞きたかったのよ」タペンスはため息をついた。「こうなるとお手上げ」

「まあ、警察がちゃんと解決してくれるさ」トミーはいった。

「たぶんね。解決するのがわたしたちだといいのに。ところで、ローガンさんの腕にちいさな赤い点々がたくさんあったのに、気がついた？」

「気がつかなかったな。それがどうかしたの」

「皮下注射の針でできた跡みたいだったの」とタペンス。

「バートン先生がなにか注射したんじゃないかな」

「ええ、それはありうるわ。でも、先生なら短期間に四十本も打たないんじゃないかしら」

「コカイン常習者ってわけか」トミーは考えついた意見をのべてみた。

「それも考えたわ。でも、彼女の瞳はまともだった。コカインやモルヒネの常用者なら一目でわかる。それに彼女はどう見てもそんなタイプには見えない老婦人でしょ」

「神を畏れる、いかにも尊敬すべきご婦人ってとこか」トミーも異義はなかった。

「ほんとうに難解だわねえ。さんざん話し合っても、ちっとも前進しないみたい。帰りに忘れずに先生のところに寄りましょうね」

医師の家のドアを開けたのは、十五、六歳のひょろりとした少年だった。

「ブラントさんですか?」少年は訊いた。「先生は出かけていますけど、あなたがみえたら渡すようにといって、手紙を置いていきました」

少年に渡された手紙を、トミーはその場で開いた。

ブラント様

分析の結果により、使用された毒物は非常な猛毒を有する植物性蛋白質の一種、リチンと考えられます。まだこのことは、他言無用にお願いします。

トミーは手紙を取り落とし、あわてて拾い上げた。

「リチンか」彼はつぶやいた。「リチンについてなにか知ってるかい、タペンス？　きみはこういうことには詳しかったよね」

「リチンねえ」タペンスは考え込んだ。「たしかヒマシ油からとれるんじゃなかったかしら」

「ヒマシ油はどうも好きになれなかったんだ。これからはますます嫌いになりそうだよ」

「ヒマシ油自体は大丈夫なのよ。ヒマシ油を採るヒマの種子からリチンを抽出するの。たしか今朝、庭にヒマが生えているのを見たわね――つやつやした葉っぱの、背の高い植物よ」

「この敷地内でだれかがリチンを抽出したということか。ハンナにそんなことができるかな？」

タペンスは首を振った。

「できそうもないわ。それだけの知識はなさそうだもの」

急にトミーが大声をあげた。

「あの本だ。まだポケットに入ってるかな？　あったぞ」取り出してものすごい勢いでページをめくった。「思ったとおりだ。これが、今朝ひらいていたページだよ。ほら、タペンス。リチンと書いてある！」

タペンスは本をひったくった。

「きみには意味がわかるかい？　ぼくにはちんぷんかんぷんだけど」

「はっきりわかるわ」タペンスはいった。トミーの腕につかまって道案内をしてもらいながら、せわしなく読みつづけた。そしてやがて彼女は本を閉じた。ちょうど屋敷が近づいていた。

「トミー、この件はわたしにまかせてくれない？　いいでしょ？　初めてわたしは、闘牛場で二十分も頑張ってる牛になったんだから」

トミーはうなずいた。

「タペンス、きみを船長に任命する」彼は重々しくいった。「この事件の徹底調査にあたってくれ」

「まず手始めに」タペンスは屋敷に入って行きながらいった。「ローガンさんにもうひとつ質問しなければ」

彼女が先にたって階段を上がり、トミーは後につづいた。彼女は老婦人の部屋のドアを鋭く叩いて中に入った。

「まあ、あなたなの？」ミス・ローガンはいった。「あなたみたいに若くておきれいなかたが探偵になるなんて、もったいないみたい。なにか見つかりました？」

「ええ」タペンスはいった。「見つけましたわ」

ローガンは訊きたそうな表情を見せた。

「きれいかどうかはわかりませんけど、若いことはたしかです」タペンスは言葉をつづけた。「ですから戦時中病院で働いてましたの。血清治療学のことも多少知っています。少量のリチンを皮下に注射すると、免疫ができてリチンの抗体が形成される、ということも偶然知りました。あなたはそれをご存知でしたね、ローガンさん。あなたはしばらく前から、皮下注射でリチンを体に入れてらした。それからほかの人たちと一緒にリチンを摂取したのです。あなたはお父様のお仕事を手伝ってらしたので、リチンには詳しく、なにから採れるかもどうやって種子から抽出するかもご存知だった。あなたはお茶の時間にデニス・ラドクリフが留守になる日を選びました。ロイス・ハーグリーヴズと同時に彼に毒を盛るのはまずい――彼のほうが先に死んでしまうかもしれませんからね。彼女が先に死んでこそ、彼は彼女のお金を相続するし、その後で彼が死ねばそれは彼の親族であるあなたのものになる。憶えていらっしゃいますわね、今朝、彼の父親があなたのいとこだとおっしゃったことを」

老婦人は憎々しい目つきでタペンスをにらみつけた。

突然、隣の部屋からすさまじい形相の者が飛びこんできた。ハンナだった。火のついた松明を持って、狂ったように振りまわしている。

「真実は語られた。あれは邪悪な女だ。あの女が本を読みながらほくそえんでいるのを見て、わかったんだ。わたしは本を見つけてページを開いた――でも本はわたしには何も語りかけてこなかった。しかし神の声が語りかけてくださった。あの女はわたしのご主人を、レディ・ラドクリフを憎んでいた。昔からずっとねたみつづけていた。わたしの大事なロイスお嬢様のことも憎んでいた。でも邪悪なものは滅びる、神の業火が焼き尽くすのだ」

松明を振りかざして、彼女はベッドに飛びかかった。

老婦人から悲鳴があがった。

「彼女を連れて行って――彼女を連れて行って。みんなほんとうよ――でも連れ出してちょうだい」

タペンスはハンナに飛びついたが、松明を奪い取って火を踏み消すより前に、火はベッドのカーテンに燃え移っていた。外の踊り場にいたトミーが飛びこんできて、カーテンを引き千切り、敷物をかぶせてなんとか火を消し止めた。それから格闘しているタペンスの応援に行った。二人でやっとハンナを取り押さえたとき、バートン先生が駆けつけてきた。

医師にことの成り行き《オー・クラン》を説明するのに、言葉はほとんどいらなかった。

医師はベッドのわきへ急ぎ、ミス・ローガンの手を取り、あっ、と鋭い声を発した。

「火事の衝撃に彼女は耐えられなかったようです。亡くなってますな。こういった状況では、これでよかったのかもしれません」

彼はちょっと口をつぐんでから、つけ加えた。「カクテルグラスからもリチンが検出されましたよ」

押さえていたハンナを放して医師にまかせ、二人だけになるとトミーはいった。

「これは最善の結末だと思うよ。それにしても、タペンス、きみはほんとうにすばらしかったね」

「あまりアノーらしくなかったけど」タペンスはいった。

「役を演じるには深刻すぎたよ。ぼくは亡くなった女性のことを思うと、いまでも耐えられない。だから彼女のことは考えないことにしてる。しかし、今もいったけど、きみはすごかった。栄誉はきみのものだ。お馴染みの引用をするなら、〝聡明なのにそうは見えないのが、大きな利点である〟」

「この、人でなし」タペンスはいった。

鉄壁のアリバイ

The Unbreakable Alibi

トミーとタペンスがせっせと郵便物の仕分けをしている最中に、タペンスが声をあげて、一通の手紙をトミーに渡した。

「新しい依頼人よ」さも重大そうにタペンスはいった。

「ふん!」トミーは鼻であしらった。「この手紙からなにがわかると思う、ワトスン君? たいしたことじゃないが、ただある程度あきらかになるのはだね、この——ええと——モンゴメリー・ジョーンズという男は、スペルについて世界最高水準の知識を持っているとはいえない、という事実だよ。したがって、えらく金のかかる教育をうけた男であることが証明されるわけだね」

「モンゴメリー・ジョーンズですって?」タペンスはいった。「モンゴメリー・ジョーンズってだれだったかしら？　ああ、そうそう、わかったわ。ジャネット・セント・ヴィンセントが話してた人よ。その人のお母さんはレディ・アイリーン・モンゴメリーといってね、ものすごく気難しい高教会派に属していて、金の十字架なんかをいっぱい持っていて、ジョーンズという大金持ちと結婚したそうよ」

「珍しくもない話じゃないか」トミーはいった。「それでと、そのM・J氏は何時に会いにくるんだっけ？　十一時半か」

十一時半きっかりに、人当たりのいい素直そうな顔立ちのとても背の高い青年が受付に入ってきて、オフィスボーイのアルバートに声をかけた。

「あの——ちょっと。ええと、ブラント——って人に、会えるかな？」

「ご予約はおとりでしょうか」アルバートはいった。

「どうだか、わからない。いや、たぶん、とってる。つまり、ぼくは手紙を書いて——」

「お名前は？」

「モンゴメリー・ジョーンズだ」

「ブラント氏に伺ってまいりますから」

アルバートは少し間をおいてからもどってきた。

「少々お待ちいただけますでしょうか。ブラント氏はただいま、非常に重要な会議中でして」

「ああ――そ――そう――いいよ」モンゴメリー・ジョーンズ氏はいった。

依頼人に満足のゆく印象を与えられたと思った時点で、トミーがデスクのブザーを鳴らしたので、モンゴメリー・ジョーンズ氏はアルバートによって奥のオフィスに案内された。

トミーは立ちあがって彼を迎え、温かく握手をしながら空いている椅子を勧めた。

「さて、モンゴメリー・ジョーンズさん」トミーはきびきびといった。「あなたのお役にたてるとしたら、わたしたちもうれしいのですが」

モンゴメリー・ジョーンズは、オフィスにいる第三の人物に不安げな視線をむけた。

「わたしの秘書のミス・ロビンスンです」トミーがいった。「彼女の前ではなにをお話しになってもかまいません。ご相談というのは、ご家族間の微妙な問題についてでしょうか？」

「ええと――そうでもないな」モンゴメリー・ジョーンズはいった。

「それは意外ですね。あなたご自身が揉め事に巻きこまれていらっしゃるわけではないんでしょう？」

「まあ、ない、ですかね」モンゴメリー・ジョーンズはいった。

「それでは」とトミーはいった。「事情を——その——端的に説明してくださいませんかね」

しかしながら、それはどうも、モンゴメリー・ジョーンズ氏がもっとも苦手とすることのようだった。

「お願いしたいのは、えらく妙なことで」彼は口ごもりながらいった。「どう——その——考えたらいいのか、さっぱりわからないんです」

「離婚の件でしたら、うちでは扱わないことにしておりますが」トミーがいった。

「いやいや、とんでもない」モンゴメリー・ジョーンズはいった。「そうじゃありません。ただ、その、なんというか——とてつもなくアホくさい冗談で。それだけなんです」

「だれかがあなたに、とんでもないいたずらをしかけているわけですか」トミーが切り出してみた。

しかしモンゴメリー・ジョーンズはまたしても首を横に振った。

「それでは」とトミーは乗り出した体を優雅にもとへもどした。「どうか存分に時間をかけて、お好きなようにお話を願いましょうか」

ひとしきり間があった。

「ええと、ですね」ようやくジョーンズが口を開いた。「ディナーの席だったんです。ぼくはある女性の隣に座りました」

「ほう？」トミーは勇気づけるようにいう。

「そのひとは——ああ、なんといえばいいのか……でも、もう、ぼくがいままでに会った中で、最高に冒険好きな女性だってことはたしかなんです。オーストラリア人で、もう一人の女性とこちらに来て、クラージス・ストリートで一緒に部屋を借りてるんですが。ほんとうになんにでも挑戦したがる女性なんです。彼女がぼくにどんな作用を与えたか、とても口ではいえません」

「想像はできますわ、ジョーンズさん」タペンスが口をはさんだ。

モンゴメリー氏の悩みがなんであるかを引き出すとしたら、同情にあふれた女性の一言が必要である、と判断してのことにちがいない。

「わたしたちにもよくわかります」タペンスは励ますようにいった。

「それが、なにもかも、ぼくにはすごいショックだった」モンゴメリーはいう。「一人の女性にですよ——あんなに完全にやっつけられちまうなんて。ぼくにはべつの女性が一人いるにはいたんです——いや、じつは二人いました。一人はひどく陽気な女性だったけど、どうも彼女の顎が好きになれなかった。ダンスはすごく上手だったんですがねえ。それに子供のときからのつきあいなので、そういう点はまあ安心な気はしますよね。それからもう一人、いわゆる〝軽い〟女。遊ぶにはすごく楽しいんですが、そういうことがもとで始終喧嘩になるだろうし、いずれにしても、どっちとも結婚したいとは思わなくて、でも、結婚のことは考えてはいたんですよね。そうしたら――いきなり平手打ちを食らった――この女性の隣に座って――」

「世界ががらりと変わった」タペンスが感じ入ったような声を出した。

トミーはじれったそうに椅子の中でもぞもぞした。モンゴメリー・ジョーンズ氏のくどくどしい恋物語には、いい加減うんざりしてきたのである。

「うまいことをいうなあ」モンゴメリー・ジョーンズはいった。「まったくそんな感じでしたよ。ただ、彼女はぼくのことをあまり評価していない、と思うんですよ。そうは見えないかもしれないけど、ぼくはすごく頭がいいわけじゃないから」

「あら、謙遜なさりすぎてはいけませんわ」タペンスがいった。

「いや、わかっているんです、ぼくが大したやつじゃないことは」ジョーンズは愛すべき笑顔でいった。「彼女みたいな文句なしにすばらしい女性にとっては。だからこそ、今度のことはやり遂げなきゃならないと思うんです。ぼくのたった一つのチャンスなんですから。彼女はああいう勝負好きな女性なので、絶対に約束を撤回したりはしないでしょうから」

「もちろん、わたしたちはあなたの幸運をお祈りしますわ」タペンスは優しくいった。

「でもどうもよくわかりません、わたしたちに何をお望みなのか」

「あれっ」モンゴメリー・ジョーンズはいった。「ぼく、説明しませんでしたか？」

「いや」トミーはいった。「しておられません」

「こういうことなんです。ぼくたちは探偵小説について話し合っていた。ユーナ──というのが彼女の名前ですが──ユーナはぼくと同じくらい探偵小説に夢中でね。ぼくたちが話し合っていたのは、ある特別な小説だった。すべてが一つのアリバイにかかっているんです。それでぼくたちはアリバイとアリバイ工作のことを話し合った。それでぼくがいった──いや、彼女がいった──ええと、いったのはどっちだっけ？」

「そんなことはどっちだって、かまいません」タペンスがいった。

「ぼくはアリバイを作るのはえらく難しいよ、といったんです。彼女は不賛成で──ちょっと頭を働かせればできることだといいました。ぼくたちは議論に夢中になって興奮してしまい、最後に彼女がいいました。〝賭けをしましょうよ。わたしがだれにも崩せないアリバイを作ったら、あなたは何を賭ける？〟

〝なんでもきみの欲しいものを〟ぼくがそういって、すぐその場で話が決まりました。彼女はこの件についてはおっそろしく自信満々でした。〝絶対、わたしの勝ちよ〟彼女はいいます。〝そう断言するなよ〟ぼくはいいました。〝もしきみが負けて、ぼくが欲しいものをきみに要求したらどうする?〟彼女は笑って、〝これでも賭け事師のはしくれよ、なんでもあげるわ〟といったんですよ」

言葉を切って、さあどうです、といわんばかりの顔をしているジョーンズに、タペンスは訊かずにいられなかった。

「それで?」

「ねえ、わかりませんかねえ? ぼく次第なんですよ。あんなステキな女性にぼくのほうをむいてもらう、唯一のチャンスなんですよ。彼女がどんなに賭け事好きか、あなたには想像もつかないだろうな。去年の夏、ボートで沖に出たときだれかが、いくらきみだって服を着たまま海に飛びこんで岸に泳ぎつくのは無理だろう、って賭けたら、彼女、ほんとうにやってのけたほどなんですから」

「なんとも風変わりな依頼ですねえ」トミーはいった。「でもまだ、わたしにはよくのみこめませんが」

「すごく簡単なことです。あなたがたは始終、こういうことをやってるわけでしょう。

ニセのアリバイを調べたり、どこにアリバイの穴があるか見つけたり」

「ああ――ええ――そのことね」トミーはいった。「そういったことは、いろいろやっておりますよ」

「ぼくの代わりに、だれかにやってもらわなきゃ困るんです」モンゴメリー・ジョーンズはいった。「ぼく自身はこういうことがまったく苦手なんだから。彼女の尻尾をつかんでさえもらえたら、すべてうまくいくんです。あなたにとってはどうでもいいような仕事かもしれないけれど、ぼくにとっては一大事だし、お支払いする用意はあります――その――必要経費やその他もろもろの」

「ご心配なく」タペンスはいった。「ブラントさんは、きっとあなたのために事件を引きうけてくださるはずですから」

「もちろん、もちろん」トミーはいった。「とても気晴らしになりそうな事件です、いい気晴らしです、まったく」

モンゴメリー・ジョーンズはほっと安堵のため息をついて、ポケットから書類の束を取り出し、一枚を選んだ。「これなんです。彼女はこう書いています。〝わたしが同一時刻に二つの違う場所にいたという証拠を、お送りするわ。一つの証拠では、ソーホーの〈ボン・タン・レストラン〉でわたしが一人で食事をし、それからヨーク公劇場へ行き、その後友人のル・マルシャン氏とサヴォイで夜食をとったことになっています——でも同時に、わたしはその日トーキー（イングランド南西部の海岸保養地）のキャッスル・ホテルに泊まっていて、翌日の朝までロンドンには帰らなかった、という証拠もあるわ。この二つの話のうちのどちらがほんとうで、どうやってべつの証拠をつくることができたのか、これをつきとめてちょうだい〟」

「ね？」とモンゴメリー・ジョーンズはいった。「あなたにしていただきたいことが、これでわかったでしょう」

「とてもおもしろい問題です」トミーはいった。「大変素朴な問題でもあるし」

「これがユーナの写真です」モンゴメリー・ジョーンズはいった。「あなたに必要かと思って」

「彼女のフルネームは？」トミーが訊いた。

「ユーナ・ドレイクです。住所はクラージス・ストリート一八〇」

「ありがとう。ではあなたに代わって、調べてみましょう。近々いい報せをお届けできると思いますよ、モンゴメリー・ジョーンズさん」

「もう、ほんとうに、どう感謝していいかわからないくらいです」ジョーンズは立ちあがって、トミーの手をにぎった。「これでぼくの頭にのしかかっていた重荷がとれました」

トミーが依頼人を見送って奥のオフィスにもどってくると、タペンスは古典の蔵書の並ぶ本棚のそばに立っていた。

「フレンチ警部（クロフツの一連の推理小説に登場するスコットランド・ヤードの警部）ね」タペンスはいう。

「えっ？」とトミー。

「これは絶対にフレンチ警部的事件よ。いつもアリバイ崩しをやってるもの。手順はわかってるわ。とにかくシラミつぶしに当たっていくの。最初は問題なさそうにみえるけれど、綿密に調べていくにつれて、欠陥が見えてくるのよ」

「その点はたいして難しくないはずだ」トミーも納得した。「初めからどちらかがインチキだとわかっているんだから、この件の解決はほぼ確実だろうね。じつはそれがぼくは心配だなあ」

「心配することはなにもないと思うけど」

「ぼくが心配なのは、その女性のことさ」トミーはいった。「彼女は望むと望まないにかかわらず、あの青年と結婚するはめになってしまうだろうから」

「あなたねえ」とタペンスはいった。「くだらない心配をするものじゃないわ。女は見かけほど無鉄砲な賭けはしないものなのよ。あのちょっとおつむは弱いけれど愛すべき青年と結婚する決意がなければ、彼女はこんな勝負に自分自身を賭けるはずがないわ。でもね、トミー、もしこの賭けに彼が勝ったら、彼女ははるかに熱い情熱と深い尊敬を抱いて結婚できるのよ、彼にもっと安直な道を用意しなきゃならない場合よりもね」

「きみって人は、なんでもわかってるつもりらしいね」夫はいった。

「だってそうだもの」タペンスはいった。

「じゃあ、資料を検討するか」トミーは書類を引き寄せた。「まず写真――ふむ――なかなかの美人じゃないか――それに写真の質もいい。鮮明だし、特徴がよくわかるね」

「ほかの女性の写真も手に入れる必要があるわ」タペンスがいった。

「どうして」

「警察はかならずそうするじゃない。ウェイターに四、五枚見せると、正しいのを一枚選んでくれるのよ」

「そうかな」トミーがいった。「正しいのを選ぶかどうか、ってことだけど」

「でも、本ではそうなってる」タペンスはいう。

「残念ながら、現実はフィクションとはかなりちがうと思うよ。ええと、ほかには何があるかな？　ふん、こっちがロンドン関係だ。〈ボン・タン〉で食事したのが七時半。その後、ヨーク公劇場へ行って《デルフィニウムの青》という芝居を観ている。チケットの半券も同封してあるね。それからル・マルシャン氏とサヴォイで夜食。この男性に会ってみることはできるんじゃないかな」

「会ってもなにもわからないわよ」タペンスはいう。「だって彼が彼女に協力しているとしたら、簡単にしゃべるわけないでしょ。彼のいうことをかたっぱしから洗ってみるのはいいわね」

「こっちはトーキー関係だ」トミーはつづけた。「パディントン駅を十二時に出て、〈レストラン・カー〉で昼食、レシートが添えてある。その晩はキャッスル・ホテルに宿泊。これもまた、領収書つき」

「どれもちょっと弱いわね。劇場のチケットはだれだって買えるわ、劇場のそばへ行く必要もないのよ。彼女はトーキーへ行った、ロンドンの証拠はニセモノよ」

「だとすれば、ぼくらにとってこんなラクチンなことはないね。とりあえず、ル・マルシャンに会いに行ってみようか」

ル・マルシャン氏は爽やかな青年で、二人を見てもたいして驚かなかった。

「ユーナがなにか企んでるんでしょう?」彼は訊いた。「なにをやりだすかわからない娘《こ》なんです」

「ル・マルシャンさん、あなたは先週の火曜日の夜、ユーナ嬢とサヴォイで夜食をお取りになったそうですね」

「そのとおりです」ル・マルシャン氏はいった。「その日が火曜日というのはあのときユーナに念を押されたし、手帳に書きとめてちょうだいとまでいわれたので、たしかです」

彼はやや誇らしげに、薄い鉛筆で書きこまれている個所を見せた。〝ユーナと夜食。サヴォイ。十九日、火曜日〟

「ユーナさんは、その前にはどこにいらしたんでしょう？　ご存知ですか」

「《ピンクの芍薬《しやくやく》》とかなんとかいう、くだらない舞台を観てたんです。お涙ちょうだいのひどい代物だったといってました」

「その晩あなたがユーナさんといたことに、まちがいはありませんか」

ル・マルシャンは彼をじっと見つめた。

「ええ、もちろん。さっきからそういってるでしょう」

「彼女から、そういうように頼まれたんじゃありません？」タペンスが口をはさんだ。

「そういわれれば、彼女はとてつもなく妙なことをいいましたね。彼女は――ええと、なんだったっけ？〝あなたはいまここでわたしと夜食をとっていると思っているでしょうけど、ほんとうのわたしは二百マイル離れたトーキーで夜食をとってるのよ〟こんなことをいうなんて、すごく変でしょう？　まるで霊体かなにかみたいだ。さらにおかしなことに、友達のデッキー・ライスというやつが、あっちで彼女を見かけたらしいんです」

「ライスというのは？」

「ただの友達ですけどね。彼はトーキーにいる伯母さんの家に泊まってたんです。いつももう死ぬようなことばかりいって、全然死なないおばあちゃんなんですけど。デッキーは義理堅い甥を演じに行ってたんです。彼はいってました。〝あのオーストラリア人の女の子を見かけたんだよ――ユーナなんとかいったっけ？　近づいて話しかけたかったんだが、伯母さんが車椅子に乗ってる老婦人とおしゃべりをしたがったんで、行けなかった〟ぼくがそれはいつかと訊くと、〝火曜日の、お茶の時間のころだったかな〟というんです。ぼくはもちろん、彼にまちがいじゃないか、といいましたが、でもこれって妙でしょう？　あの晩に彼女がトーキーのことをいっていたのを考え合わせると」

「とても妙ですね」トミーはいった。「ル・マルシャンさん、だれか顔見知りの人が、サヴォイのあなたがたの近くで食事をしていなかったでしょうか」

「隣のテーブルに、オグランダーという一家がいましたね」

「その人たちはユーナさんのことをご存知ですか」

「ええ、知っています。すごく親しいというほどの関係じゃありませんが」

「さて、これ以上お話しくださることがないようでしたら、わたしたちはこれで失礼することにしましょう」

トミーは通りに出るなりいった。「あの若者が飛びきりの嘘つきでないかぎり、真実を語っているようだ」

「そうね」とタペンスはいった。「わたし、意見を変えるわ。なんとなく、ユーナ・ドレイクはその晩サヴォイで夜食をとったような気がしてきたの」

「今度は〈ボン・タン〉に行ってみようよ」トミーがいった。「ひもじい探偵たちにちょっとした食い物を与えるのは、理にかなったことだし。その前に、何人かの女性の写真を調達しよう」

これは思ったよりずっと厄介だった。写真屋に入って何人かの写真がほしいといったら、冷ややかに拒否されたのだ。

「小説ではあんなに簡単で単純なことが、現実ではどうしてこうもややこしくなるのかしら」タペンスが泣き言をいった。「いかがわしい者でも見るようなイヤな顔をされちゃったわ。わたしたちが写真をなにに使うと思ったのかしらね？　これじゃ、ジェーンのアパートメントを襲うしかないわ」

　タペンスの友人ジェーンは、大らかな人柄であることを証明し、タペンスに勝手に引出しをかきまわしてかつての友達の写真を四枚選び出すのをゆるしてくれた。いずれも短期間に親しくなってまたすぐ視野からも記憶からも消えてしまった友人ばかりだった。

　この美女軍団で守りを固めると二人は〈ボン・タン〉へと前進したが、ここでは新たな難問と多額な出費が彼らをまちかまえていた。トミーはウェイターを替わりばんこに一人ずつつかまえてチップを与えたうえで、写真を取り出さなければならなかった。結果は思わしくなかった。写真のうちの少なくとも三人が、火曜日に店で食事をしたというありがたい出発となったからだった。それから二人はオフィスにもどり、タペンスは『ABC旅行案内』の時刻表に没頭した。

「パディントン発十二時。トーキー着は三時三十五分だわ。これに乗って行けば、ル・マルシャンの友人のサーゴ（ヤシの髄からとれる澱粉）だかタピオカ（カッサバからとれる澱粉）だかが彼女を見かけたお茶の時間には、ちゃんと間に合う」

「彼の言葉はまだ裏付けがとれてないよ」トミーはいった。「最初にきみもいったけど、ル・マルシャンがユーナ・ドレイクの友達なら作り話をするかもしれない」

「おっと、わたしたちが捜すのは澱粉じゃなくてライスって人だわ」タペンスはいった。「でも、これはわたしの勘だけど、ル・マルシャンはほんとうのことをいってるような気がするの。そうじゃなくて、今わたしが考えてるのはこうよ。ユーナ・ドレイクは十二時の汽車でロンドンを離れ、おそらくホテルに着いて荷解きをする。それからすぐまた汽車で折り返し、サヴォイの夜食に間に合うようにロンドンにもどる。四時四十分発、九時十分パディントン着の列車があるわ」

「そのあとは？」トミーは訊いた。

「そのあとはね」タペンスは額に皺を寄せた。「ここはちょっと難しいわ。パディントンを真夜中に出発する汽車があるにはあるけど、夜食をすませてからではとても間に合わないわね」

「車を飛ばせば」とトミーが提案した。

「うーん」タペンスがうなった。「ほぼ二百マイルあるわよ」

「オーストラリア人は無謀運転をするというからね」

「ええ、走れなくはないと思う」とタペンス。「朝の七時にはむこうに着くわ」

「すると、彼女が人に見られずにベッドにもぐりこんだ、ということになるよね？　それとも、一晩中外をうろついていたんだけれども、一泊ぶんの請求書をくださらない？といったか」

「トミー、わたしたちってバカねえ。彼女はトーキーにもどる必要なんかないのよ。あそこのホテルに行って彼女の荷物をまとめ、勘定を払ってくれる友達がいさえすればいいんだわ。そうすればちゃんと日付の入った領収書が手に入るのよ」

「うん、概してぼくらは非常にしっかりした仮説をたてていると思うね」トミーがいった。「次は明日十二時の列車をつかまえてトーキーまで行き、ぼくらのすばらしい結論を検証することだ」

翌朝、トミーとタペンスは写真をいれた紙ばさみをたずさえて、時間どおりに一等車に乗り込み、二回目の昼食に予約をとった。

「食堂車の係はたぶん人が替わってるよ」トミーがいった。「そこまでの幸運は期待できないだろうね。目当ての係員に出会うまでには、何度もトーキーとのあいだを往復しなきゃなるまい」

「アリバイ崩しってすごく骨が折れるのねえ」タペンスがいう。「小説だと、ほんの半ページもあれば片付くのに。××警部がトーキーまで汽車に乗って食堂車の車掌に質問すれば、それで一件落着なのに」

しかし、若夫婦はここで初めて幸運にめぐり合った。昼食の勘定書きを持ってきた車掌が二人の質問に答えるうちに、先週の火曜日にも勤務についていたことがわかったのである。トミーのいう十シリング攻勢が導入され、タペンスが紙ばさみを取り出した。

「教えてほしいんだが」トミーがいう。「先週の火曜日に、この女性たちのだれかがこの食堂車でお昼を食べなかっただろうかね」

最高の探偵小説に出てきてもよさそうな感じのいい態度で、車掌はすぐにユーナ・ドレイクの写真を指差した。

「はい、この女のかたでしたら憶えておりますよ、火曜日だったことも。といいますのはこのかたご自身が、火曜日はわたしにとって一週間のうちでいちばん運のいい日なの、とわざわざおっしゃったんですから」

「ここまでは上々ね」コンパートメントにもどりながら、タペンスはいった。「きっと彼女はホテルにもちゃんとチェックインしてるわ。ちょっと難しいのは、彼女がロンドンに引き返したことの証明だけれど、でもたぶん駅のポーターが一人くらい彼女を憶えてるんじゃないかしら」

しかし駅では空振りで、上り列車のプラットホームにわたったトミーは改札係やさまざまなポーターにも訊いてみた。質問の前に半クラウンを配ったあげく、これに似た人が午後四時四十分の汽車でロンドンにむかったような、おぼろげな記憶があるといって別人の写真を選んだポーターが二人いただけで、ユーナ・ドレイクを憶えていたものは一人もいなかった。

「でも、これではなにも証明されたことにはならないわ」タペンスは駅を出ながらいった。「彼女は汽車に乗ったのに、だれも気がつかなかったのかもしれないし」

「べつの駅から乗った可能性もあるな、たとえばトーレとか」

「大いにありうるわ。でもそれはホテルに行ってから調べられるでしょう」

キャッスル・ホテルは海を見晴らす大きなホテルだった。一晩宿泊する部屋を頼んで宿帳に署名してから、トミーは楽しげにいった。

「先週の火曜日にぼくたちの友人がここに泊まったはずなんだ。ユーナ・ドレイクという女性だけどね」

フロントにいた若い女がにっこりほほえみかけた。

「ええ、よく憶えております。オーストラリアの若い女の方でしょう」

トミーからの合図を受けて、タペンスが写真を取り出した。

「この写真、とても魅力的に撮れてるでしょ？」タペンスはいった。

「ええ、とてもステキ、ほんとうにステキなかたですわね、とてもしゃれていて」

「彼女、長く泊まっていきましたか？」トミーは訊いた。

「一晩だけでした。翌朝の特急でロンドンにお帰りに。はるばるいらして、一晩だけではもったいない、という気がしましたけれど、でもオーストラリアの方にとっては旅行はちっとも苦にならないんでしょうね」

「彼女はじつに挑戦好きな女性でね、いつでも冒険をしてるんだよ。ここでじゃなかったっけ、友人たちと食事に出かけたあと車でドライヴに行き、溝に車を突っ込んじまって朝まで帰れなかったのは？」

「いえ、そんなことは」と若い女はいった。「あの日、ドレイク様はホテルでディナーをおとりになりました」

「えっ、それはたしか？　つまり、どうしてそういえるんだい？」トミーは訊いた。

「わたし、あの方をお見かけしましたもの」

「ぼくは彼女が友人とトーキーの街で食事したと聞いてたんで、尋ねたんだ」トミーは説明した。

「あら、いいえ、ここでなさいました」若い女は笑って、ちょっと顔を赤らめた。「あの方がとってもかわいらしくてステキなワンピースを着ていらしたので、憶えているんです。全体にパンジーの花を散らした、今流行のシフォンのワンピースでした」

「タペンス、これじゃあお手上げだね」二階の客室に案内されると、トミーはいった。

「ほんとだわ」タペンスもいった。「もちろん、あのひとが見間違えた可能性も残されているけど。ディナーのときのウェイターに尋ねてみましょうよ。この季節にはお客はそう多くないはずだし」

今度はタペンスが攻撃の口火を切った。

「先週の火曜日に、わたしの友達がここに来なかったかしら？」彼女はウェイターに笑顔で魅力を振りまいた。「ミス・ドレイク、パンジーの模様のワンピースを着てたと思うけれど」と写真を取り出した。「この人よ」

ウェイターはすぐにわかってにっこりした。

「はい、はい、ドレイク様ですね、よく憶えております。オーストラリアから来たと話してくださいました」

「彼女はここでディナーを？」

「ええ。先週の火曜日でした。食事の後で街でなにかすることはないか、とお尋ねになりましたね」

「それで？」

「パヴィリオン座という劇場があるとお教えしました。でも結局行かないことになさって、ホテルでオーケストラをお聴きになりました」

「ええい、くそっ！」トミーは腹の中で舌打ちした。

「彼女が何時に食事をしたか、憶えてらっしゃる？」タペンスが訊く。

「食堂に下りていらしたのは、ちょっと遅めでしたね。八時ごろだったと思います」

「まったく、もう、最悪」トミーと一緒に食堂を離れながら、タペンスはいった。「トミー、これじゃあわからなくなる一方だわ。あんなにすっきりして楽しい仕事だと思えたのに」

「物事は簡単にはいかないことを、覚悟してかかるべきだった」

「ディナーのあとで彼女が乗れる列車はないのかしら?」

「サヴォイに間に合うようロンドンに到着する汽車は、ないよ」

「じゃあ、最後の頼みの綱。客室係のメイドに訊いてみるわ。ユーナ・ドレイクはわたしたちと同じ階に部屋をとってたんだから」

客室係はおしゃべりで情報通の女だった。ええ、このお嬢様ならよく憶えてます。たしかにそれはあの方のお写真です。とてもいい方で、とても陽気で話好きでした。オーストラリアやカンガルーのことをいろいろ話してくださいましたね。

この若い女性は九時半ごろにベルを鳴らして、湯たんぽにお湯を満たしてベッドに入れてくれといい、朝は七時半に起こし――紅茶ではなくコーヒーを持ってくるようにいったという。

「朝起こしにいったとき、彼女はベッドにいたのかしら?」タペンスが訊いた。

「ええ、それは、もちろん」

「あ、そう、ちょっとトレーニングかなにかしてなかったかと、思っただけなの」タペンスは口からでまかせをいった。「朝早くトレーニングする人がいっぱいいるでしょ」

「どうやらこっちは決定的なようだな」客室係が立ち去ると、トミーはいった。「ここから引き出せる結論は一つしかない。まやかしはロンドンのほうにあるにちがいないよ」

「ル・マルシャンはわたしたちの思いもかけない嘘の名人なのかも」タペンスもいった。

「彼の説明をチェックする方法が一つある。あの晩、隣のテーブルにユーナと顔見知りの客が座っていた、と彼はいったよね。名前はなんだっけ――そう、オグランダーだ。オグランダー家を見つけなきゃ。それからクラージス・ストリートのユーナのアパートメントでも聞き込みをやらなくちゃ」

翌朝、二人は勘定を払うと、いささか打ちしおれてホテルを後にしたのだった。

電話帳を引くと、オグランダー家は簡単に見つかった。ここはタペンスが攻勢にでることにし、新しく発行するイラストレーション入りの新聞記者になりすました。オグランダー夫人を訪問して、火曜の夜のサヴォイでの〝しゃれた〟夜食会について、二、三細かいことを伺いたいといったのである。細かいことを教えるのに、オグランダー夫人は大喜びで協力してくれた。立ち去り際にタペンスは、ふと口をすべらしたかのようにつけ足した。「ええと、あなたの隣のテーブルにドレイク嬢が座ってらしたんじゃありません？　彼女がパース公爵と婚約なさったって、ほんとうですかしら？　もちろん、彼女のことはご存知ですわね」

「顔見知り程度よ」オグランダー夫人はいった。「とてもかわいらしい方だと思うわ。ええ、ル・マルシャンさんと一緒に、隣のテーブルに座ってらしたわよ。あのお嬢さんとは、わたしより娘たちのほうが親しいの」

タペンスの次の訪問先はクラージス・ストリートのアパートメントだった。ここで彼女は、ユーナ嬢と一緒に部屋を借りている友人のマージョリー・レスターに迎えられた。

「これはいったいどういうことなんです？」レスターは情けなそうに訊いた。「ユーナがまたとんでもないことを企んでいるみたいですけど、わたしにはさっぱり。もちろん、火曜日の夜はここで寝ましたよ」

「彼女が帰ってきたとき、姿を見ました？」

「いいえ、わたしはもう寝ていましたから。彼女は自分のキーを持ってますし。帰ってきたのは、たぶん一時ごろだと思います」

「あなたが彼女に会ったのは？」

「それは、翌朝の九時ごろ――もしかしたら、十時近くだったかもしれないわ」

アパートメントを出ようとしたタペンスは、ちょうど入ってきた痩せぎすの女とぶつかりそうになった。

「おっと、ごめんなさいね、お嬢さん」痩せた女はいった。

「ここで働いている方？」タペンスは訊いた。

「ええ、毎日通いでですけど」

「朝は何時に出勤なの？」

「勤務時間は九時からです」

タペンスは急いで半クラウンを痩せた女の手ににぎらせた。

「先週の水曜日の朝だけれど、あなたが来たときドレイクさんは部屋にいた？」

「ええ、もちろん、いらっしゃいましたよ。ぐっすりお休みで、わたしが紅茶を運んでも目を覚まさなかったほど」

「ありがとう」タペンスはしょんぼりして階段を下りた。

昼食はトミーとソーホーのちいさなレストランで食べることにしてあったので、二人はそこで調べたことを突きあわせた。

「ライスという男に会ってきたよ。彼がトーキーで遠くからユーナ・ドレイクを見かけた、というのはほんとうだった」

「ねえ、彼女のアリバイは全部裏付けをとったわけよね。ちょっと紙と鉛筆を貸してちょうだい、トミー。探偵たちがみんなするように、わたしたちもきちんと書いてみましょうよ」

午後一時半　ユーナ・ドレイク、トーキー行きの列車の食堂で目撃される
午後四時　キャッスル・ホテルに到着
午後五時　ライス氏に目撃される
午後八時　ホテルで食事
午後九時半　ホテルで湯たんぽを頼む
午後十一時半　ロンドンのサヴォイでル・マルシャン氏と一緒のところを目撃される
午前七時半　キャッスル・ホテルの客室係に起こされる
午前九時　クラージス・ストリートの部屋で、通いの家政婦に起こされる

二人は顔を見合わせた。

〝ブラントの腕利き探偵たち〟も降参、って感じだな」トミーがいった。

「あら、あきらめちゃダメよ」タペンスはいった。「だれかが嘘をついているにきまってるんだから！」

「妙なんだが、ぼくにはだれも嘘をついていないような気がしてならないんだ。みんなとても信頼できる人たちで、率直に語ってくれているようにみえる」

「でもどこかにまやかしがあるんだわ。あることはわかってるのよ。自家用飛行機、みたいなこともいろいろ考えられるけど、それでは解決にはつながらないしねえ」

「ぼくは霊体の理論に傾きつつあるね」

「しかたがない、謎は頭の隅において寝ましょうよ。眠っているあいだに潜在意識が働いてくれるわ」

「ふん」トミーは鼻をならした。「明日の朝までに完璧にこの謎をといてくれたら、潜在意識に脱帽するけどね」

その晩中、二人は黙り込んでいた。タペンスは何度も何度も時刻表を読み返した。紙切れになにやら書き留めもした。ぶつぶつぶやきながら、眉に皺を寄せて鉄道案内とにらめっこもした。しかし結局、二人は難問へのなんの光明も見出せぬまま、立ちあがってベッドにむかうしかなかった。

「くさるよなあ」とトミー。

「こんな惨めな晩は初めてよ」とタペンス。

「ミュージック・ホールにでも行けばよかったよ。姑だの双子だのビール瓶だのをネタにしたギャグを聞いてるほうが、はるかにためになったはずだからね」

「そんなことないわよ、この集中力が最後には力を発揮するんだわ。これから八時間、わたしたちの潜在意識はものすごい勢いで働いてくれるはずよ！」この希望的観測をあてにして、二人はベッドに入った。

「どう、潜在意識は解決してくれた？」翌朝、トミーはいった。

「思いついたことがあるわ」タペンスはいった。

「ほう。どんなこと？」

「ちょっと滑稽なことよ。探偵小説で読んだようなこととはまるでちがうの。じつはあなたがわたしの頭に吹き込んだ思いつき」

「じゃあいい考えなんだ」トミーは言い切った。「さあ、タペンス、教えてくれよ」

「確認するために電報を打たなきゃ」とタペンスはいった。「だめ、今は教えてあげない。完全な当てずっぽうだから。でも事実にぴったりくるのはそれしかないのよ」

「じゃあ、ぼくはオフィスに行くよ」トミーはいった。「部屋いっぱいの依頼人を失望させておくわけにいかないから。この事件は有能な助手の手にゆだねることにしよう」

タペンスはうれしそうにうなずいた。

彼女は丸一日、オフィスに姿を見せなかった。トミーが五時半ごろに自宅に帰ってみると、有頂天ではしゃいでいるタペンスが待ち構えていた。

「やったわよ、トミー。アリバイの謎をついに解いたわ。わたしたちはモンゴメリー・ジョーンズさんから、あの半クラウンや十シリングのチップを全部請求できるし、探偵料もたっぷり要求できるのよ。それに彼はすぐにも恋人を手に入れられるの」

「正解はなんなんだ？」トミーはおもわず叫んだ。

「もう、まったく単純なこと」タペンスはいった。「双子よ」

「どういう意味だい——双子とは」

「だって、そうなのよ。それ以外に正解はないわ。ゆうべあなたが、姑だの双子だのビール瓶だのっていったので、それが頭に残ってたのよ。オーストラリアに電報を打ったら、期待どおりの情報が返ってきたわ。ユーナにはヴェラという双子の妹がいて、先週の月曜日にイギリスにやって来たのよ。だからユーナは自分からこんな賭けをすることができたの。気の毒なモンゴメリー・ジョーンズさんをびっくりさせてやろうというい たずら心だったんじゃないかしら。妹のほうがトーキーへ行き、自分はロンドンに残ったわけね」

「彼女は負けてひどく落ち込むとは思わないか？」トミーが訊いた。

「全然思わない。わたしの考えは前に話したでしょ。彼女はモンゴメリー・ジョーンズを褒め称えるはずよ。結婚生活の基本には、夫の能力にたいする尊敬がなければならない、わたしはつねづねそう思ってるんですからね」

「ぼくがきみにそういう気持ちを起こさせたと思うとうれしいよ、タペンス」

「でも、ほんとうに満足のいく解答とはいえないわねえ」タペンスはいった。「フレンチ警部みたいに、巧妙なアリバイの穴を暴いたわけじゃないんだもの」

「そんなことはないさ」トミーはいった。「ぼくがレストランのウェイターに写真を見せたところなんか、まさにフレンチ警部顔負けだったと思うよ」

「彼だったら、半クラウン銀貨や十シリング紙幣をあんなにばらまく必要はなかったわ。あなたはずいぶんばらまいたようだけど」

「気にするな」トミーはいった。「全部、モンゴメリー・ジョーンズに上乗せして請求できるんだから。彼は頭がぽうっとなるほど歓喜にひたっているだろうから、値切ったりせずに高額の料金を払ってくれるさ」

「まあ、そうでしょう」タペンスもいった。「〝ブラントの腕利き探偵たち〟はすばらしい成功をおさめたわけよね？　ああ、トミー、わたしたちってものすごく頭がいいと思わない？　ときどき怖くなるほどよ」

「次の事件はロジャー・シェリンガム風でやろうよ。タペンス、きみがシェリンガム役だ」

「だったら、おしゃべり屋にならなきゃね」

「きみは生まれつきそうじゃないか」トミーはいった。「ところで、ゆうべぼくが持ち出した計画をこれから実行しないか？　ミュージック・ホールへ繰り出して、姑やビール瓶や双子についてのギャグをたっぷり楽しもうよ」

牧師の娘

The Clergyman's Daughter

「ああ」とタペンスは不機嫌そうにオフィスを歩き回りながら声をあげた。「わたしたち、牧師の娘を助けてあげられたらいいのにねえ」

「そりゃまた、どうして」トミーが訊いた。

「あなたはこの事実をお忘れかもしれないけれど、わたし自身、牧師の娘だったのよ。それがどういうものか、よく憶えてるわ。それゆえの、この人に尽くさなければという気持ち——この他人への思慮ぶかい共感——この——」

「きみはロジャー・シェリンガムになりきろうとしているわけだね」トミーはいった。「一言、批評をお許しいただけるなら、きみは彼同様に雄弁ではあるが、表現においてははるかにおよばない」

「とんでもない」タペンスは黙っていない。「わたしの会話には女らしいふくみがあるの、粗野な男にはとうてい無理な、いわくいいがたい味《ジュ・ヌ・セ・クワ》があるのよ。そのうえにわたしには能力がある、わたしのお手本にはなかった力が——お手本って言葉もどうかしら？　言葉はとても不確実なものだから、妥当な言葉のように聞こえても、使う人の想いと正反対の意味を伝えてしまうことがよくあるわね」

「つづけたまえ」トミーはご親切にもそううながした。

「つづけるところじゃないの。息をするために間が開いただけよ。この能力に関していうと、今日は牧師の娘の力になることがわたしの望みなの。見てらっしゃい、トミー、〝ブラントの腕利き探偵たち〟に助けを求めてやってくる人たちのリストの一番目は、牧師の娘だから」

「賭けてもいい、絶対にそんなことはないね」トミーはいった。

「のるわ」タペンスがいった。「しっ！　タイプライター打たなきゃ、大変！　人が来る」

　ブラントのオフィスが忙しそうな音に満ちたところで、アルバートがドアを開けて知らせた。

「モニカ・ディーンさんがおみえです」

ほっそりした、茶色の髪の、ややみすぼらしい身なりの娘が入ってきて、もじもじしながら立ち止まった。トミーが進み出た。

「おはようございます、ディーンさん。おかけになって、どういうご相談かお話しくださいませんか？　秘書のミス・シェリンガムを紹介しておきましょう」

「お近づきになれてうれしいですわ、ディーンさん」タペンスがいった。「あなたのお父様は教会のお仕事をなさっていらしたのでしょう？」

「ええ。でも、どうしてそれをお知りになったんです？」

「それはね、わたしたちなりの方法があるからです」タペンスはいった。「わたしのおしゃべりを、気になさらないでね。ブラントさんはこれを聞くのがお好きなんです。聞いているとアイデアが浮かぶとおっしゃって」

娘はじっとタペンスを見つめた。すらりとした体つきで、美人というのではないが、どこか憂《うれ》いをおびた愛らしさがある。優しい灰色がかった茶色の髪はふさふさしていて、ダークブルーの瞳はとてもチャーミングだが、そのまわりの黒ずんだ隈は悩み事か心配があることを物語っている。

「事情を話していただけませんか、ディーンさん」トミーがいった。

娘はほっとしたように彼に顔をむけた。

「長くて、まとまりのない話なのですけれど」娘は話し始めた。「わたしはモニカ・ディーンともうします。父はサフォークのリトル・ハムスリーで教区牧師をしていました。三年前に亡くなってから、残された母とわたしの生活はとても苦しいものになりました。わたしは住み込みの家庭教師の職をえて家を出たのですが、母が不治の病に倒れたものですから、わたしはやむなく看病にもどりました。どん底の貧乏暮らしでしたけれど、ある日、父の伯母が亡くなって彼女の財産はすべてわたしに遺されている、という手紙を弁護士の方から受け取ったのです。この伯母のことはたびたび聞かされておりました。何年も前に父と仲たがいをしたこと、とても裕福な暮らしをしていたことなど。ですから、これでわたしたちの苦労も終わるような気がしたのです。でもわたしたちが望んだような展開にはなりませんでした。彼女が住んでいた家は相続したものの、わずかな相続税などを払ったらお金は全然残りませんでした。お金は戦争中に失くしてしまったにちがいありません、もしかしたら生活費に充てていたのかもしれませんが。それでもわたしたちは家を手に入れ、ほとんど時をおかずに、かなり有利な金額で売れそうなチャンスがめぐってきました。それなのに、愚かだったかもしれませんが、わたしは断わったのです。わたしたちは家賃の高いわりに狭苦しいところを間借りしていたので、この〈赤い館〉に住めたらどんなにいいかと思ったからです。母も居心地のいい部屋で過ごせるし、お客を泊めて経費に充てることもできます。

家を買いたいという紳士はさらにいい条件を申し出てこられたのに、わたしはこの計画にこだわりました。わたしたちはそこに引っ越して、泊まり客を求める広告を出しました。しばらくは大変うまくいきました。広告を見て何人もの方が泊まってくださったし、伯母の古くからの使用人が家に残ってくれていましたから、家事は彼女とわたしが分担していたしました。するとまもなく、考えられないようなことが起こりはじめたのです」

「どんなことです？」

「とても奇妙なことなんです。まるで家全体が魔法にかかったみたいな。壁の絵が落ちたり、陶磁器類が部屋の反対側まで飛んで割れたり。ある朝わたしたちが二階から下りてきたら、家具が全部移動していたこともあります。最初はだれかのいたずらだと思ったのですが、その解釈は捨てなければならなくなりました。みんなで食堂に座っているとき、頭上でガチャンとものすごい音がすることが何度もありました。二階に駆け上がってみると人影はなく、家具のひとつが荒っぽく地面に投げ捨てられているのです」

「ポルターガイストね」タペンスが興味をひかれた様子で声を上げた。

「ええ、オニール博士はそうおっしゃるんです――わたしにはなんのことかわかりませんけど」

「いたずらをする悪霊のようなものよ」タペンスは説明したが、じつはこの件についての知識はほとんどなく、〝ポルターガイスト〟という言葉が正しいのかどうかさえ自信がないのだった。

「とにかく、わたしたちは壊滅的な打撃をうけました。泊まり客は怯えきって、すぐに引き払ってしまいます。新しくお客が入っても、またあわてて出て行く始末です。わたしが打ちのめされていると、追い討ちをかけるように、わずかな収入も途絶える事態となりました——投資していた会社が倒産してしまったのです」

「まあ、お気の毒にね」タペンスは同情をこめていった。「どんなにおつらいでしょう。ブラントさんに、その〝超常現象〟を調査してほしくていらしたんですわね？」

「そうともいえません。じつは、三日前に一人の男の方が訪ねてみえました。オニール博士という方です。自然科学研究協会のメンバーで、お宅の家を支配している奇妙な心霊現象のことを耳にしてとても興味をひかれた、とおっしゃるのです。だからこの館を買い取ってここで一連の実験をつづけてみたい、と」

「それで？」

「もちろん、最初はうれしくて我を忘れるほどでした。苦境から抜け出せるように思えたのです。でも――」

「でも？」

「たぶんあなたは、わたしを思いこみのはげしい女と思われるでしょう。そうかもしれません。でも――ああ、これだけは間違いではありません。同一人物だったのです！」

「だれと同一人物なんです」

「最初に買いたいといってきた男の人と。ああ！　絶対にたしかです」

「同一人物では、なぜいけないのです」

「おわかりになっていらっしゃらないのね。二人の男はまったくちがうんです、名前からなにから。最初の男はかなり若々しくて、独身で、髪も目も黒くて、三十くらいでした。オニール博士は五十がらみ、猫背で、ごま塩の口髭を生やしてメガネをかけています。話をする間に口の片側に金歯があるのが見えました。笑ったときだけ見えるのです。もう一人の男もまったく同じところに金歯があったのを思い出し、わたしは彼の耳を観察しました。もう一人の男の耳にはほとんど耳たぶというものがなく、とても変わった形だと思ったのを憶えていたからです。オニール博士もまったく同じでした。二つも偶然が重なるなんて、ありえないと思いませんか？　わたしは考えに考えぬいた末に、一週間以内に返事をすると彼に手紙を書きました。すこし前にブラントさんの事務所の広告を目にしていました――じつは台所の引出しに敷いてあった古新聞で、なんですけれど。そこでそれを切りぬいてロンドンまで出かけてきたんです」

「あなたの考えは正しいわ」タペンスは勢いよくうなずきながらいった。「この件は調査が必要です」

「大変興味ぶかい事件ですね、ディーンさん」トミーは冷静に意見をのべた。「あなたのために喜んで調査しましょう――どう、ミス・シェリンガム？」

「そうですとも」タペンスはいった。「それも徹底的にやりますからね」

「館に住んでおられるのは」トミーはつづけた。「あなたとお母様と使用人が一人、でしたね。使用人について、特徴などを話してください」

「クロケットという女性です。八、九年伯母に仕えていました。年配で、あまり態度はよくないのですけど、仕事はよくやってくれます。姉が身分ちがいの人と結婚していたせいで、お高くとまる癖があるのです。彼女には甥が一人いるそうで、いつもわたしたちに〝立派な紳士だ〟といっています」

「ふむ」トミーがこういったのは、どうあとをつづければいいのか途方に暮れたからだった。

モニカを鋭く観察していたタペンスが、いきなりびしりときめつけた。

「いちばんいいのは、ディーンさんがわたしとお昼を食べに行くことだわ。ちょうど一時でしょ。詳しいお話はわたしが聞きます」

「それがいい、ミス・シェリンガム」トミーはいった。「すばらしい計画だ」

近くのレストランのちいさなテーブルに二人が心地よく腰を落ちつけると、タペンスはいった。「ねえ、あなた。知りたいことがあるの。この件についてどうしても調べたいと思う特別な理由が、あなたにはあるのかしら？」

モニカは顔を赤くした。

「それは、その――」

「いっておしまいなさいな」タペンスはそそのかすようにいった。

「ええ――二人いるんです――その――わたしと結婚したがっている人が」

「よくある話よね？　一人はお金持ち、もう一人は貧乏。でもあなたが好きなのは貧乏なひと！」

「どうしてなにもかもわかってしまうんでしょう、あなたには」娘はつぶやいた。

「それはね、自然の法則なのよ」タペンスは説明した。「だれにでも起きることなの。わたしのときもそうだったわ」

「おわかりでしょうけど、家を売っても生活できるほどのお金にはなりません。ジェラルドはいい人ですけれど、どうにもならないほどお金がなくて――でも、とても頭のいい技師なんです。彼に多少の資本さえあれば、彼の会社が共同経営者にしてくれるというのですが。もう一方のパートリッジさんも、善良な方にちがいないと思いますし――豊かですから、彼と結婚すればわたしたちの苦労はすべて解決するのです。でも――でも――」

「わかるわ」タペンスは優しくいった。「まったく別のことですものね。彼がどんなに善良で価値のある男かを自分に言い聞かせ、足し算みたいに彼の長所を加えていっても――結局は気持ちが冷えることになるだけよ」

モニカはうなずいた。

「いいわ」とタペンスはいった。「お宅の近くへ行って現地の状況を調べてみましょう。住所はどちら？」

「ストゥアトン・イン・ザ・マーシュの〈赤い館〉です」

タペンスは手帳に住所を書き留めた。

「お聞きしませんでしたけど」モニカが言い出した――「料金は――」ちょっと顔を赤らめていた。

「うちの料金は厳格に結果しだいです」タペンスは重々しくいった。「〈赤い館〉の謎が利益に関わるようなものなら——相手がその家を手に入れようと熱心に手を替え品を替えしているところをみるとそうらしいけど——それに応じて少額の歩合をいただきます。でも利益がなければ——一切必要ないわ！」

「ありがとうございます」娘は感謝をのべた。

「だからもう、心配しないで。なにもかも、きっとうまくいくわ。面白い話でもしながら食事を楽しみましょうよ」

〈王冠と錨〉亭の窓から外を眺めながら、トミーはいった。「ついにやってきたぞ、穴《トー》の中のヒキガエル《ド・イン・ザ・ホール》——とかなんとかいうこのいまいましい村へ」

「事件を整理してみましょうよ」タペンスはいった。

「いいとも。まずぼくの見解をのべさせてもらうと、ぼくは病気の母親があやしいと思う」

「なぜよ？」

「いいかい、タペンス、例のポルターガイスト騒ぎは仕組まれた芝居で、あの娘に家を売らせるための作戦だとすれば、家具を投げ飛ばしたりする人間がいなければならない。娘は全員がディナーのテーブルについていたという——しかし母親がまったく動けない病人だとすれば、彼女は二階の寝室にいたことになる」

「彼女が動けない病人なら、家具を投げ飛ばしたりできるわけがないわ」

「ああ！　ところが彼女はほんとうの寝たきりなんかじゃないんだよ。仮病なんだ」

「どうして？」

「そう聞かれると弱い」夫は白状した。「もっとも犯人らしくない者を疑え、という有名な原則にのっとっているだけなんだけどね」

「あなたって人は、なんでも茶化してしまうのね」タペンスは手厳しく戒めた。「その家をそれほど欲しがる人たちがいるってことは、なにかあるはずよ。だから、あなたがこの事件を徹底的に追及するつもりがなければ、わたしがやるわ。あの娘さんが好きなの。かわいい人だわ」

トミーは神妙な顔でうなずいた。

「まったく同感だよ。でも、つい、きみをからかわずにはいられなくてね。もちろんその家には妙な点があるさ。それがなんであるにしても、つきとめにくい問題であることはたしかだ。でなきゃ、泥棒に入ればすむことだろう。しかし家ごと買いたがるということは、床板や壁紙を剝がさなきゃならないとか、裏庭に石炭の鉱脈が埋まってるとか、そんなことだな」

「石炭なんか埋まっていてほしくないわ。宝物が埋まってるほうがずっとロマンティックよ」

「ふん」トミーはいった。「だとすれば、地元の銀行の支店長を訪ねてこようかな。クリスマスをここで過ごそうと思ってるし、たぶん〈赤い館〉を買うつもりなので、口座を開くことについて相談したい、というんだ」

「どうしてそんなことを――」

「まあ、見ててごらん」

三十分後にトミーがもどってきた。目を輝かせている。

「進展があったよ、タペンス。会見は予定どおりに進んだ。そこでぼくはなにげなく訊いたんだ、最近地方のちいさな銀行ではそういうケースが多いようだが、ここでも金《きん》を持ちこむ人が多いのか、とね。戦時中に金貨を貯めこんだ農家なんかがね。そこから会話は自然に、年寄りの異常な偏屈ぶりにうつっていった。ぼくは、戦争勃発と同時に陸軍と海軍の貯蔵庫に四輪駆動で乗りつけ、ハムを十六本積んで帰ってきた伯母さんの話をでっち上げた。すると彼はすぐに、それに類する客の話をしてくれたよ。その女性客は、預金は残らず引き出すと言い張った――それもできるだけ金貨でだ。それに有価証券やら持参人払い債権やら、なにからなにまで自分で保管するといってきかなかったそうだ。ぼくが、なんという愚かな、と声をあげたら、彼は釣り込まれてそれが〈赤い館〉の前の主であることを口にした。どうだい、タペンス？　彼女は財産をそっくり引き出して、どこかに隠したのさ。モニカ・ディーンがいったのを憶えてるだろう、伯母の財産があまりにも少なくてびっくりした、と。そうなんだ、彼女は〈赤い館〉の内部に隠したんだよ。そしてそのことを知ってるやつがいるんだ。そいつが何者かも、かなり見当はついてるんだけどね」

「だれなの？」

「忠実なクロケットはどうかな？　彼女ならかつての女主の変人ぶりをよく知ってるだろう」

「それから、金歯をいれてるオニール博士は？」

「もちろん紳士というふれこみの甥さ！　それはたしかだ。それにしても、彼女はどこに隠したんだろう。年配女性についてはぼくよりきみのほうが詳しいはずだよね、タペンス。どんなところに隠すだろう？」

「ストッキングやペチコートにくるんでマットレスの下に入れる」

トミーはうなずいた。

「そんなところだろうな。しかしながら、彼女はそうはしなかったはずだ。死後に彼女の物をひっくり返せば、すぐ見つかってしまうからね。そこが問題なのさ――彼女のような年寄りは床板を持ち上げたり、庭に穴を掘ったりはできないよね。にもかかわらず、〈赤い館〉のどこかに隠されているわけだ。クロケットはまだそれを見つけてはいないが、そこにあることは知っている。だから彼女が彼女の大事な甥と協力してあの家を手に入れてしまえば、かれらは目当てのものが見つかるまで家中ひっくり返して探すことができる。ぼくらが彼らの先手をとらなきゃ。急ごう、タペンス。〈赤い館〉に乗りこむんだ」

モニカ・ディーンが二人を出迎えた。母親とクロケットには、〈赤い館〉の買い手となるかもしれないと紹介してもらったので、家屋敷をくまなく見てまわる口実ができた。トミーは自分の出した結論をモニカには話さず、さまざまな捜査上の質問を投げかけた。亡くなった女性が生前に使っていた物や衣類は、クロケットに与えられたり、あちこちの貧しい家庭に送られたりしていた。あらゆるものが点検され、整理されていた。

「伯母様は書類のようなものは遺されなかったんでしょうか？」

「デスクはいっぱいでしたし、寝室の引出しにも多少ありましたけれど、重要なものはなにもありませんでした」

「みんな捨てられたのですか？」

「いいえ、昔から母は古い書類を捨てるのをすごくいやがるんです。その中には昔風の料理のレシピもあったりして、母はいつか読んでみようと思っているようです」

「けっこうですね」トミーはいった。それから庭の花壇で作業をしている老人を指して、尋ねた。「あのお年寄りは、伯母様の時代からいる庭師ですか」

「ええ、週に三日来ていたそうです。村に住んでいるのですが、気の毒に、もう元気なころのようには働けません。わたしたちは週に一度だけ、掃除に来てもらっています。それ以上は払えないので」

トミーは、モニカの相手をしていてくれるようタペンスに目配せし、庭師が作業しているほうへと庭を横切っていった。そして一言二言愛想のいい言葉をかけてから、前の奥様のころからここにきていたのかと尋ね、ついでのようになにげなく訊いた。

「以前、奥様のために箱を埋めたことがあるだろう？」

「いいえ、箱なんぞ埋めたことは一度もありませんです。なんのために奥様が箱を埋めさせなさるんで？」

トミーはただ首を振った。そして額に皺を寄せながらぶらぶらと家にもどった。老婦人の残した書類を調べればなんらかの手がかりが得られるだろう、というのが希望的観測だが——得られなければ問題の解決は難しくなる。家は古いにはちがいないが、隠し部屋だの秘密の通路があるほどには古くないのだ。

モニカは立ち去る前に紐で縛った大きなダンボール箱を持ってきてくれた。

「書類はみんなひとまとめにしておきました」彼女は小声でいった。「この中に入っています。お持ち帰りになったほうが、ゆっくりお調べになれると思いまして――でも、この家で起こっている不思議なことに光明を投げかけるようなものは、きっとなにも見つからないと――」

彼女の言葉は頭上のすさまじい物音にさえぎられた。トミーが急いで階段を駆け上がった。表に面した部屋の水差しと洗面器がこなごなに砕けて地面に散らばっていた。部屋に人の姿はなかった。

「幽霊がまたいたずらを始めたか」トミーはニヤリとしながらつぶやいた。

彼は考えこむ風でまた階段を下りた。

「ディーンさん、メイドのクロケットと二、三分、話ができるでしょうか？」

「もちろんです。いま、呼んでまいりますから」

モニカは台所に消え、やがて年配のメイドをともなってもどってきた。さっき玄関のドアを開けてくれた女性だ。

「ぼくたちはこの家を買おうと思ってるんだ」トミーは楽しげにいった。「買った場合に、妻があなたにいてもらえるだろうか、というのでね」

クロケットの恭しい顔つきからは、どんな感情も読み取れなかった。

「ありがとうぞんじます」と彼女はいった。「よろしければ少し考えさせていただきたいのでございますが」

トミーはモニカをふりむいた。

「この家はとても気に入りましたよ、ディーンさん。ほかにも買い手がいると聞いていますが。彼の買値は知ってますから、わたしはそれに百ポンド上乗せしましょう。これはかなりいい値段だと思いますよ」

モニカはどっちつかずのことをつぶやき、ベレズフォード夫妻はいとまをつげた。

「思ったとおりだ」二人が車寄せを遠ざかるころになって、トミーがいった。「クロケットはからんでるね。彼女が息を切らしていたのに気がついたろう？　あれは水差しと洗面器を投げ割ってから、裏階段を走って下りた証拠だよ。ときどき彼女がひそかに甥を引きいれて、ポルターガイストごっこ、というのかなんというのか知らないが、悪さをさせていた可能性は大いにある。自分がそ知らぬ顔で家族と同席している間に、だ。見ててごらん、今日のうちにオニール博士があらたな条件を出してくるから」

その言葉にたがわず、ディナーのあとでメモが届いた。モニカからだった。

〝たった今、オニール博士が知らせてきました。以前の買値に百五十ポンド上乗せするそうです〟

「この甥は金持ちなんだなあ」トミーは感慨ぶかげにいった。「ということはだ、タペンス、やつが狙ってる獲物も相当な値打ちものということになる」

「ああ！　ああ！　わたしたちが見つけられたらねえ！」

「じゃあ、厄介な根気仕事にとりかかるとするか」

二人は大きな箱の書類を調べにかかった。なんの脈絡も法則もなく、あらゆる書類が全部ごっちゃになってつめこまれているので、うんざりするような仕事だった。二、三分ごとに二人は意見を交換し合った。

「いま調べてるのはなんだい、タペンス？」

「古い領収書二枚、ろくでもない手紙が三通、新鮮なジャガイモの保存法とレモン・チーズケーキの作り方。あなたのほうは？」

「請求書が一枚、春の詩が一篇、新聞の切り抜きが二枚。『なぜ女は真珠を買うのか――健全なる投資』それと『四人の妻を持つ男――あっと驚く物語』だね。それから野ウサギのシチューのレシピ」

「やれやれ、たまらない作業ね」そしてまた、二人は没頭した。ついに箱が空っぽになった。二人は顔を見合わせた。

「これはよけておこう」トミーはノートの切れ端をつまみ上げた。「すごく奇妙なんだ。探しているものとはまったく関係ないと思うけどね」

「ちょっと見せて。ああ！　これは、あのおかしなやつね、なんていうんだったかしら？　文字かけ遊び《アナグラム》とか、謎かけ言葉《シャレード》とかっていったわね」彼女は読み上げた。

わたしの最初は燃える石炭の上に載せられ
わたしはその中に丸ごと入れられ
わたしの二番目はほんとうは最初
わたしの三番目は冬の北風がきらい

「ふん」トミーは批判がましくいった。「この詩人の韻律はろくなもんじゃない」

「でも、これをあなたがどうして奇妙だと思ったか、わからないわ」タペンスはいった。「五十年前には、みんなこんなようなものを集めてたわ。暖炉を囲む冬の夜のために、とっておいたのよ」

「ぼくは詩のことをいってるんじゃないんだ。すごく妙だと思ったのは、下に書き込んである言葉さ」

「ルカによる福音書、第十一章の九」と彼女は読み上げた。「聖書の出典ね」

「そう。これはとてもおかしいと思わないか？　信心深い老婦人が謎かけ言葉の下に聖書の出典を書きつけるなんてさ」

「おかしいといえば、おかしい」タペンスも考えこんだ。

「きみは牧師の娘だから、ひょっとしたら聖書を持ち歩いてるんじゃないか？」

「じつは、持ってるの。へえ、わたしが持っていないと思ったわけね！　ちょっと待ってて」

タペンスはスーツケースに駆け寄って小型の赤い本を取り出し、テーブルにもどった。せわしなくページをめくった。「ここよ。ルカによる福音、第十一章、九節。まあ、トミー、見て！」

トミーは身を乗り出して、タペンスの指先が指し示している、問題の一節に目を落とした。

〝求めよ、さらば与えられん〟

「これだわ」タペンスは叫んだ。「やった！　秘密の暗号をとけば、宝はわたしたちのもの――というかモニカのものね」

「じゃあ、きみのいうその暗号を解いてみようか。〝わたしの最初は燃える石炭の上に載せられ〟こいつはいったいどういう意味なんだ？　それから——〝わたしの二番目はほんとうは最初〟まるでちんぷんかんぷんじゃないか」

「ほんとうは、すごく簡単なものなのよ」タペンスは優しくなだめた。「コツさえつかめばいいんだわ。わたしにやらせてよ」

トミーは喜んで紙切れを譲り渡した。タペンスは安楽椅子に腰を落ち着け、眉をよせながらぶつぶつつぶやき始めた。

「すごく簡単か、まったくだ」三十分経過したところでトミーがぼやいた。

「得意そうにいわないでよ！　これはわたしたちとちがう時代のものよ。いいこと考えた、明日ロンドンにもどってこれをすらすら解読できそうなおばあちゃんに訊いてみる。問題はコツだけなんだから」

「まあ、もうちょっと試してみよう」

「燃える石炭の上に載せるものといえば、そんなに多くないわね」タペンスは考えた。

「水をかける、これは火を消すため。薪《ウッド》を載せる。ヤカンも載せる」

「ここは一音節の言葉じゃないかな。薪はどうだろう？」

「でも薪のなかになにかを入れることはできないわ」

「水を意味する一音節の単語はないけど、ヤカンのたぐいで火にかける一音節の単語ならあるかもしれない」

「ソースパン」タペンスがつぶやいた。「フライパン。鍋（pan）はどう？　それとも深鍋（pot）は？　パンとかポットで始まる火にかけるものというと、なにがある？」

「陶器はどう」トミーが提案した。「陶器は火で焼くよ。正解に近づいてないかなあ？」

「ほかの部分と合わないわ。パンケーキ？　ちがう。ああ、ダメ！」

そのとき二人は、小柄なメイドにさえぎられた。二、三分でディナーが用意できます、といいにきたのだった。

「ただ、ラムリーさんがジャガイモはどうしたらよろしいか、伺ってくるようにと。バター焼きか、皮ごと茹でたのか、どちらでも用意できるそうです」

「皮ごと茹でたのがいいわ」タペンスはすぐ答えた。「ジャガイモは大好き――」そこではっと口を開いたまま硬まってしまった。

「どうしたんだ、タペンス？　幽霊でも見たのかい？」

「トミー」タペンスは叫んだ。「わからない？　これよ！　この言葉よ。ジャガイモ（potatoes）！〝わたしの最初は燃える石炭の上に載せられ〟――最初の部分は深鍋

(pot)。〝わたしはその中に丸ごと入れられ〟〝わたしの二番目はほんとうは最初〟これはpotのつぎの文字のa、つまりアルファベットの最初の文字。〝わたしの三番目は冬の北風がきらい〟――toesはつま先だから、もちろん冷えるのは大嫌いだわ!」
「たしかにそうだ。きみは頭がいい。しかしね、えらく時間をつぶした割にはなにもわかってないいんじゃないかな。なくなった財産とジャガイモが、いったいどう符合するというんだ? しかし、待てよ。さっき箱を調べたときに、きみが読んだのはなんだっけ? ジャガイモの料理法かなにかだ。その中になにかヒントがないだろうか」

彼は大急ぎでレシピの山をかきまわした。

「これだ。〝新鮮なジャガイモの保存法。新鮮なジャガイモは缶に入れて庭に埋めておく。こうすれば真冬でも、掘りたての味が楽しめる〟」

「やったわ」タペンスは金切り声をあげた。「これよ。宝物は庭にあるわ、缶に入れて埋めてあるのよ」

「しかし、ぼくは庭師に訊いたんだ。彼はなにも埋めたことはないといっていた」

「ええ、わかってるわ。でもそれはね、人間は訊かれたことには答えず、訊かれたと思うことに答える癖があるからよ。彼は、妙なものを埋めたことは一度もない、と思ってる。明日彼に、ジャガイモをどこに埋めたか訊いてみましょうよ」

翌朝はクリスマスの前日だった。二人は尋ねまわったあげくに、年老いた庭師の家をつきとめた。ちょっと世間話をしたあとで、タペンスが肝腎な話を切り出した。

「クリスマスに新鮮なジャガイモがあったらいいのにねえ。七面鳥の付け合わせにぴったりじゃない？　このあたりの人たちは、ジャガイモを缶に入れて埋めたりはしないの？　そうするといつまでも新鮮だって聞いてるけど」

「ああ、それだったらやっとります」老人は言い切った。「〈赤い館〉のディーン大奥様は、いっつも夏に三つも缶を埋めさせなすったが、掘り出すのを忘れちまうほうが多かった！」

「家のそばの苗床に埋めるのが決まりだったんじゃない？」

「いや、塀のそばのモミの木の根元だよ」

求めていた情報が手に入ると、クリスマスのご祝儀として五シリングを庭師に進呈し、すぐにその場を立ち去った。

「さあ、今度はモニカのところだ」トミーがいった。

「トミー！　あなたって芝居っけのない人ねえ。わたしにまかせておいて。ステキな計画があるんだから。なんとかして鍬《すき》を手に入れられない？　借りるなり、盗むなりしてほしいの」

どうにかこうにか鍬が調達できたその夜遅く、〈赤い館〉の敷地に忍び込む二つの人影を目撃したものがあるかもしれない。庭師が教えてくれた場所は簡単に見つかり、トミーは仕事にかかった。まもなく鍬がなにか金属製のものに当たり、何秒もたたぬうちにトミーはおおきなビスケットの缶を掘り出していた。まわりに粘着テープを巻かれ、ぴったりと封印されていたが、タペンスはトミーのナイフを借りてすぐに蓋を開けることができた。そしてうめき声をもらした。缶はジャガイモでいっぱいだった。缶を傾けて中身を全部出してみたが、ほかのものはなにもなかった。

「掘りつづけてよ、トミー」

しばらく掘ると、二番目の缶が二人の捜査に応えてくれた。こんどもタペンスが封を切った。

「どう?」トミーが心配そうに訊く。

「またジャガイモだわ!」

「くそっ!」トミーはいって、もう一度掘り始める。

「三度目の正直っていうじゃないの」タペンスはなぐさめた。

「結局、すべては幻に終わるという気がするな」トミーは悲観していったが、掘ることだけは続けた。

ついに三番目の缶が現われた。

「またジャガイ――」タペンスはいいかけて止まった。「トミー、あったわよ。ジャガイモは上っ側だけ。ほら！」

彼女は大きな、古めかしいビロードの袋を持ち上げた。

「急いで帰ろう」トミーは叫んだ。「凍えそうだよ。その袋はきみが持って帰ってくれ。ぼくは掘った穴を埋めてから行く。ただしだ、タペンス、ぼくが帰る前に袋を開けたりしたら、きみの頭に無数の呪いが振りかかるからな！」

「ずるはしないわ。わっ！　体が凍ってる」彼女は急いで退却した。

宿に着いたタペンスは、ほとんど待つ暇もなかった。必死でトミーが追いかけてきたからだ。穴を掘ったあげくの全力疾走で、汗びっしょりになっていた。

「さあ、私立探偵事務所、大成功の一瞬だぞ！」トミーはいった。「戦利品を開けたまえ、ベレズフォード夫人」

袋の中には、オイルシルクにくるまれた包みと重たいセーム革の袋が入っていた。まず袋のほうを開けた。ぎっしりとソヴリン金貨がつまっていた。トミーが数えた。

「二百ポンドある。銀行から彼女が引き出せた金貨がこれだけだったんだろうな。包みを開けてみよう」

タペンスが開いた。きちんと折畳んだ紙幣がうなっている。トミーとタペンスは丁寧に数えていった。ちょうど二万ポンドあった。

「ヒュー！」とトミー。「ぼくらが二人とも豊かで正直なのは、モニカにとって幸運だと思わないか？　その薄紙に包んであるのはなんだろう？」

タペンスが紙包みを開いて、みごとに粒のそろったすばらしい一連の真珠を取り出した。

「こういうものにはあまり詳しくないが、この真珠は低く見積もっても五千ポンドはするだろうな。この粒の大きさを見たまえ。真珠がいい投資になる、という切り抜きをしまっていたわけが、やっとわかったよ。彼女は有価証券を全部売り払って、紙幣や宝石に替えたにちがいない」

「ああ、トミー、すばらしいと思わない？　かわいいモニカ。これで彼女は立派な青年と結婚して、一生幸せに暮らせるんだわ、わたしみたいに」

「けっこう泣かせることをいうじゃないか、タペンス。じゃあ、きみはぼくと結婚して幸せなんだね？」

「じつをいえば、そうよ」とタペンスはいった。「でもこんなこと、いうつもりじゃなかった。口がすべったわ。興奮しちゃったし、それにクリスマスだし、あれやこれやで

──」

「きみがほんとうにぼくを愛しているなら」トミーがいった。「ひとつ質問に答えてくれないかな」

「そういう駆け引きは大嫌いよ」タペンスはいった。「でも──まあ──いいことにするわ」

「モニカが牧師の娘だってことを、どうしてきみは知ってたんだ？」

「ああ、あれはインチキなの」タペンスはうれしそうにいった。「彼女からの予約申し込みの手紙を、先にあけて読んだだけ。以前に父の副牧師をしていたディーンという人がいて、彼にはモニカというわたしより四つ五つ年下の女の子がいたわ。そこで二と二を足したわけ」

「この恥知らずな女め」トミーはいった。「よーし、十二時の鐘が打ち始めた。クリスマスおめでとう、タペンス」

「クリスマスおめでとう、トミー。モニカにとっても幸せなクリスマスになるわね──なにもかも、わたしたちのおかげで。うれしいわ。かわいそうに彼女は悲惨な境遇だったんですもの。ねえ、トミー、そのことを考えると、わたし、すごく変な気分になって喉がしめつけられるような気がするの」

「かわいいタペンス」トミーはいった。

「かわいいトミー」タペンスもいった。「わたしたち、どうしようもなく感傷的になってるわね」

「クリスマスは一年に一度しかこないんだから」トミーはもったいぶっていった。「これはぼくらのひいおばあさんたちがいつもいってたことさ。いまでもここには真実があると思いたいじゃないか」

大使の靴

The Ambassador's Boots

した。

「ねえ、きみ、ねえ、きみ」タペンスはべったりとバターをぬったマフィンを振りまわ

トミーはちょっとのあいだあきれて彼女を見つめていたが、やがて顔中にニヤニヤ笑いを浮かべるとつぶやいた。

「われわれは用心にも用心を重ねなくてはなるまい」

「正解よ」タペンスは喜んでいった。「よく当てたわ。わたしはかの有名なフォーチュン医師、あなたは警視ベル」（H・C・ベイリー作の本格ミステリの主人公フォーチュンは、スコットランド・ヤードの顧問医師として活躍。助手役は警視ベル）

「なぜ、きみがレジナルド・フォーチュンになるんだ？」

「それはね、じつは熱々のバターをたっぷり食べたいからよ」

「それは楽しいほうの一面だろう」トミーはいった。「しかしべつの面もあるんだよ。無残に潰された顔だの、とんでもない死にざまの遺体だのをさんざん調べなきゃならないんだから」

返事の代わりに、タペンスはトミーに一通の手紙を投げてよこした。トミーは驚いて眉を吊り上げた。

「ランドルフ・ウィルモットといえば、アメリカ大使じゃないか。彼がいったい、なんの用だろう」

「明日の十一時になればわかるわ」

手紙に書かれていた時間きっかりに、アメリカ合衆国大使ランドルフ・ウィルモットが、ブラントのオフィスに案内されてきた。彼は咳払いをすると、もったいぶった独特の口調でしゃべり始めた。

「ただいま参上いたしました、ブラントさん――ところで、わたしがお目にかかっているのはブラントさんご本人なのでしょうな？」

「もちろんです」トミーはいった。「わたしがシオドア・ブラント、この事務所の所長です」

「わたしはつねに、その部門の責任者と交渉するのを好みます」ウィルモット氏はいった。「あらゆる面で、より満足な結果が得られますので。わたしのいわんとするところはです、ブラントさん、この件はわたしの腹に据えかねるということ。スコットランド・ヤードを煩わせるようなことでもない——わたしにはなんの落ち度もないのであって、おそらくは単純な間違いから起こったこと。にもかかわらず、どうしてそのような間違いが起こったものやら、わたしには皆目わからないのでして。申し上げておきますが、犯罪的要素はまったくない、けれども、わたしはものごとをはっきりさせたいのです。なぜ、なにゆえにということがわからないと、わたしは頭がおかしくなりそうなのでして」

「そうでしょうとも」トミーがいった。

ウィルモット氏はつづけた。話ぶりはのろくさく、枝葉に走りすぎるきらいがある。ついにトミーはたまりかねて口をはさんだ。

「なるほど、つまりこういうことですね。あなたは一週間前に、快速船〈遊牧民《ノーマディック》〉号で到着された。なにかのはずみで、あなたの旅行鞄とべつの紳士、ラルフ・ウェストラム氏の旅行鞄とが取り違えられた。鞄のイニシャルが同じだったのですね。あなたがウェストラムさんの鞄を、彼があなたのをお持ちになった。ウェストラムさんはすぐに間違いに気がついて、あなたの鞄を大使館に届け、ご自分のを引き取られた。ここまでは、よろしいですか？」

「まさにそのとおりのことが起こったのです。二つの旅行鞄は実際に同じ製品だったにちがいない。そのうえどちらの鞄にも同じR・Wのイニシャルがあったのだから、間違いが起こったとしても理解できないことではありますまい。わたし自身にしてからが、ウェストラムさんが――この方は上院議員で、見上げた人物であると存じ上げておりますが――わたしの鞄を届けてよこされ、ご自分のを引き取られたということを従僕から知らされるまでは、取り違えていたことなどどちっとも知らなかったのですからな」

「でしたら、どうもわかりませんが――」

「いや、いまにわかります。これは事件の、ほんの始まりなのでして。昨日、わたしはたまたま機会にめぐまれて、ウェストラム上院議員に出くわしたものだから、冗談めかして鞄の件を口にしたのですよ。すると驚いたことに、彼はわたしがなんのことをいっているのかさっぱりわからない様子で、わたしが説明するときっぱり否定するじゃありませんか。彼は自分のと取り違えてわたしの鞄を持って下船したりはしていない――実際のところ、彼の荷物の中にはそういう旅行鞄はなかった、というのです」

「奇怪な話ですね！」

「まさに奇怪な話なんです、ブラントさん。訳もへったくれもないような話です。だって、もしわたしの旅行鞄を盗みたかったのなら、こんなまわりくどいことをやらなくたって、簡単に盗めたはずなんですからな。それに鞄は盗まれたわけではなく、もどってきたんですから。しかし、間違って持ち去られたのなら、なぜウェストラム上院議員の名前を使ったのか？　突拍子もないやり口です——でもわたしは好奇心から、この事件の真相をつきとめたいのでして。引き受けるにはくだらなすぎる、とお思いでないといいのですが」

「そんなことはありません。ささやかながら非常に興味をそそられる問題で、単純な説明はいくらも考えられはするが、やはりあきらかに不可解ですからね。第一に、鞄がすり替えられた理由です、すり替えがあったとしてですが。鞄があなたの手元にもどったとき、なくなっていたものはない、ということですよね」

「従僕がそういっておりますから、たしかでしょう」

「中にはなにが入っていたのか、伺ってもよろしいでしょうか」

「おもに、靴ですな」

「靴か」トミーはがっかりしていった。

「はい」とウィルモット氏。「靴なんですよ。だから妙でしょう？」

「こんなことをお尋ねするのをお許しいただきたいのですが、秘密の書類とかそういったものを靴の内側に縫いつけたり、上げ底のかかとにはめこんだりしてはおられなかったでしょうか」

大使はその質問を面白がっているようにみえた。

「秘密外交といえども、そこまでやる必要はないと思いたいですな」

「そんなことは小説の中だけですか」トミーは笑顔と、やや照れくさそうな表情で、こう引き取った。「でもなんらかの説明をつけないといけませんからね。鞄を持ちかえったのは何者ですか——もう一つの鞄のことですが」

「ウェストラムさんの随行員でしょうな。物静かな、ごく平凡な人間であろう、と思いますよ。わたしの従僕はどこもおかしいと思わなかったようですから」

「あなたの鞄は開けられていましたか」

「それはなんともいえない。たぶん開けられていないでしょう。しかし、直接従僕に質問なさったほうがいいかもしれませんですな。こういったことは、わたしよりもよく知っておりますから」

「わたしもそれがよさそうに思います」

大使は名刺になにやら走り書きして、トミーに渡した。

「大使館までいらしていただいて、そこで質問なさるほうがよろしいかと思うが、いかがでしょう。でなければ、その者を──名前はリチャーズといいますが、こちらへ差し向けましょう」

「いや、けっこうです、ウィルモットさん。よろこんで大使館へ伺います」

大使は、腕時計に目をやりながら立ちあがった。

「いけない、約束の時間に遅れそうだ。では、失礼します、ブラントさん。この件はあなたにおまかせいたしますよ」

彼はあたふたと立ち去った。トミーがタペンスに目をやった。彼女はいままで有能な秘書ロビンスンになりきって、メモ帳におとなしくいたずらがきをしていたのだ。

「きみはどう思う？」彼は訊いた。「あの男がいうように、この事件には訳もへったくれもないんだろうか」

「見当もつかんよ」タペンスは陽気にいってのけた。

「まあ、そこが出発点というわけだ！　その陰に非常に根深いものがあることは、目に見えている」

「そうだろうか」

「それが一般に受け入れられている仮説さ。シャーロック・ホームズとバターが沈んだパセリの深み──いや、パセリが沈んだバターの深みだ、そのことを思い出せよ。昔からあの事件のことは知りたくてムズムズしてたんだ。たぶんそのうちに、ワトスン君が彼のノートから掘り起こしてくれると思うけど。そうなれば、ぼくも心安らかに死ねるというものさ。それはともかく、仕事にかかろう」

「いかにも」とタペンス。「自称ウィルモットという男は、頭の回転が速いやつじゃない、しかし実直だな」

「彼女は男を見る目がある」トミーはいった。「それとも、彼は、というべきなのかな？　きみに男の探偵役をやられると、ややこしくてしょうがないなあ」

「ねえ、きみ、ねえ、きみ！」

「身振りはもっと大げさに、繰り返しは少なくするんだよ、タペンス」

「古典からの引用は、どんなに繰り返しても繰り返しすぎることはない」タペンスは重々しくいった。

「まあ、マフィンでもお食べ」トミーはやさしくいった。

「朝の十一時だ、遠慮しておく。愚かな事件だよ、こいつは。靴——だからな。なぜ靴なんだ」

「さあ」とトミー。「いけないわけでも？」

「ピンとこない。靴とはな」彼女は首を振った。「すべてが妙だ。だれが他人の靴を欲しがる？　なにもかもバカげてる」

「ちがう旅行鞄に手を出してしまった、という可能性もあるぞ」トミーがいった。

「それはありうる。しかし、書類を狙ってたんなら、書類鞄を持っていきそうなもんじゃないか。大使と聞いてだれもが思いつくのは書類だしな」

「靴といえば足跡を連想させるね」トミーは考えこんだ。「何者かが、ウィルモットの足跡をどこかに残したがった、そうは思わないか」

タペンスはやっと役を忘れて考えこんでいたが、やがて首を振った。

「どう考えても無理みたい」彼女はいった。「靴はこの事件にはなんの関係もないってことを、認めなきゃいけないのよ、きっと」

「うーん」トミーはため息をついた。「次の手は、リチャーズ君との面会だ。この謎に一筋の光明でも投げかけてくれるといいが」

大使の名刺を提示したおかげで、トミーはすぐに大使館に入る許可をえた。まもなく、物腰が丁重で抑制のきいたしゃべり方をする、顔色の悪い青年が質問を受けに現われた。

「ウィルモットさんの従僕のリチャーズです。わたしにご用だそうですが」

「そうなんだ、リチャーズ。今朝、ウィルモットさんがうちにこられて、きみに二、三質問したらどうか、といわれたのでね。旅行鞄の件なんだが」

「あの件で、ウィルモットさんが取り乱しておいでなのは承知しております。被害はなかったのですから、わたしにはなぜなのかわかりませんけれども。わたしはたしかに、もうひとつの鞄を取りにこられた人から、ウェストラム上院議員の鞄だと聞いたのですが、もちろんわたしの聞き違いということもあるかもしれません」

「取りに来たのはどんな男だった？」

「中年で、髪は白髪まじりで、とても立派な風采《ふうさい》の方といってよろしいかと——品のある人物でした。ウェストラム上院議員の随行の方だろうと思いました。彼はウィルモットさんの鞄を置き、もうひとつの鞄を持ちかえったのです」

「鞄は開けられていたのだろうか？」

「どちらの鞄でしょう？」

「きみが船からおろしたほうのつもりだった。しかし、もうひとつ——ウィルモットさん自身の鞄についても訊きたいね。開けられた形跡はあった、と思うかい？」

「そうは思いません。船で荷造りしたままになっていましたから。紳士でしたら——だれであろうと——蓋を開けて自分のではないと気づいたら、すぐまた閉めるでしょう」

「なくなったものはないかな？　どんなちいさなものも？」

「ないと思います。いいえ、そう言い切れます」

「今度はべつの鞄のことだ。きみはその鞄の荷解きを始めていたのかい？」

「じつのところ、ちょうどわたしが鞄を開けようとした、その瞬間にウェストラム上院議員の随行員がみえたのです。かけてあった紐をほどいたところでした」

「蓋を開けてはいない？」

「二人で一緒に蓋だけ開けてみました。今度は間違いがないことを確認するために。その方は間違いないといわれ、紐をかけなおして持ちかえられたのです」

「中にはどんなものが？　靴もあったのかな？」

「いいえ、ほとんどが洗面用具だったと思います。バス・ソルトの缶があったのは目にとまりました」

トミーはこの線の調べをあきらめた。

「ウィルモットさんの船室でなにかをいじくっているような者を、見かけたことはないだろうね？」

「もちろん、ありません」

「なにか少しでも疑わしいことはなかっただろうか」

「おれは何がいいたいんだろう」トミーは内心ちょっと可笑《おか》しくなった。「疑わしいこと、だなんて――無意味な言葉だ！」

ところが目の前の男は口ごもっている。

「そうおっしゃられると、思い出しましたが――」

「ほう」トミーは勢い込んだ。「なにを？」

「今度のことに関係はないと思いますが。若い女性が一人いたのです」

「なるほど。若い女性が、ね。なにをしていたんだろう？」

「気を失いそうになったのです。とても感じのいいお嬢さんでした。名前は、アイリーン・オハラさんといいましたが。いかにも繊細そうな方で、背はあまり高くなく、黒髪でした。ちょっと外国人のような雰囲気でしたね」

「それで？」トミーはますます熱心に尋ねた。

「さっきいったように、ひどく気分が悪くなったのです。ちょうどウィルモットさんの船室の外で。彼女はわたしに、医者を呼んできて、といいました。わたしは彼女を船室のソファに寝かせ、医者を捜しにいったのです。見つけるのにしばらくかかりましたが、医者を連れてもどってみると、その女性はもうほとんどよくなっていました」

「ほう！」トミーはいった。

「あなたは、まさか――」

「どう考えるべきかは、なかなか難しい」トミーはどっちつかずな返事をした。「そのオハラというお嬢さんは、一人で旅をしていたのかな？」

「はい、そうだと思います」

「上陸してから、彼女を見かけたことは？」

「ありません」

「そうか」しばらく考えこんでいたトミーは、やっと口を開いた。「ご苦労様。助かったよ、リチャーズ君」

「こちらこそ」

私立探偵事務所にもどると、トミーはリチャーズとのやりとりを、タペンスに詳しく話して聞かせた。タペンスは注意深く耳を傾けた。

「きみはどう思う、タペンス？」

「ねえ、きみ、われわれ医者というものは、突然気分が悪くなるという症状はつねに疑ってかかるものなのだよ！　非常に便利な口実だからね。しかも、アイリーンにオハラときた。嘘だろうといいたくなるほど、アイルランドっぽい、そう思わないか」

「ついに手がかりがつかめそうだ。これからぼくがどうすると思う、タペンス？　尋ね人欄にこの女性に関する広告を載せるんだ」

「なんですって？」

「うん、いついつに、これこれの船に乗っていた、アイリーン・オハラ嬢に関する情報を求めます、とね。もし彼女が正真正銘のアイリーン・オハラだったのなら、自分で連絡をとってくるだろうし、そうでなくても、だれかが彼女についての情報を知らせてくるかもしれない。いまのところ、これが唯一の手がかりにつながる線なんだ」

「彼女を警戒させるかもしれないわよ」

「まあ、多少の危険は覚悟のうえさ」

「でもまだ、よく意図がわからないなあ」タペンスがいった。「悪党一味が大使の鞄を一、二時間持ち去ってからまたもどしたとして、彼らにどんな利益があるっていうの。コピーを取りたいような書類でもあればべつだけど、ウィルモットはそんなものは絶対にないと言い切っているし」

トミーは彼女をまじまじと見つめた。

「きみの考え方はなかなかいいよ、タペンス」ようやくトミーはいった。「おかげで、ひとつ、思いついた」

二日後。タペンスは昼食に出ていた。トミーはシオドア・ブラントの殺風景なオフィスに一人残って、最新刊のどぎついスリラーを読むことで頭を鍛えていた。

オフィスのドアが開いて、アルバートが姿を見せた。

「シスリー・マーチさんという、若い女の方がみえました。広告の件で来たといっておられますが」

「すぐにお通ししなさい」トミーは叫ぶようにいって、小説本を手近な引出しにほうりこんだ。

すぐにアルバートが、若い女性を案内してきた。彼女が金髪で並外れた美貌の持ち主であることを、トミーがみてとったその瞬間に、驚くべきことが起こった。

たったいま、アルバートが出ていったばかりのドアが、荒々しくぱっと開いたのだ。戸口に立ちはだかっているのは――スペイン人とおぼしき髪の黒い巨漢で、炎のように赤いタイをしている。顔は怒りに歪み、手には不気味に光るピストルが。

「これがお節介屋のブラントのオフィスというわけか」男は完璧な英語でいった。悪意に満ちた低い声だ。「さっさと手を上げろ――さもないとこれが火を吹くぞ」

ただの脅しとは思えない。トミーはおとなしく両手を上げた。壁際にうずくまった女性は、恐怖にあえいでいる。

「この若いお嬢さんには一緒に来てもらう」男がいった。「そう、来るんだよ、いい子ちゃん。おまえはおれに会うのは初めてだろうが、そんなことは問題じゃない。おまえみたいなバカな小娘に、おれの計画をぶち壊されてたまるもんか。おまえには見覚えがある、〈ノーマディック号〉の乗客だっただろう。自分になんの関係もないことを覗き見していたにちがいない——だがな、おれはここでブラントなんぞに秘密をべらべらしゃべらせるつもりはないんだ。しゃれた広告で売り出し中の、頭の切れるブラントさんよ。しかしあいにく、こっちも広告欄に目を光らせている。それがこの勝負でおれが優位に立つ方法ってわけよ」

「きみの話には非常に興味をひかれるね」トミーがいった。「つづけてくれないか」

「へらず口をたたいても役にはたたんよ、ブラントさん。これからはおまえも注意人物だ。調査をやめれば、手出しはしない。やめなければ——どんな目にあうかわからんぞ。おれたちの計画を邪魔するやつは、たちまち命を落とすことになる」

トミーは答えなかった。幽霊でも見るように、侵入者の背後に目をこらしている。

事実、どんな幽霊が現われたところで、彼がいま見ているものほどわけのわからない気持ちにさせられはしなかっただろう。今の今まで、アルバートのことを戦力の一員と考えたことは一度もなかった。アルバートはとっくにこの謎の闖入者に片付けられたものと思っていた。たとえ彼のことを思い浮かべたとしても、受付の絨毯《じゅうたん》の上でのびて倒れている姿でしかなかっただろう。

今、そのアルバートが奇跡的に闖入者の目をまぬがれて、そこにいる。しかし、健全なイギリス方式にのっとって警官を呼びに走るのではなく、彼はたった一人で立ち向かおうとしているらしい。音もなく開いた男の背後のドアから現われたアルバートは、ぐるぐる巻きにしたロープをつかんでいるのだ。

トミーの口から、苦悩に満ちた抗議の叫びが飛び出したが、もう遅かった。血気にはやったアルバートがロープの輪を闖入者の首にひっかけ、ぐいと後ろに引き倒した。

避けがたいことが起こった。ピストルが轟音とともに発射され、飛んできた弾丸はトミーの耳を焦がして、後ろの漆喰にめりこんだ。

「捕まえましたよ」アルバートが勝利に顔を紅潮させて叫んだ。「投げ縄で捕まえてやった。投げ縄は暇なときに練習してたんです。手を貸してくれませんか。こいつ、おっそろしく暴れるから」

トミーはあわてて腹心の部下を手伝いに行きながら、アルバートにはもう暇な時間を与えるまい、と決心していた。

「まったくバカだな、おまえは」彼はいった。「なぜ警察を呼びに行かなかった？　おまえの愚かな行動のおかげで、ぼくは頭をぶち抜かれるところだったんだぞ。ヒュー！　危機一髪だよ、まったく、こんなことは初めてだ」

「絶好のタイミングだったよね。ぼくの投げ縄は」アルバートの興奮はいっこうに冷めていない。「草原の民っていうのは、すばらしいことができるんですよ」

「まったくだ」トミーはいった。「しかし、ここは草原じゃない。ぼくらは高度に文明化された都会にいるんだよ。ところで、きみ」トミーは横倒しになっている敵に声をかけた。「きみをどうしたものだろう」

相手の答えは、立て続けに飛び出した外国語の悪態だけだった。

「黙りたまえ」トミーはいった。「きみのいってることは一言も理解できないが、女性の面前で使うべき言葉でないことくらいはちゃんとわかるんだ。こいつを赦してやってください、お嬢さん——この取りこみでど忘れしましたが、お名前はなんでしたっけ？」

「マーチです」彼女はまだ蒼ざめて震えていた。だが前に進み出てトミーのそばに立ち、やっつけられて転がっている見知らぬ男を見下ろした。「この男をどうなさるおつもりですか」

「ぼくがおまわりさんを呼びに行きましょうか」アルバートが協力を申し出た。

だが女のほんのかすかな否定的仕草を見てとったトミーは、それにしたがって判断を下した。

「今度だけは見逃してやることにしよう」彼はいった。「しかし、こいつを階段から蹴落としてやる楽しみは味わわせてもらうよ——女性にたいする礼儀を教えてやるためにもね」

彼はロープを外し、引っぱり上げて捕虜を立たせると、受付の部屋からドアへと小突き出した。

何度か鋭い悲鳴が聞こえたと思うとドサッという音がつづき、顔を紅潮させたトミーがにこやかにもどってきた。

女は目をまるくして彼を見つめた。

「あなたは——彼をひどい目に？」

「だといいんですが。しかしああいうスペイン野郎ときたら、怪我をする前に悲鳴をあげる練習をしてますからね——ほんとうに痛い目にあったかどうか。さあ、わたしのオフィスにもどりましょうか、マーチさん、中断された話のつづきを聞かせてください。もう二度と邪魔は入らないはずです」

「なにかあったら、ぼくが投げ縄を用意してます」働き者のアルバートがいった。

「そんなものはしまっとけ」トミーは厳しく命じた。

マーチ嬢のあとに続いてオフィスに入ったトミーは自分のデスクに座り、彼女を向かいの椅子に座らせた。

「どこから始めたらいいでしょう」彼女はいった。「さっきの男がいったのをお聞きになったでしょうけれど、わたしは〈ノーマディック号〉に乗っていました。あなたが広告をお出しになったオハラさんも乗船しておいででした」

「そのとおり」トミーはいった。「そこまではわれわれにもわかっているのですが、あなたは彼女が船でなにをしていたかをご存知なんでしょう。でなければ、あの絵に描いたような紳士が大慌てで邪魔しにくるはずがありません」

「なにもかもお話ししますわ。乗客の中にはアメリカ大使もおられました。ある日、わたしが大使の船室の前を通りかかりますと、中にいる彼女の姿が見えました。あまり奇妙なことをしていたものですから、わたしは思わず立ち止まって見てしまいました。彼女は男物の靴を手にして――」

「靴を？」トミーは興奮して大声をあげた。「失礼、マーチさん、つづけてください」

「ちいさな鋏《はさみ》で靴の内張りに切れ目を入れていました。それからそこへなにかを押しこんだようなのです。ちょうどそのとき、お医者様ともう一人の男性が通路をやってきました。するとたちまち、彼女はまたソファに倒れてうめき出したのです。わたしはその場でいままで人から聞いていたことを考え合わせ、彼女は気絶したふりをしたのだと思いました。ふりをした、といいますのは――わたしが最初に彼女の姿をみたときには、そんな様子はまったくありませんでしたから」

トミーはうなずいた。

「それで？」

「このあとはあまりお話ししたくないのですが。わたしは――好奇心の強いほうなのです。それに、くだらない本もいろいろ読んでいるものですから、もしや彼女がウィルモットさんの靴に爆弾や毒針でも仕込んだのでは、と思いました。バカげているのはわかっていますけれど――でも、そう思ったのです。とにかく、つぎにだれもいない船室の前を通りかかったときにそっと中へ入り、靴を調べてみました。内張りの切れ目に押しこまれていた紙切れをひっぱり出しました。それを手にしたとたんに客室係の足音がしたので、見つからないように部屋を飛び出しました。ちいさく折り畳んだ紙切れをにぎったまま。自分の船室に帰って開いて見ましたが、聖書の文句以外にはなにも書かれていません」

「聖書の文句？」トミーはひどく興味をひかれた様子だ。

「すくなくとも、そのときはそう思いました。よくわからないけれども、狂信者かなにかの仕業ではないかと。ですから、もとにもどしておくほどのものではないと感じたのです。それっきりそのことは忘れかけていたのですが、昨日、幼い甥のためにその紙切れで船を折って、お風呂に浮かべたのです。紙がぬれると、一面に妙な図柄が浮き出ているのが見えました。あわてて掬《すく》いあげて、平らに伸ばしてみました。濡らすと浮き出る隠し文字だったのですね。なにかの図面のようで――港の地図でしょうか。その直後に、こちらの広告を目にしたものですから、それで」

トミーは椅子から飛びあがった。

「これは非常に重大なことですよ。これでわかりました。その図面はおそらく、どこかの港の重要な防衛施設のものでしょう。その女が盗んだのですね。だれかに追跡されることを恐れて自分の持ち物の中に隠すことはせず、その隠し場所を思いついたのでしょう。その後、靴が入っている鞄を手にいれた――ところが紙切れは消えていた、というわけですね。マーチさん、あなたは今、その紙切れをお持ちですか」

女性は首を振った。

「仕事場においてあります。わたし、ボンド・ストリートで美容サロンを経営していますの。じつはニューヨークの〈シクラメン化粧品〉の代理店なのです。それであちらへ行っていたわけなのですけれど。あの紙切れは重要そうな気がしたので、外出する前に鍵のかかるところへ入れてまいりました。スコットランド・ヤードに知らせたほうがいいのでは」

「まったく、そのとおりです！」

「では、これから一緒に店へ行って紙切れを取り、その足でスコットランド・ヤードへ行っていただけますか？」

「午後はかなり忙しいなあ」トミーはプロっぽい態度で腕時計に目をやった。「ロンドン主教様から事件を引きうけてほしいとの依頼がありましてね。祭服と二人の副牧師が関係している非常に奇妙な事件なのです」

「それでしたら」マーチ嬢はいった。「わたしが一人でまいりましょう」

トミーは片手をあげてそれを制した。

「主教様は待ってくださるにちがいない、わたしはそういおうとしていたんですよ。アルバートに一言、伝言を残しておきます。その図面を無事にスコットランド・ヤードに預けるまでは、あなたの身は危険にさらされているのですからね、マーチさん」

「そうお思いですか？」彼女は疑わしげにいった。

「思うどころじゃない、確信しています。ちょっと失礼」トミーは目の前のメモ帳になにか走り書きし、その一枚を剝ぎとって折り畳んだ。

それから帽子とステッキを手にとって、同行する準備ができたことをそれとなく彼女に知らせた。折り畳んだ紙片は、受付の部屋でいかにも重大そうにアルバートに渡した。「緊急の用で出かけてくる。主教様がおみえになったら、そう説明してくれ。これは、事件に関するミス・ロビンスン宛てのメモだ」

「はい、よくわかりました」アルバートは調子を合わせていう。「公爵夫人の真珠の件は、どうしますか」

トミーはいらだたしげに手を振った。

「それも待ってもらえ」

彼はマーチ嬢とともに急いで外に出た。階段を下りかけたところで、上がってくるタペンスとぶつかった。すれちがいざまにしかりつけた。「また遅刻だぞ、ロビンスンさん。わたしは重要な事件で出かけてくる」

タペンスは階段で立ち止まってじっと二人を見送った。それから眉を吊り上げ、オフィスに入っていった。

二人が通りに出ると、一台のタクシーがすっと寄って来た。それを呼びとめる直前に、トミーは気を変えた。

「歩くのは強いほうですか、マーチさん」彼は大真面目に訊いた。

「ええ、なぜです？　タクシーに乗るほうがいいんじゃありません？　ずっと速いですし」

「たぶん、お気づきにならなかったんでしょう。あのタクシーの運転手は、道路のちょっと手前で客を一人拒否したばかりです。われわれを待っていたんでしょう。あなたは敵に見張られてるんですよ。歩くのが苦でなければ、ボンド・ストリートまで歩いたほうがいいと思いますね。混み合った通りでは、やつらもあまり無茶なことはできないでしょうから」

「けっこうですわ」彼女はいったが、あまり乗り気ではなかった。

二人は西にむかって歩いた。このあたりの通りは、トミーがいうように人が多く、ゆっくりしか進めない。トミーは鋭く目をくばった。マーチ嬢自身にはあやしい者などないようにみえたが、トミーはときどきすばやい仕草で彼女を道の端に引きこんだりした。

ふと彼女に目をむけた彼は、悔恨の情に打たれた。

「いやあ、あなたはひどくお疲れのようですね。あの男のショックのせいでしょう。ちょっとこの店に入って、濃いコーヒーをたっぷり飲みませんか。ブランデーを垂らすのなんかは、おいやですかね」

娘はかすかにほほえみながら、首を振った。

「では、コーヒーだけ」トミーはいった。「まさかここで毒を盛られる心配はないでしょうから」

二人はコーヒーでしばらく時間を費やしたあと、ようやく少し歩みを速めた。

「どうやら、尾行は巻きましたよ」トミーは肩越しに後ろを見ながらいった。

〈シクラメン美容サロン〉はボンド・ストリートのちいさな店で、薄桃色のタフタのカーテンがかかったウィンドウには美顔クリームの瓶が二、三と化粧石鹸が一個飾ってあった。

シスリー・マーチにつづいてトミーも中に入った。中もこぢんまりしていた。左側には化粧品が並んだガラスのカウンターがある。カウンターの後ろにはすばらしく肌のきれいな、グレイの髪の中年女性がいて、シスリー・マーチが入っていくとわずかに首をかしげて会釈してから、美顔術をほどこされている客との会話をつづけた。

客は小柄で髪の黒い女性だった。こっちに背をむけているので、顔はわからない。理解しがたい英語でゆっくりとしゃべっている。右手にはソファと椅子が二脚と、雑誌が置かれたテーブルがある。ここには二人の男が座っていた――妻に待たされて退屈した夫たちにちがいない。

シスリー・マーチはまっすぐに奥のドアを通り、あとにつづくトミーのためにドアを押さえていてくれた。彼が中に入ったとたんに、座っていた女性客が「あら、あれはあたしの友達《アミーゴ》みたい」というや二人のあとを追いかけてきて、足を突っ込んでドアが閉まるのを阻止した。同時に二人の男もぱっと立ちあがった。一人は女性客のあとにつづき、もう一人は店の美容師にとびついて手で彼女の口をふさぎ、唇からもれそうになった悲鳴を抑えこんだ。

いっぽうドアの奥でもめまぐるしい活劇がくりひろげられていた。トミーがドアを通ったとたんに布切れが頭にかぶせられ、胸の悪くなるような臭いが鼻腔を襲った。だが布はたちまち引き剝がされ、女の悲鳴が響き渡った。

トミーはまばたきをし、咳き込みながら目の前の光景を頭にいれた。右手にいるのはさきほどトミーが蹴り出してやった謎の巨漢、その彼に手早く手錠をかけているのが店で退屈していた夫の一人。目の前にいるのは、自由になろうとむなしくもがいているシスリー・マーチ、彼女をがっちりと羽交い締めにしているのが店にいた女性客だ。女性客がふりむいた拍子に、つけていたベールがほどけて落ち、おなじみのタペンスの顔が現われた。

「よくやったよ、タペンス」トミーは前に進み出た。「ぼくも手を貸そう。ぼくだったら悪あがきはしないね、オハラさん――それともマーチさんと呼んでほしいかい？」

「こちらはグレイス警部よ、トミー」タペンスがいった。「あなたの残したメモを読んで、すぐにスコットランド・ヤードに電話をかけたの。そうしたらグレイス警部ともう一人の方が、この店の外でわたしを待っててくださったのよ」

「この紳士をとっ捕まえることができてうれしいですよ」警部は拘束された男を指していった。「大変なお尋ね者でしてね。しかしこの店を疑う理由が見つからなかったんです——純然たる美容サロンだと思っていたものですから」

「とにかく」トミーは穏やかにいった。「用心にも用心を重ねなくてはね！　いったいだれが、大使の鞄を一、二時間だけほしがるだろう？　この謎を、ぼくは視点を変えて考えてみました。重大なのは、もう一つの鞄のほうだったとしたら。その鞄を、一時間か二時間のあいだ、大使に持たせたかったとしたら。こう考えるとずっとわかりやすい！　外交官の手荷物は権威を傷つけるような税関検査の対象にはなりません。これはあきらかに密輸だ。しかしなんの密輸だろう。かさばるものではありえない。すぐに麻薬だとピンときました。そこへあの、絵に描いたような喜劇が、わがオフィスで演じられたのです。一味はわたしの広告を見て、嗅ぎつけられた臭いを消そうとした——それがうまくいかなければ、ひと思いに片付けてしまおうと。しかし、アルバートが投げ縄をみごとに決めたとき、この魅力的なご婦人の目にはっきりと狼狽の色が浮かんだのを、たまたまわたしは見てしまった。彼女の役まわりとは、まるでちぐはぐな表情でしたからね。見知らぬ男が攻撃をしかけたのは、わたしに彼女を信用させるためでした。わたしは信じやすい探偵の役を全力で演じ――この女性のいささか無理な話を鵜呑《うの》みにして自分からここまでおびき出されてきたのです。事態を処理するための指示を用心深く書き残してね。あなたがたに充分な時間を与えなければと、そりゃあいろんな口実をつけてここに着くのを遅らせたんですよ」

シスリー・マーチは石のような表情で彼を見つめている。

「頭がどうかしてるわ。ここで何が見つかると思うの」

「そういえば、リチャーズがバス・ソルトの缶を見かけたといってたなあ。それから始めてみてはどうでしょうね、警部？」

「まことに当を得た考えですな」

警部は優雅なピンク色の缶を手にとって、中身をテーブルの上にあけた。マーチが声をたてて笑った。

「純粋な塩の結晶？」トミーがいった。「炭酸ナトリウム以外のなにものでもない？」

「金庫の中を試してみたら」タペンスが提案した。

隅の壁に造り付けの金庫があった。キーは挿し込んだままになっている。トミーが扉をさっと開いて、満足の叫びをあげた。壁の奥が大きな空洞になっていて、その空洞にさっきと同じ優雅なバス・ソルトの缶がどっさり詰め込まれているではないか。何列も何列も。その一つを手に取って、蓋をこじあけた。上っ側は同じピンクの結晶だが、その下は細かい白い粉だった。

警部がオウッと雄たけびをあげた。

「やりましたね。十中八九、缶の中身は純度の高いコカインですよ。このあたりに麻薬の分配場所があることは、つかんでいたんです。ウエスト・エンドで売り捌くにも便利ですしね。しかしどうしても、手がかりがつかめなかった。これはあなたの大変なお手柄です」

「いってみれば、〝ブラントの腕利き探偵たち〟の手柄だね」トミーはタペンスと一緒に通りに出たとき、こういった。「結婚してるというのは、すごいことだ。きみにしつこく教授されたおかげで、やっとぼくは漂白した髪を見分けられるようになったんだから。金髪だとぼくを納得させるには、ほんものの金髪でなきゃ。大使には通り一遍の手紙を書いて、事件はとどこおりなく解決したことを報告しておこう。ところで、相棒、お茶でも飲まないか、熱々のバターをたっぷりぬったマフィンを添えてね」

16号だった男

The Man Who Was No. 16

トミーとタペンスは長官の私室で、長官と密談していた。彼の二人への賞賛は温かく、誠意がこもっていた。

「きみたちの成功はじつに見上げたものだよ。おかげで非常に興味深い人物を少なくとも五人捕まえることができたし、彼らから価値のある情報も多々えることができた。ところが、モスクワの本部では彼らの情報員から報告がとだえたことにかなり警戒を強めている、との情報が信頼すべき筋からわたしに届いていてね。そうならぬようわれわれが懸命に予防措置をとってきたにもかかわらず、いわゆる流通センター、つまり国際探偵事務所自体がうまく機能していないのではないかと、彼らは疑い始めているらしいんだ」

ら」

「まあね」とトミーはいった。「いずれはここへ踏みこんでくる、とは思ってましたか
「きみのいうように、来てくれれば願ったりかなったりだがね。ただちょっと心配なのは——奥さんのことだよ」

「彼女の面倒ぐらいはみられますよ」トミーがいうのとほとんど同時に、タペンスも口を開いた。「自分の面倒は自分でみられます」

「ふむ」カーター氏はうなった。「自信過剰は昔からきみたち二人の特徴だ。きみたちが危険をまぬがれてきたのは、きみたちの超人的な頭脳だけによるものなのか、それともわずかながらも幸運が這いこむ余地があったのか、今のわたしにはどちらともいえない。しかし、ツキは変わるものだよ。そんなことを議論するつもりはないがね。トミー夫人に来週と再来週はおとなしくしていてくれと頼んでも無駄だろうな、彼女に関するわたしの広範囲な知識から判断すれば」

タペンスははげしく頭を横に振った。

「だとすれば、わたしにできるのは、きみたちにせいぜい情報を与えてやることくらいだ。信じるだけの根拠がある話だが、ある特殊なスパイがモスクワを発ってこの国に向かっているらしい。その男がどんな名前を使っているかもわからないし、到着の日時も

わからない。だがわかっていることもある。彼は戦時中にさんざんわれわれを悩ませてきた男で、神出鬼没、いちばん来てほしくない場所にいつもふいに姿を現わす、ということ。生まれはロシアだが、各種外国語に堪能だということ――彼が母国といって通用する国は、我が国を含めて六カ国にのぼるだろう。それに変装の名手でもある。おまけにおそろしく頭がいい。16号の暗号コードを考案したのも彼なんだよ。

いつ、どんな姿でやつが現われるか、わたしには見当もつかん。しかし、現われることはまず確実だと思うね。これだけはたしかだが――彼はほんもののブラント氏と顔見知りではない。だから、きみに事件を引きうけてほしいといって現われ、合言葉できみを試そうとするはずだ。きみも知ってのとおり、相手はまず数字の16を口にする――それには同じく16が入った文章で答えなければならない。第二の合言葉は、われわれもたった今知らされたばかりだが、イギリス海峡を渡ったことがあるか、という質問。これには〝先月の十三日に、わたしはベルリンにいた〟と答えなければならない。今わかっているのはここまでだ。正しく答えて、彼の信頼をえるよう頑張ってくれたまえ。できることなら、きみがブラントだという作り話をあくまでも押し通してほしい。しかし相手が完全に騙されたようにみえても、絶対に油断は禁物だぞ。このわれらが友人はべらぼうにずるがしこいやつで、きみたち同様、いやそれ以上に人の裏をかくのがうまいんだ。しかし、いずれにしても、きみの手を借りてやつを捕まえられるだろう。今日からわたしも特別警戒態勢を敷くつもりだ。きみのオフィスにゆうべ隠しマイクを設置させたから、きみの部屋での会話はすべて下の部屋に待機している者の耳に入る。こうすれば、なにかあってもすぐわたしに情報が届き、きみと奥さんの身に危険がおよばぬよう措置をとりながら、目当ての男を確保できるわけだ」

さらにいくつか指示を与えられ、戦略に関する一般的な打ち合わせもすむと、若い二人は〝ブラントの腕利き探偵たち〟の事務所へ急いで飛んで帰った。

「遅くなったな」トミーは腕時計を眺めながらいった。「ちょうど十二時だ。長官のところにずいぶん長くいたんだね。とびきり刺激的な事件をのがしてなきゃいいが」

「全体として」とタペンスがいった。「わたしたちの仕事ぶりは悪くないわ。このあいだ、結果をまとめてみたの。不可解な殺人事件を四つも解決したし、贋札造りの一味を検挙したし、密輸一味も――」

「つまり一味が二組だな」トミーが注釈を入れた。「それだけのことをやったんだ！じつにうれしいね。〝一味〟というと、すごくプロっぽい感じがするじゃないか」

タペンスは指で数えながらつづけた。

「宝石泥棒が一件でしょ、傷害致死を免れたのが二件でしょ、体重を減らすために行方不明になってた女性の事件が一件でしょ、味方になってあげた若い娘さんが一人、うまくアリバイを暴いた事件がひとつ、ああ、そうそう！　わたしたちが完全にバカをみた事件もひとつあったわね。全体としては、大成功じゃない！　わたしたちって、すごく頭がいい。そう思うわ」

「きみならそう思うだろうよ」トミーはいった。「きみはいつもそうだ。今になってみると、一、二度は幸運にめぐまれたおかげだ、という気が内心してるけどね、ぼくは」

「バカみたい。すべてはちいさな灰色の脳細胞のおかげだわ」

「そういうけど、ぼくは一度、まちがいなく幸運に助けられたよ。アルバートが投げ縄の技を見せてくれたときさ！　しかしタペンス、きみはすべてが終わったようなことをいうね」

「だってそうですもの」そういってから、タペンスは表情たっぷりに声をひそめた。

「今度が最後の事件よ。警察が超一流のスパイを投獄したあとは、偉大な探偵たちは引退してミツバチを飼ったり（ホームズの引退後の進路）、ペポカボチャを育てたり（ポアロの引退後の進路）することになるの。そういうものなのよ」

「もう飽きたのかい？」

「まあ、そういうことね。それに今はわたしたちの絶頂期――でもツキはいつ変わるかわからないもの」

「きみだって、ツキを気にしてるじゃないか」トミーは勝ち誇ったようにいった。

ちょうどその瞬間に、二人は国際探偵事務所が入っている建物の玄関に着いたので、タペンスは返事をしなかった。

受付の部屋を取りしきるアルバートは、余暇を利用して鼻の上で定規のバランスを取って、というよりは取ろうとしていた。

咎めるように厳しい渋面を作りながら、偉大なるブラント氏は受付を通り自室に入った。オーバーコートと帽子を脱ぐと、戸棚を開けた。棚には偉大な探偵たちが登場する古典的な小説がずらりとならんでいる。

「選択の幅は狭いな」トミーはつぶやいた。「今日はだれをモデルにするかな？」

「トミー、今日は何日？」

タペンスの声に尋常ではないものを聞きとって、トミーはパッとふりむいた。

「まてよ――十一日だ――なぜ？」

「カレンダーを見てよ」

壁にかかっているのは、日めくりのカレンダーだ。十六日、土曜日、となっている。今日は月曜日なのに。

「おや、これはおかしい。アルバートがめくりすぎたんだろう。まったく、いい加減なやつだ」

「アルバートが千切ったとは思えないわ」タペンスはいった。「でも、訊いてみましょう」

呼ばれて質問されたアルバートは、びっくりした様子だった。誓って、土曜日曜の二枚しか千切っていない、という。彼の説明がとりあえず受け入れられたのは、彼が千切った二枚が暖炉の中に放り込まれていて、その後のぶんは屑籠《くずかご》にきちんと重ねて入れてあったからだ。

「手際のよい整然とした犯罪、か」トミーはいった。「午前中にここに入った者は、アルバート？　だれか客が来たのか」

「一人だけ」

「どんなやつだ？」

「女の人ですよ。看護婦さんです。すごく取り乱していて、あなたにお目にかかりたいと。おいでになるまでお待ちしますというんで、〈秘書室〉にとおしました。あそこのほうが暖かいから」

「そこからここへ入ったんだな、もちろん、おまえに見られずに。その女が帰ったのは？」

「三十分くらい前ですね。午後にまた来るといってました。優しいお母さんタイプの体つきでしたよ」

「お母さんタイプの体つき——まったく、おまえってやつは」

アルバートは心外そうな顔をして出ていった。

「奇妙な発端だなあ」トミーはいった。「なんだか無意味な気がするが。ぼくらを警戒させるだけだろうに。暖炉に爆弾とかそういったものは隠してないだろうね」

その点を確認したうえで、彼はデスクの前に座ってタペンスに語りかけた。

「モナミ、われわれは今や、非常に重大な事件に直面しているのです。きみは憶えているかな、4号だった男のことを。わたしがドロミティ山中（イタリア東北部の山脈）で、卵の殻のように叩き潰してやった男だ——もちろん《アンタンデュ》高性能の爆薬を使ってね。しかし、彼はじつは死んではいない——いやいや、けっして死なないのだ、あの手の極悪人というものは。これはまさにそういう男——いやそれ以上といっていいだろうね。こいつは4の二乗——つまり現在は16号となっている。おわかりいただけたかな、モナミ」

「よくわかったわ」タペンスはいった。「あなたは偉大なるエルキュール・ポアロなのね」

「まさに。口髭はないが、灰色の脳細胞ならたくさんありますぞ」

「どうだろう」タペンスはいった。「この事件にかぎって、〝ヘイスティングスの勝利〟と呼ぶことになりそうな気がするが」

「ありえませんね」トミーはいった。「そうなったためしがない。かつて愚かだった友は、つねに愚かな友なのです。こうしたことには、不文律というやつがあってね。ところで、モナミ、きみは髪を片側ではなく、真ん中から分けたらどうだろう？　今のままでは不均衡かつ惨めな効果しかあげていないと思いますよ」

トミーのデスクのブザーがけたたましく鳴った。彼が合図を返すと、アルバートが名刺をもって現われた。

「ウラディロフスキー公爵か」トミーは小声で読み上げ、タペンスに目をやった。「いよいよかな――お通ししなさい、アルバート」

入ってきたのは中背で優雅な物腰の、金色の顎鬚をはやした三十五、六の男だった。

「ブラントさんですね？」男は念を押した。「あなたのすばらしい評判を聞いて伺いました。事件をお引き受けいただけますか」

「詳しくお話を聞かせてくださいませんか――？」

「もちろんです。わたしの友人のお嬢さん――十六歳なのですが――彼女に関することなのです。スキャンダルになっては困る――おわかりいただけますね」

「それはもう」トミーはいった。「そういったことに厳重な配慮を怠らないおかげで、わたしどもはこの仕事を十六年も成功させているわけですから」

相手の目が突然キラリと光ったのを、トミーは見たような気がした。しかし、そうだとしても、それは一瞬で消えた。

「たしか支所もお持ちでしたね、イギリス海峡の向こう側に」

「ええ。じつはですね」彼は慎重に考え考え、例の合言葉を口にした。「わたしは先月の十三日にベルリンにいたのです」

「だったら」と客はいった。「作り話をする必要もないだろう。友人の令嬢のことは忘れていい。わたしが何者かは知っているね――わたしが来るという予告は受け取ったようだから」

男は壁のカレンダーに目をむけた。

「たしかに」トミーはいった。

「同志よ――わたしは調査するためにわざわざここまでやってきたんだ。いったいなにが起こっているのだ?」

「裏切りよ」黙っていられなくなったタペンスが口をはさんだ。

ロシア人は彼女に注意を移して、眉を吊り上げた。

「ははあ、そういうことか。そんなことだと思ったよ。セルギウスのやつか？」

「わたしたちはそう思ってるわ」タペンスが臆面もなくいった。

「やはりそうだったか。しかし、きみたち自身は疑われていないのかね？」

「いないと思いますね。膨大な仕事を誠実に《ボナ・ファイデ》こなしていますから」トミーが説明した。

ロシア人はうなずいた。

「それは賢明だ。ところで、わたしは二度とここへもどらないほうがいいと思う。当座はホテル・ブリッツに泊まっている。マリーズに一緒に行ってもらおう――こちらはマリーズだろうね？」

タペンスはうなずいた。

「ここではなんと呼ばれている？」

「ロビンスンよ」

「よろしい、ではロビンスンさん、わたしと一緒にブリッツにもどって、ランチでも食べよう。落ち合うのは三時、本部で。わかったね？」彼はトミーを見た。

「よくわかりました」いったい本部というのはどこにあるんだろうと思いつつも、トミーは承知した。

しかしこれこそ、カーター長官があれほど知りたがっていた本部なのにちがいない。そしてタペンスは立ちあがって、豹の毛皮の襟がついた長い黒のコートを羽織った。そしておらしく、ではお供しましょう、といった。

二人が連れ立って出て行くと、あとに残されたトミーは相反する感情に悩まされた。隠しマイクになんらかの故障があったらどうなる？　謎の看護婦が機械の設置に気づいて、使えなくしていたらどうする？

彼は受話器をつかむと、ある番号を呼び出した。一瞬、間があって、聞き慣れた声がいった。

「万事ＯＫだ。すぐにブリッツに来たまえ」

五分後、トミーとカーター長官はホテル・ブリッツのパーム・コートで落ち合った。長官は自身満々できびきびしている。

「きみはじつによくやった。公爵と小柄なご婦人はレストランで食事をしている。そこには部下が二人、ウェイターとして張りこんでいるからね。あいつが疑っているにしろ、いないにしろ――わたしは疑っていないだろうと確信しているが――やつはもう袋のネズミだ。三階のあいつのスイートルームも二人の部下が見張っているし、ホテルを出ればすぐ尾行できるように外にはもっと人員を配備してある。奥さんのことは心配いらないよ。かたときも目を離さず監視しているから。どんな危険も阻止できるはずだ」

ときどき情報部員が状況を報告にくる。最初のときはカクテルの注文を取りに来たウェイター、二度目のときは身なりはしゃれているがぼんやり顔の青年だった。

「二人が出てくるぞ」カーター長官がいった。「やつがここに座る場合にそなえて、柱の陰に隠れよう。きっと彼女を自分のスイートに連れて行くと思うがね。ああ、やっぱりだ」

相手がよく見える場所に身をひそめたトミーは、ロシア人とタペンスがホールを横切ってエレベーターに乗るのを確認した。

何分かがすぎ、トミーはもぞもぞし始めた。

「どうなんでしょう。つまり、やつのスイートに二人きりで――」

「部下の一人が中に潜んでいるんだ――ソファの後ろにね。心配いらないよ」

ウェイターが一人、ホールを横切ってカーター氏に近づいてきた。

「二人が上にあがったという合図はありました――しかし、まだ三階には来ていません。大丈夫でしょうか？」

「なに？」カーター氏はくるりとむきを変えた。「二人がエレベーターに乗るのは、わたしもこの目で見た。ちょうど」と柱時計を見上げ――「四分半前だな。それでまだ現われないとなると……」

急いでエレベーターまで行くと、さっきのがちょうど降りてきたところだった。彼は制服の係員に訊いた。

「いま、金色の顎鬚の紳士と若い女性を三階まで乗せたと思うが」

「三階ではありません。男のお客様が四階までとおっしゃいまして」

「しまった！」長官はトミーにも乗るよう手招きしながら、エレベーターに飛び乗った。

「四階へやってくれ」

「どうもわからん」彼は低い声でつぶやいた。「しかし、ここは落ち着きが肝腎。ホテルの出口は全部見張っているし、四階にも部下が配備されている——実際には全階にということだ。水も漏らさぬ警備を考えたのだから」

四階でドアがひらくと、二人は飛び出して廊下を急いだ。半ばまできたとき、ウェイター姿の男が二人に近づいてきた。

「大丈夫です、長官。二人は四一八号室にいますよ」

カーターはほっとため息をもらした。

「よろしい。ほかに出口は？」

「スイートですが、出入り口は廊下に面した二つのドアだけで、階段を下りるにもエレベーターに乗るにも、ここを通らなければなりません」

「それは好都合だ。フロントに電話して、このスイートに泊まっているのは何者かを調べてくれ」

ウェイターはすぐにもどってきた。

「デトロイトのコートランド・ヴァン・シュナイダー夫人だそうです」

カーター氏は深く考えこんだ。

「どうしたものかな。ヴァン・シュナイダー夫人とやらは共犯者なのか、それとも――」

彼はいいよどんだ。

「中から何か聞こえないか？」唐突に訊いた。

「何も聞こえませんね。しかしドアの造りがいいので、音が外にもれることはなさそうです」

カーター氏は突然決心をかためた。

「これはどうも気に入らん。突入するぞ。マスターキーは持ってるか？」

「もちろんです」

「エヴァンズとクライデスリーを呼んでくれ」

二人の加勢をえて、全員でスイートの前にむかった。最初のウェイターがキーを挿し込むと、ドアは音もなく開いた。

入ったところはちいさなホールだった。右手には開け放たれたバスルームのドアがあり、正面には居間がある。左手のドアは閉まっていて、中からかすかな物音——喘息患者の鼻息のような音——が聞こえた。カーター氏はドアを押し開けて中に入った。

そこは、ばら色と金色の豪華なカバーにおおわれた大きなダブルベッドのある寝室だった。ベッドの上には、手足を縛られ猿轡をかまされ、苦痛と怒りで顔から飛び出さんばかりに目を剝いた、しゃれた身なりの中年女性が転がっていた。

カーター氏の簡潔な命令により、部下たちはスイート全体を支配下においていた。寝室に入ったのはトミーと長官だけ。ベッドに屈みこんで結び目をほどこうと躍起になりながらも、カーター氏の視線はとまどったように室内をさまよった。アメリカ人ならではの膨大な量の荷物をのぞけば、部屋は空っぽだったからだ。ロシア人やタペンスは、影も形もなかった。

まもなくウェイター姿の部下が入ってきて、どの部屋も空っぽだと報告した。トミーは窓辺に歩み寄ったが、すごすご引き返して首を振るしかなかった。バルコニーはなく——外壁が下の通りまで垂直に落ちているだけだった。

「二人がこの部屋に入ったのはたしかなんだろうな」カーターは威圧的に訊いた。

「たしかです。それに——」部下はベッドの上の女性を指した。

カーターがペンナイフを使って彼女を窒息寸前に追いこんでいたスカーフを外すと、いままでどんなに苦しかったとしてもコートランド・ヴァン・シュナイダー夫人の言語能力は失われていなかったことが、すぐにはっきりした。

彼女がたまっていた憤懣を吐き出しきったところで、カーターはおだやかに話しかけた。

「なにがあったのか、すっかりお話しくださいませんか——そもそもの起こりから」

「ひとをこんな目に合わせて、ホテルを訴えてやるわ。ひどすぎるじゃないの。持ちこんだ〈キラグリップ〉の瓶を探してたら、後ろから男が飛びかかってきてちいさなガラス瓶をわたしの鼻の下で割ったのよ。息を吸う暇もなく気を失ったわ。気がついたらぐるぐる巻きにされちゃって、わたしの宝石はどうなったのやら。きっとどっさり盗っていったんでしょうね」

「宝石は無事だと思いますよ」カーター氏はそっけなくいった。ぐるりと見まわし、床からなにかを拾い上げた。「男に飛びかかられたとき、あなたはわたしの立っているところにいたのでしょうね」

「そうよ」ヴァン・シュナイダー夫人は同意した。

カーター氏がつまみあげたのは、薄いガラスの破片だった。彼は臭いを嗅いで、それをトミーに渡した。

「エチルクロライドか」彼はつぶやいた。「即効性の麻酔薬だ。しかし、効き目はほんの一瞬しか持続しない。もちろん、あなたが気づいたときには、まだやつはこの部屋にいたんでしょうな、ヴァン・シュナイダー夫人？」

「だからそういってるでしょ。ああ！　気が変になりそうだったわよ、あいつが逃げていくのを見ていながら、身動きひとつできないなんて」

「逃げていく？」カーター氏はするどく訊いた。「どこからです」

「あのドアから」彼女はつきあたりの壁のドアを指した。「女の人を連れてたけど、わたしと同じ薬を嗅がされたのかぐったりしてたわ」

カーターは答えを求めて部下に目をむけた。

「あのドアは続き部屋との連絡扉です。でも二枚扉で――両側からボルトがかけられるようになっています」

カーターは扉を念入りに調べた。それから体をのばしてベッドのほうをふりむいた。

「ヴァン・シュナイダーさん」と静かに訊いた。「あなたはあくまでも、あの扉から男が逃げたと主張なさるんですか」

「あら、だって逃げたのよ。それがどうしていけないの？」

「扉のこちら側からボルトがかかっているからです」カーター氏は取っ手をがちゃがちゃいわせながら、冷ややかにいった。

あっけにとられたような表情がヴァン・シュナイダー夫人の顔に広がった。

「男がここから逃げたとすれば、逃げたあとでだれかがボルトをかけなくてはなりませんね」

彼は、ちょうど部屋に入ってきたエヴァンズに目をむけた。

「二人がこのスイートにいないことはたしかだろうな？　どこかほかに通じるドアはないのか？」

「いいえ、ありません。たしかです」

カーターは部屋のあちこちをじっと見つめた。大きなワードローブを開け、ベッドの下を覗き、暖炉の煙突を見上げ、すべてのカーテンの裏を捜した。そして最後にふと思いついて、ヴァン・シュナイダー夫人の抗議の叫びにも耳を貸さず、大きな衣装トランクを開けて手早く中を掻きまわした。

そのとき、さっきの扉を調べていたトミーが大声をあげた。

「来てください、これを見て。二人はたしかにここから出ていったんです」

ボルトは非常にたくみに、〝受け〟すれすれまで挿し込まれているので、かかっているように見えるがじつはかかっていなかったのだ。

「扉が開かなかったのは、むこう側からロックされていたからですよ」トミーは説明した。

まもなく一同はもう一度廊下に出て、ウェイターがキーを使って隣のスイートのドアを開けた。こちらの部屋は借りられていなかった。隣室に通じる扉のドアに近寄ると、トミーがいったとおりになっているのが目に入った。ボルトがしっかり挿し込まれ、ロックされていてその鍵はぬかれている。しかし、こちらの部屋にもタペンスと金色の顎髭の男の姿はどこにもないし、ほかの部屋につながるドアもない。

「でも、二人が部屋を出たのならわたしが見たはずです」ウェイターが反論した。「見ないはずがないんです。誓ってもいい、二人は絶対に部屋を出ていませんよ」

「くそっ！」トミーは叫んだ。「二人の人間があとかたもなく消えてたまるか！」

カーターは冷静をとりもどしていた。するどい頭脳が働いているのだ。

「下に電話して、この部屋を借りていたのはだれか、いつ発ったかを調べてくれ」

あちらのスイートの警護にクライデスリーを残して、二人についてきていたエヴァンズが命令にしたがった。まもなく彼は受話器から顔をあげた。

「病身のフランス少年、M・ポール・ド・ヴァレズだそうです。彼は看護婦を連れていました。二人は今朝、発ったとのことですが」

ウェイター姿の、もう一人の情報員の口から、悲鳴のような叫びがあがった。ひどく蒼ざめている。

「病気の少年——看護婦」声もしどろもどろになっている。「ぼくは——二人と廊下ですれちがいました。夢にも思わなかったんです——二人の姿は、前に何度も見ていたので」

「たしかに同じ二人だったのか？」カーター氏は怒鳴った。「断言できるのか。二人をよく見たんだろうな」

部下は首を振った。

「ちらっと見ただけです。ご存知のように、べつの二人にばかり気を配っていたものですから。金色の顎髭の男と連れの女性に」

「それはわかってる」カーター氏はうめくようにいった。「やつらもそこにつけこんだんだ」

突然、トミーがあっと叫んで屈みこみ、ソファの下からなにかを引っ張り出した。ちいさく丸めた黒い包みだった。ほどくといくつかのものが転がり出た。外側を包んでいたのはその日タペンスが来ていた長い黒コートで、中にくるまれていたのは彼女の外出着と帽子と、長い金色の顎鬚だった。

「これではっきりした」彼は沈痛な面持ちでいった。「彼女は——タペンスは連れ去られたんだ。ロシアの悪党にまんまと裏をかかれた。看護婦と病気の少年は共犯者だったんだ。ホテルの人間に二人を憶えさせるために、一日二日泊まってたんだろう。あいつはきっとランチのあいだに罠にかかったことに気がつき、自分の計画を実行する気になったんだ。隣の部屋のボルトを調節したときは部屋は空だったのだろうから、だれもいないとみこんで入ったんだよ。とにかく、やつは隣の女性とタペンスを二人ともなんとか黙らせ、タペンスをこっちに連れてきて少年の服装をさせ、自分も姿を変えて堂々と出て行ったんだ。しかし、どうもわからないなあ、あいつにあのタペンスを黙らせることができたなんて」

「わたしにはわかる」カーター氏がいった。彼が絨毯からつまみあげたのは、ぴかぴか光る鋼鉄製のちいさな破片だった。「皮下注射の針の破片だ。彼女は薬を打たれてたんだよ」

「なんてことだ！」トミーはうめいた。「しかもやつには逃げられちまった」

「それはわからんよ」カーター氏は急いでいった。「出口にはすべて見張りがいるんだからね」

「男と女を見張ってるんでしょう。看護婦と病身の少年じゃない。二人はもうとっくにホテルを出てますよ」

調べてみると、それが事実だった。看護婦と少年は五分ほど前に、タクシーに乗って走り去っていた。

「おい、ベレズフォード」カーター氏はいった。「頼むから、しっかりしろ。彼女を見つけるためなら、わたしがあらゆる手をつくすことはわかってるだろう。これからすぐ長官室にもどって、五分以内に局員を総動員する。まだ逃がしたわけじゃない」

「そうでしょうか？　ずるがしこい悪党ですよ、あのロシア人は。あいつの作戦のこの汚さを見てくださいよ。でも、あなたが全力をつくしてくださることは、知っています。ただ――手遅れでないことを祈るしかない。やつらはぼくらをひどく恨んでるんですから」

トミーはホテルを出ると、どこへ行くあてもなく、やみくもに通りを歩き回った。頭が完全に麻痺していた。どこを捜せばいいのか？　なにをすればいいのか？

彼はグリーン・パークに入り、崩れるようにベンチに腰をおろした。だれかが反対側の端に座ったことにも気がつかなかったので、よく知っている声が聞こえたときには飛びあがるほど驚いた。

「ねえ、ちょっといいですか、生意気かもしれないけど——」

トミーは顔を上げた。

「やあ、アルバートか」彼は沈んだ声でいった。

「みんな聞きましたよ——でもそんなに悲しまないで」

「悲しむな、か——」彼は短く笑った。「簡単にいってくれるじゃないか」

「でも、考えてみて。〝ブラントの腕利き探偵たち〟なんですよ！　絶対負けないよ。それに、叱られるかもしれないけど、ぼくは今朝、あなたと奥さんがふざけてるのを立ち聞きしてしまったんです。ポアロさんとちいさな灰色の脳細胞のこと。だから、ねえ、その灰色の脳細胞を使ったらどうなんです、そしてなにができるか、考えるんですよ」

「物語の中のように簡単には使えないんだよ、灰色脳細胞ってやつはね」

「でも」とアルバートは頑固に言い張った。「奥さんが完全にだれかにやっつけられちゃうなんて、信じられないなあ。あの人って、子犬のおもちゃに買ってやるゴムの骨みたいだもの——絶対に壊れないって保証つきの」

「アルバート、きみには元気づけられるよ」

「じゃあ、灰色の脳細胞を使ってみたら？」

「きみはしつこいね。しかし、バカをいってくれるおかげで、今までもずいぶん助かったからなあ。もういちど、頑張ってみるか。事実をきちんと、組織的に整理してみよう。二時十分きっかりに、われわれの獲物はエレベーターに乗った。その五分後にわれわれはエレベーター係に声をかけ、彼の話を聞いて四階にかけつけた。ぼくらがヴァン・シュナイダー夫人のスイートに入ったのは、そう、二時十九分すぎだったね。ここまでで、重大な意味のあることというと、なんだろう？」

二人がはっとするような重大なことは見つからず、すぐには言葉が出なかった。

アルバートが突然目を輝かした。「部屋に、トランクみたいなものはなかったんですか？」

「友《モナミ》よ、きみはパリから帰ったばかりのアメリカ女性の心理を理解していないね。なかったどころか、部屋には十九個ものトランクがあったよ」

「ぼくがいいたいのはね、死体を始末したいと思ったらトランクが便利なんじゃないかって——もう奥さんが死体になってるってことじゃないけど」

「死体が入るほど大きいやつ二個だけは、開けて見たよ。順番からいくと、つぎの事実はなんだろう」

「ひとつ、抜けてませんか——奥さんと、看護婦に変装した男が廊下でウェイターとすれちがったこと」

「それは、われわれがエレベーターで上がって行く寸前だな」トミーはいった。「きっとすれすれのところで、ぼくらと顔を合わせずにすんだんだ。すばやいやつだよ。ぼくは——」

彼は口をつぐんだ。

「どうしたんです」

「しーっ、モナミ。ちょっと思いついたことが——どでかい、とてつもないアイデア——遅かれ早かれエルキュール・ポアロにはかならず訪れるものさ。しかし、だとしたら——あれがそうだとしたら——ああ、神様、間に合いますように」

彼は早足で公園を出た。アルバートは小走りでようやくついて行きながら、息を切らして訊いた。「なんなんです？　さっぱりわからないや」

「それでいいんだよ。おまえにはわからないことになってるんだ。ヘイスティングスは一度もわかったことがないんだから。おまえの灰色の脳細胞がぼくのよりお粗末でないとしたら、ぼくがこんな遊びをする楽しみがないだろう？　ぼくはおそろしくくだらないことをしゃべってるな——でもしゃべらずにいられないんだよ。おまえはいい少年だ、アルバート。おまえにはタペンスの価値がわかるだろう——ぼくやおまえの十倍以上だってことが」

トミーは走りながら、息を切らしてしゃべりつづけ、ホテル・ブリッツの表玄関を入っていった。エヴァンズの姿が目についたのでわきへ呼び、二言三言早口で話した。二人がエレベーターに乗ると、アルバートもついてきた。

「四階へ」トミーがいった。

四一八号室のドアの前で、三人は立ち止まった。エヴァンズが合鍵を持っていたので、ただちにドアを開けた。警告の言葉をかけずに、三人はまっすぐにヴァン・シュナイダー夫人の寝室へ直行した。夫人はまだベッドに横たわっていたが、こんどはベッドにふさわしいネグリジェに着替えている。びっくりして彼らを見つめた。

「ノックもしないで失礼しました」トミーがにこやかにいった。「妻を捜してるものですから。ベッドから降りていただけませんか?」

「頭がどうかしちゃったんじゃないの」ヴァン・シュナイダー夫人が叫んだ。

トミーは首をかしげたまま、彼女を頭のてっぺんから足の先まで見まわした。

「すばらしく芸術的だね」彼はいった。「だがまだ不充分だ。われわれはベッドの下は調べた——だが、中はまだだ。子供のときにこういう隠れ場所を使ったことを思い出すよ。ベッドのいちばん上の長枕の下さ。それに後で死体を運び出すための上等な衣装トランクも、ちゃんと用意してあるしね。ただし、今度はぼくらのほうがちょっとだけ早かった。きみはわずかな時間にタペンスに麻薬を注射して上から長枕をかぶせ、自分は共犯者から猿轡をかませてもらったり縛ってもらったりしたわけだ。ぼくらはあのとき、きみの話を鵜呑みにしてしまった。それは認めるよ。ところがよくよく——順序だてて組織的に——考えてみるとだね、一人の女性に麻薬を打って少年の服装をさせ、もう一人の女に猿轡をかませて縛り上げ、自分も完全に変装する——これを五分でやってのけるのは不可能だ。単純に、物理的に無理なんだよ。看護婦と病気の少年は、囮《おとり》だったんだ。われわれは彼らの跡を追いかけ、ヴァン・シュナイダー夫人は犠牲者として同情される。そのご婦人をベッドから立たせてあげてくれないか、エヴァンズ。オートマティックは持ってるね？　よしよし」

金切り声をあげて抵抗しながら、ヴァン・シュナイダー夫人は休息の場から引っ立てられた。トミーはカバーと長枕を剝がした。

ベッドの上端に水平に横たわっているのはタペンスだった。目を閉じ、顔は蠟《ろう》のように蒼ざめている。一瞬トミーは激しい恐怖に襲われたが、やがてかすかながら彼女の胸が上下しているのが見えた。彼女は麻薬で眠らされている——死んではいない。

彼はアルバートとエヴァンズをふりむいた。

「さて、紳士諸君《メッシュ》」彼は芝居がかっていった。「いよいよ最後の一撃《クー》ですぞ！」

すばやく、予想もしなかった動作で、彼はヴァン・シュナイダー夫人の念入りに結い上げられた髪の毛を引っつかんだ。髪はぽろりと取れて、彼の手に残った。

「思ったとおりだ」トミーはいった。「16号め！」


タペンスが目を開き、覗きこんでいる医者とトミーの姿を認めたのは、それから三十分後のことだった。

その後の十五分間に起こったできごとには、上品にベールを引いておくほうがよさそうだが、その時間がすぎると、医者はもうなにも心配いりませんといって帰っていった。

「モナミ、ヘイスティングス」トミーは愛しげにいった。「きみが生きていてくれて、どんなにうれしいかわからないよ」

「16号は捕まえたの？」

「またしてもぼくはあいつを、卵の殻のように握りつぶしてやったよ——いいかえれば、カーターがやつを逮捕したんだ。ちいさな灰色の脳細胞か！　ところで、アルバートの給料を上げてやろうかと思うんだけどね」

「どういうわけか、すっかり教えてよ」

トミーは元気づけてもらった話をして聞かせたが、ある部分だけは省いておいた。

「あなたはわたしが心配で、頭がおかしくなりかかってたんじゃない？」タペンスがそっと訊いた。

「べつに、そんなことは。人間はつねに冷静を失ってはいけないものだからね」

「嘘つき！」タペンスはいった。「いまだってやつれ果てた顔をしてるくせに」

「まあ、たぶん、少しは心配したんだと思うよ。ねえ――ぼくたち、この仕事をもうよすんだったよな」

「もちろん、そうよ」

トミーはほっと胸をなでおろした。

「きみもわかってくれると思ってたよ。こんなショックを受けたんだから――」

「ちっともショックじゃないわ。わたしがショックなんか気にしないってこと、知ってるでしょ」

「ゴムの骨か――絶対に壊れない」トミーはぶつぶつつぶやいた。

「わたし、もっといい仕事を見つけたの」タペンスはつづけた。「もっとずっとわくわくすること。いままでに一度もやったことがないことなの」

　トミーは深い憂慮のまなざしで彼女を見つめた。

「仕事はぼくが禁止する」

「禁止なんかできないわ。自然の法則なんですもの」

「なんの話をしてるんだ、タペンス」

「わからないの、わたしたちの赤ちゃんの話よ」タペンスはいった。「最近の妻はささやいたりしないの。大声で叫ぶの。わたしたちの赤ちゃんよ！　って。ああ、トミー、なにもかもすばらしいと思わない？」

稚気あふれる「探偵ごっこ」

評論家
堺　三保

本書『おしどり探偵』は、クリスティーが生み出した探偵コンビ、トミーとタペンスが活躍する作品群（といっても、膨大なクリスティーの著書の中で二人が登場する作品は、『秘密機関』〔一九二二〕、本書〔二九〕、『NかMか』〔四一〕、『親指のうずき』〔六八〕、『運命の裏木戸』〔七三〕のたった五作しかないのだが）の第二作であり、唯一の短篇集である。

前作『秘密機関』では素人スパイとして活躍したトミーとタペンスが、今回は素人探偵となってさまざまな事件を解決していくというのが本書の大まかな筋立てなのだが、ここでおもしろいのは、探偵としての素養のない二人が、自分たちが読んだ有名な推理小説とそこに登場する名探偵たちの手法を参考に、「探偵ごっこ」を繰りひろげるという趣向になっているところだ。

どれだけの数の探偵たちの名前が登場するのか、列挙してみると、ご存じシャーロック・ホームズから始まって、科学者探偵ソーンダイク博士、スパイのオークウッド兄弟、冒険家のブルドッグ・ドラモンド、変装の名手ティモシー・マッカーティ、盲人探偵ソーンリー・コールトン、見事な逆説で謎をとくブラウン神父、安楽椅子探偵の「隅の老人」、そして探偵ではなく作家名として多作で有名だったエドガー・ウォレスの名が挙げられ、さらに『矢の家』のアノー探偵、思考機械の異名を持つヴァン・ドゥーゼン教授、アリバイ崩しの名手フレンチ警部、やたらとおしゃべりな作家探偵ロジャー・シェリンガム、美食家のレジナルド・フォーチュンときて、最後にはクリスティー自身の創造物であるエルキュール・ポアロまでが引用されるという大盤振る舞いぶりだ。

ただ、これらの中には日本の読者にとってはあまり馴染みのない名前もあって、これが本当にクリスティーが選んだ当時の名探偵リストなのか、という疑問を抱かれる方もいるかもしれない。その中には、不幸にも近年まで日本での本格的な紹介が遅れていたロジャー・シェリンガムのような例外もいるが、確かにブルドッグ・ドラモンドなどは名のみは英米でも有名だが、内容がすばらしいという評はあまり目にしない。ましてやソーンリー・コールトンといってわかる者は、今や英米にもそうそういないのではないだろうかと思われる。では、なぜクリスティーはこれらの探偵たちを選んだのか。

　そこには、探偵たちの個性が多彩なのはもちろんのこと、それぞれの作品内容自体もバラエティ豊かに取りそろえようという意図が見受けられる。科学的な証拠の分析を重視する物証派探偵もいれば、純粋論理で勝負する者もいる。さらには、敵のスパイと追いつ追われつの活劇を繰りひろげる冒険小説も、地道な調査で凶悪な犯罪者と対峙する警察ものもあるといった具合。今の日本で言えば、たとえば御手洗潔と新宿鮫が並んで出てくるようなものである。つまり本書は、本格推理小説のみならずミステリ全般のパロディとなっているのだ。

　もっとも、各章ごとに誰か特定の探偵のパロディとなっているかというと、厳密にはそうでもなく、名前しか出てこない探偵もあれば、ホームズのようにくり返し言及される探偵もいるという具合で、クリスティーは自分の決めた形式にとらわれすぎることなく、自在に筆を走らせている。

　自在といえば、本書のもう一つの特徴として、ある短篇では推理小説にお馴染みの決まり事やありがちな推理を茶化してみせたかと思えば、別の短篇ではモデルに選んだ名探偵顔負けの名推理を披露してみせるといった具合に、各話ごとにパロディ（おふざけ）とパスティーシュ（本歌取り）とのあいだを自由自在に行き来して読者を翻弄してくれるという点が挙げられる（野暮を承知でつけ加えておくと、おふざけ短篇の場合は、かなり強烈な脱力系のトリックが用いられていたりするが、そこは笑うところなので、マジメに怒ったりしちゃいけません）。

この、一定の型にとらわれないかろやかさこそ、本書の最大の魅力であり、数あるクリスティーの短篇集の中でも独特のおもしろさを醸し出している要因でもある。

だいたい本書におけるトミーとタペンスときたら、探偵としては素人のくせに推理小説だけはやたらと読んでいるマニアである。それは、今の言葉で言えば「おたく」以外の何者でもない。クリスティーは、一九二二年の段階で、「ミステリおたく」たちを主人公にした掛け合い漫才のようなユーモアミステリを書いてしまっていたのだ。クリスティーの稚気、おそるべし。

なお、『親指のうずき』（これは特に傑作だと思う）や『運命の裏木戸』といった後年の作品では、本書の体験が役立ったのか、老いて知恵が増したのか、トミーとタペンスの二人もポアロやミス・マープルもかくやとばかりの名探偵ぶりを発揮することになるのだが、それはまた別の話。

冒険心あふれるおしどり探偵

〈トミー&タペンス〉

本名トミー・ベレズフォードとタペンス・カウリイ。『秘密機関』（一九二二）で初登場。心優しい復員軍人のトミーと、牧師の娘で病室メイドだったタペンスのふたりは、もともと幼なじみだった。長らく会っていなかったが、第一次世界大戦後、ふたりはロンドンの地下鉄で偶然にもロマンチックな再会をはたす。お金に困っていたので、まもなく「青年冒険家商会」を結成した。この後、結婚したふたりはおしどり夫婦の「ベレズフォード夫妻」となり、共同で探偵社を経営。事務所の受付係アルバートとともに事務所を運営している。トミーとタペンスは素人探偵ではあるが、その探偵術は、数々の探偵小説を読破しているので、事件が起こるとそれら名探偵の探偵術を拝借して謎を解くというユニークなものであった。

『秘密機関』の時はふたりの年齢を合わせても四十五歳にもならなかったが、

最終作の『運命の裏木戸』（一九七三）ではともに七十五歳になっていた。青春時代から老年時代までの長い人生が描かれたキャラクターで、クリスティー自身も、三十一歳から八十三歳までのあいだでシリーズを書き上げている。ふたりの活躍は長篇以外にも連作短篇『おしどり探偵』（一九二九）で楽しむことができる。

ふたりを主人公にした作品が長らく書かれなかった時期には、世界各国の読者からクリスティーに「その後、トミーとタペンスはどうしました？　いまはなにをやってます？」と、執筆の要望が多く届いたという逸話も有名。

47　秘密機関
48　NかMか
49　親指のうずき
50　運命の裏木戸

訳者略歴　北海道大学文学部卒，英米文学翻訳家　訳書『真夏日の殺人』カールスン，『あるロビイストの死』ニール，『フェニモア先生、宝に出くわす』ハサウェイ（以上早川書房刊）他多数

おしどり探偵《たんてい》

〈クリスティー文庫 52〉

二〇〇四年四月 十五 日　発行
二〇二四年十月二十五日　七刷

（定価はカバーに表示してあります）

著者　アガサ・クリスティー
訳者　坂《さか》口《ぐち》玲《れい》子《こ》
発行者　早川 浩
発行所　株式会社 早川書房

郵便番号一〇一‐〇〇四六
東京都千代田区神田多町二ノ二
電話　〇三‐三二五二‐三一一一
振替　〇〇一六〇‐三‐四七七九九
https://www.hayakawa-online.co.jp

乱丁・落丁本は小社制作部宛お送り下さい。
送料小社負担にてお取りかえいたします。

印刷・星野精版印刷株式会社　製本・株式会社フォーネット社
Printed and bound in Japan
ISBN978-4-15-130052-3 C0197

本書は活字が大きく読みやすい〈トールサイズ〉です。